Über den Autor

Geboren in Duisburg.
War ausschließlich im Sicherheitswesen tätig.
Schwerpunkt: Mega-Events,
Großraumdiskotheken und Personenschutz.

Momentan als Schriftsteller tätig.
Und vielleicht auch hier und da mal im Nachtleben anzutreffen.

Weitere Werke von Roland Herden sind:

„Wer stirbt schon gern für Schokolade?“
„Nibelungen Rallye“
„Operation Grünes Feuer“
„Hüter der Nacht“
„Harte Geschichten“ (auch auf Englisch und Französisch)
„Hafenkinder“
„Willkommen in Rabitaan“
„Der Kaffee-Prinz“ (auch auf Französisch und Italienisch)
„Abgefahrene Anekdoten“
und
„Einfach mal stehen bleiben“

Roland Herden

Gold & Huren

Echt jetzt. Autos explodieren öfter, als ihr glaubt. Ist so. Ich war noch mitten im Lauf und kurz davor, dem Fahrer an der roten Ampel klarzumachen, dass es besser wäre, jetzt aufzugeben. Da gab es plötzlich einen Rumms, und wie von Geisterhand geschleudert krachte ich mit dem Rücken gegen den Kleintransporter einer Wäscherei. *Wir kriegen alles hin*, war ihr Motto. Danach erhoben sich funkenspeiende Drachen, gemalt mit schmutzig-orangen Stichflammen, eindrucksvoll in den klaren Nachthimmel. Der Anblick war mir deshalb vergönnt, weil der enorme Druck das Cabrioverdeck wie einen Theatervorhang ruckartig nach oben wegzog. Als Zugabe landete das Gestänge mit brennenden Stofffetzen neben mir. Die Hitze war unerträglich. Mein Kopf dröhnte. Ein hohes Piepsen in den Ohren hielt mich auf Kurs. Die richtigen Schmerzen würden später kommen. Das glaubt mal. Ich wollte mich aufrappeln. Mein Ehrgeiz war geweckt, vielleicht noch etwas für den Fahrer zu tun. Doch als die zweite Explosion folgte, blieb ich besser mal sitzen. Wer weiß, was für Zeugs mein Kontrahent noch so alles im Kofferraum lagerte? Plüschtiere. Gefüllte Benzinkanister. Handgranaten. Grillanzünder. Zeugs eben. Ihr versteht? Ich konnte nicht erkennen, ob sich im Wagen noch etwas regte. Schreie gab es keine. Also, drauf geschissen. Komplett. Mit der Gewissheit, den Auftrag mehr als erledigt zu haben, wartete ich darauf, dass irgendwer vorbeikam und die Rettungskräfte rief. Mein Handy hing an der Ladestation im Hotel. Es musste alles zack-zack gehen. Ich kam gerade noch dazu, meine Heckler & Koch zu greifen. Die Waffe, die nun neben mir lag. Kraftlos zog ich sie rüber und legte das kühle Metall auf meinem Bauch ab. Das Piepsen in den Ohren ebbte etwas ab. Die Flammen im Auto blieben konstant. Respekt. Da hatte wohl jemand vollgetankt. Ich stieß einen langen Atemzug aus. Junge, Junge, war ich fertig. Früher hätte ich so was bestimmt besser weggesteckt. Aber mit knapp 50 Jahren zerlegst du nicht mal eben zwei ausgewachsene Gorillas, machst einen 400-Meter-Spurt, um dir nachher eine ziemlich heftige Explosion reinzuziehen. Echt nicht. Macht keiner. Keiner, der Geld brauchte. Zwei auf Hochglanz polierte Schuhe aus schwarzem Glattleder zermalmten den Kies neben mir. Handgefertigt. Bestimmt italienische. Die Italiener machen so etwas perfekt. Können andere auch. Ich weiß. Aber die machen es eben am besten. Ich nahm teures Rasierwasser wahr. So süßlich, dass ich fast bewusstlos wurde. Ekelhaft. Ich hob erschöpft den Kopf. Ah, mein Auftraggeber. Also einer von ihnen. Die eigentlichen Macher blieben im Hintergrund. Typen wie ich tropften von der Breitseite eines Wäschereitransporters ab. Die anderen saßen vermutlich in der Hotellobby und ließen sich die frohe Kunde geben, dass es von nun an wieder ruhige Nächte gab. Kein Stalker mehr, der Unbehagen bereitete. Nie wieder. Oder vielleicht doch nur vorerst. So etwas hängt von vielen Faktoren ab. Auftraggeber erzählen nie alles. Die lügen. Immer. Also konnte jetzt noch alles oder nichts passieren. Manikürte Finger ließen ein edles, besticktes Taschentuch neben meinem Gesicht baumeln. Ich konnte nicht einschätzen, wie alt er war. Vielleicht älter als ich. Vielleicht auch nicht. Gute Pflege eben. Sein dichtes schwarzes Haar war streng zurückgekämmt. So etwas holt auch noch mal gut drei, vier Jahre raus.

„So schlimm?", fragte ich amüsiert und nahm das glänzende Stück Stoff. Ich grinste. Er nicht. Seine tief liegenden Augen in Verbindung mit seiner leicht gekrümmten Nase ließen ihn aussehen wie einen Falken. Sein Blick lag auf dem Feuer. Ich glaube schon, dass er es auch ein wenig bewunderte. Sah man ja nicht alle Tage. Ein Aschefetzen legte sich mutig auf seinen maßgeschneiderten Anzug und wurde umgehend mit einer gekonnt arroganten Handbewegung weitergeschickt. Nach unten. Zu mir. In den Dreck. Der Lohn für die Nacht.

„Ging das nicht unauffälliger?" Die Gegenfrage kam etwas entnervt.

„Ist Hilfe unterwegs?" Ich hatte gerade nicht so recht Lust auf Grundsatzdiskussionen bezüglich meines Jobs. Es gab so viele X-Faktoren bei Aufträgen wie diesem, da könnte ich stundenlange Vorträge halten. Ich trug eine Platzwunde am Jochbein. Wie tief, konnte ich nicht sagen. Lediglich ein paar Blutschlieren zeigten sich auf dem Taschentuch. Adrenalin ist schon eine schöne Sache. Hält manches zurück und vieles aufrecht.

„Wir sehen uns morgen beim Frühstück?"

Ich nickte. Er warf mir ein Billighandy zu. Scheinbar unbeabsichtigt landete es doch zielgenau in meinen offenen

Händen. Er schickte sich an zu gehen, als ich fragte: „Darf ich Sie um einen Gefallen bitten?" Interessiert verharrte er in seiner Bewegung. Ich reichte ihm meine H&K. „Wenn Sie die bitte mitnehmen würden." Er hob verständnislos die Augenbrauen. „Dann habe ich gleich weniger zu erklären." Ich nickte leicht zum brennenden Wrack hin. Der Falke seufzte kurz, fand dann aber doch so etwas wie Verständnis.

„Haben Sie die benutzt?" Diesmal nickte er zum Wrack.

„Nein, habe ich nicht. Ich weiß nicht, warum die Karre hochgegangen ist."

Ein spöttisches Lächeln umspielte seine Lippen. Er glaubte mir nicht. Egal. Er sollte einfach nur die Knarre mitnehmen. Mehr nicht. Ein bisschen Support konnte ich ja wohl erwarten. Er holte tatsächlich noch ein Taschentuch aus seiner Hosentasche hervor. Mit dem Stoff in seiner Handfläche packte er die H&K etwas umständlich am Griff und zeigte mir damit, dass er keine Ahnung von Waffen hatte. Der Kenner fasst eine fremde Waffe ganzflächig am Lauf. Egal. Was soll's? So kam er wenigstens nicht auf die Idee, mich wegzublasen, um Geld zu sparen. Der Falke verschwand. Ließ mich allein mit dem brennenden Wrack und den Problemen, die jetzt kommen würden. Ich hätte mich ebenso vom Unfallort entfernen können, aber es gab mindestens fünf Zeugen, die sahen, wie ich dem Wagen hinterherspurtete. Ich wollte einfach nur einen Stalker stellen. Mehr nicht. Von dem Ergebnis war ich im Nachhinein selbst etwas überrascht. Na ja, Dinge passieren. Nicht immer so, wie man will. Aber sie passieren. Gerade wollte ich mich mit dem Handy beschäftigen, als das Wummern in meinem Kopf auf einmal noch stärker wurde. Ich dachte wirklich, dass jetzt mein Ende gekommen war.

Gerinnsel oder so. Dann wurde eines von diesen neumodischen Bluetoothdingern neben mir abgestellt. Die Musik, die aus dem Plastikungetüm hallte, kannte ich nicht, und ich hoffte, sie auch nie wieder hören zu müssen. Ein endlos hartes Hämmern mit psychedelischen Untertönen. Garantiert im LSD-Rausch komponiert. Vom Teufel persönlich. Ohne Frage. Eine junge Frau mit blondem, verfilztem Haar und Klamotten am Leib, als würde sie gerade aus einem Aschram kommen, erbarmte sich meiner. Sie fuhr mit dem Finger über das neongrün leuchtende Display. Die Musik verstummte. Da wäre ich im Leben nicht draufgekommen. Ich bin mehr so ein Dreh- und Reglertyp. Ein junger glatzköpfiger Mann hüpfte vor dem Wrack auf und nieder und beteuerte immer wieder, wie krass das doch alles sei. Verübeln konnte ich es ihm nicht. Recht hatte er ja. Er war ähnlich gekleidet wie die junge Dame, die sich nun daran machte, den Notruf zu wählen. Auch das machte sie elegant. Nach einem Fingerstreich über das bunt leuchtende Glas erklärte sie mit warmer, klarer Stimme der Notrufzentrale, was hier vor sich ging. Na ja, fast. „Ronsdorfer Straße. Nähe der Discothek Stahlwerk, an der Kreuzung, wo es zum Busbahnhof geht“, beschrieb sie den Unfallort, und als sie mich dann noch fragte, wie es mir ging, tat sie damit in diesem Augenblick mehr, als mein Auftraggeber je für mich getan hatte. Der Arsch.

*

„Es ist vorbei? Ganz sicher?“, fragte sie zaghaft.

„Ja, der Mann ist Gold wert“, erwiderte Erik.

„Unglaublich.“

„Ja, wirklich."
„Dir ist nichts passiert?"
„Ich war nicht dabei. Er hat es allein erledigt."
„Ist ihm etwas passiert?"
„Er hat einen Schnitt im Gesicht. Es scheint ihm aber nichts auszumachen. Er ist wohl Schmerzen gewohnt."
„Sei großzügig zu ihm. Hörst du?"
„Er bekommt schon genug …"
„Erik?", fiel sie ihm streng in Wort. „Sei großzügig."
„Gut, er bekommt einen Bonus. Versprochen."
„Schön."
„Morgen komme ich wieder. Wie gehen die Vorbereitungen voran?"
„Puh, alles gut so weit. Die Tischdecken sind gekommen. Der Farbton gefällt mir nicht so recht."
„Ich rufe Montag dort an. Sie sollen neue fertigen."
„Lass uns bitte morgen darüber reden. Ich bin müde."
„O ja, kleine Schwestern müssen ja immer so früh ins Bett." Er gab sich amüsiert.
„Sei nicht albern", kam es reserviert. Obwohl sie es sehr mochte, wenn er mal ein bisschen rumfeixte. Der große Bruder, der ständig Stärke zeigen musste. Einer, der alles zusammenhielt. Erik der Wikinger hatte Vater ihn immer genannt. Da war er stolz. Durfte er auch sein. Er hatte sich nicht auf Vaters Erbe ausgeruht, sondern alles noch weiter vergrößert. Sie, die kleine Karen, blieb immer weit im Hintergrund. Studierte Kunst und machte eine Lehre als Pferdewirtin. Sie blieb meist auf dem Anwesen und ließ sich in Limousinen zu ihren wirklich seltenen Shoppingtouren fahren. Niemand hätte je geahnt, dass sie von der

Roiser-Dynastie abstammte. Bis zu dem Tag, als es ein großes Thema mit der Steuerfahndung gab. Es waren wohl einige Fragen offen, was die kreative Gestaltung von bestimmten Firmenstrukturen anging. Ein Brief hätte es auch getan, aber eine junge Staatsanwältin aus dem Landkreis wollte wohl gehörig Pluspunkte sammeln und marschierte über das Anwesen direkt in das Haupthaus ein. Die Zollbeamten nahmen sämtliche Schriftstücke, Computer und Wertgegenstände mit. Sie hatten eine Menge Ehrgeiz, aber wenig Benehmen und rissen alles auseinander. Das ließ sich natürlich niemand mit Geld und Einfluss gefallen. Es hagelte eine Dienstaufsichtsbeschwerde nach der anderen. Die Staatsanwältin wurde zwar suspendiert, aber eine Bewährungsstrafe wegen Steuerhinterziehung gab es trotzdem für beide Geschwister. Nicht schön, aber zu verschmerzen. Leider gerieten die stillen Milliardäre nun ins Visier der Regenbogenpresse und somit auch ein paar Konterfeis an die Öffentlichkeit. „Wenn du das Licht anmachst, kommen die Motten“, hatte Vater schon immer gesagt, und so war es dann auch. Die ersten Verehrer schickten anfangs nur Briefe. Dann Blumen. Und die besonders hartnäckigen gleich Steuersparmodelle. Einer ließ sich gar nicht abwimmeln. Er gab einfach nicht auf. Nichts half – weder gute Worte noch Drohungen. Er war einfach überall. Jede Gegenmaßnahme wertete er offensichtlich als Herausforderung. Das Problem nahm dann überhand, als der Verehrer Karen im Badezimmer auflauerte, während sie duschte. Er wolle nur mit ihr reden, kam die Beteuerung immer wieder. Sie hörte nicht auf zu schreien. Das Handtuch, mit dem sie sich bedecken wollte, hielt er fest. Sie krümmte sich in die Ecke der Duschkabine und versteckte sich hinter dem warmen Wasserstrahl. Immer wieder schrie sie, er solle verschwinden. Der Stalker ging in die Hocke. Durch den breiten Wasserstrahl hindurch konnte sie sein Gesicht nicht erkennen, sondern lediglich seine wispernde Stimme hören, die versprach, dass er wiederkommen würde. Tagelang verließ sie nicht das Haus, und erstmals kam der Familie die Idee, sich motiviertes Securitypersonal zuzulegen. Mutter fand die Lösung. Über viele Ecken gab es eine Empfehlung, dass eine Agentur aus Nordrhein-Westfalen Lösungen für derlei Probleme hätte. Ein Plan wurde entworfen, der vorsah, dass sich Karen auf Shoppingtour nach Düsseldorf begeben würde. Das Intercontinental an der Königsallee sollte ihr Domizil für das Wochenende sein. Den Rest würde dann dieser eine Mann erledigen. Was er auch prompt tat. Ein Ableben des Störenfrieds war nun nicht wirklich vorgesehen, aber für einen garantiert ruhigen Schlaf durchaus hinnehmbar. Großartig.

Es war früh. Ich saß vor allen anderen Gästen im Frühstücksraum. Schön sah es hier aus. Ich mochte die gedeckten Farben. Vor allem war es ruhig. Das fand ich noch viel schöner. Es war so früh, dass noch nicht mal einer von den Kellnern auf die Idee kam, dieses nervige Klaviergeklimper aufzulegen. Lobenswert. Angenehm dezenter Kaffeeduft lag in der Luft. Ich selbst trank keinen, aber den Geruch mochte ich. Die Nacht war kurz. Extrem kurz.

Nachdem der Sanitäter gestern meinen Schnitt am rechten Jochbein mit zwei Klicks geklammert hatte, zeigte ich einem der Polizisten den Schrieb der Detektei, die mich offiziell beauftragte, den Stalker einer Industriellenfamilie zu überführen. Ich verwies darauf, von nun an zu diesem Fall nichts mehr zu sagen. Für weitere Abläufe sollte sich die Staatsanwaltschaft in Zukunft an die Rechtsabteilung wenden. Das nahmen die Polizisten zwar zur Kenntnis, bestanden aber trotzdem darauf, dass ich mit aufs Revier kam. Alles gut. Kein Thema. Gehörte dazu. Total nervig, aber gehörte dazu. Das Pärchen wurde ebenso befragt. Der junge Mann schien sich gar nicht mehr einzukriegen und beschrieb das Feuer in Farben, die es gar nicht gab. Also nicht in dieser Welt. Manchmal sollten sich die Kids wirklich weniger Vibes einwerfen. Wäre besser.

Als der Löschzug die Flammen in die Knie gezwungen hatte, konnten nun alle den verkohlten Körper hinter dem Steuer sehen. Die Kleine hörte gar nicht mehr auf zu kreischen. Das arme Ding. Tat mir echt leid. Wirklich. Aber so läuft es nun mal. Einer der Feuerwehrmänner diagnostizierte, dass die Gasanlage hochgegangen ist. Sollte eigentlich nicht passieren. War vielleicht fehlerhaft verbaut und nicht vom TÜV abgenommen. Irgendeine Murkserei, um Geld zu sparen. Kurz darauf rief ein weiterer Feuerwehrmann die Polizei herbei. Unser Stalker hielt doch tatsächlich eine Waffe in seiner verkohlten Hand. Dadurch klärte sich einiges. Der kleine Wichser hatte auf mich schießen wollen, es dann irgendwie doch nicht auf die Reihe bekommen und stattdessen seine Gasanlage erschossen. Wie auch immer. Durch Doofheit oder einen Querschläger. Karma. Ist so.

Sollte er in der Hölle schmoren. Spinnt ja wohl. Einfach so zu rumzuballern, nur weil ihn einer zu Fuß verfolgte. Dann fiel dem Beamten ein, mich zu fragen, ob ich bewaffnet war. War ich natürlich nicht. Wo kämen wir denn da hin?

Noch bevor ich ihn sah, roch ich ihn. Meine Güte. Egoiste von Dior. Riechsalz war ein Scheiß dagegen.

„Die gehört wohl Ihnen", meinte der Falke so beiläufig, als hätte ich meine Plempe gestern auf seiner Cocktailparty vergessen. Er setzte sich mir gegenüber. Die H&K war immer noch umhüllt von seinem Taschentuch. Ich nahm sie vom Tisch und ließ sie umwunden vom Stoff im hinteren Hosenbund verschwinden.

„Dankeschön."

„Alles noch gut gelaufen?"

„Das übliche Bullengeplänkel."

„Werde ich heute etwas von unserer Familie in den Nachrichten hören?"

„Nein", erwiderte ich selbstsicher. Die Polizei war zwar naturgemäß extrem neugierig, ich aber umso standhafter. Diskretion ist immer oberstes Gebot. Diese Konsequenz hätte mich eine Nacht in Gewahrsam kosten können. Aber die Ursache der Explosion an sich war ja klar. Die Hintergrundarbeit oblag der Staatsanwaltschaft. Außerdem stand der Feierabend vor der Tür, und auf Überstunden haben nicht alle Lust. Glück für mich. Das Frühstück hier im Hotel war nämlich bestimmt erheblich besser als im Kittchen.

Der Falke schaute mich für wenige Sekunden eindringlich an und nickte dann schließlich. Er zauberte galant ein dünnes Brillenetui aus der Innentasche seines Jacketts hervor und entnahm ein überaus filigranes Brillengestell mit Gläsern, die so dünn und schmal waren wie seinerzeit das Esspapier aus Kindheitstagen. Von Cartier, schätze ich mal. Dann, was sonst, holte er ein Taschentuch aus seiner rechten Hosentasche und begann, die Gläser zu polieren. Der Typ machte mich fertig. Was mir dann gar nicht gefiel und mich etwas nervös werden ließ, war, dass er nun sein Scheckheft zückte.

„Normalerweise bezahle ich sehr ungern solche Summen, aber Sie sind wirklich Ihr Geld wert. Äußerst effizient. Ich schätze Effizienz sehr."

„Und ich Bargeld."

Der Falke zeigte sich etwas irritiert. „Wie belieben?"

„Es war ausgemacht, dass ich bar bezahlt werde." Nun schaute ich ihm fest in die Augen. Er sollte deutlich erkennen, dass ich jetzt keine Lust auf Diskussionen hatte.

„Oh, ein Mann mit Prinzipien."

Prinzipien? Am Arsch. Ich war pleite. Naja, pleite – und irgendwie auch nicht. Schwer zu erklären. Ich hatte im letzten Quartal einen Auftrag im Irak übernommen. Einer von diesen Aufträgen, von denen man glaubt, man hätte danach ausgesorgt. Drei Monate hatte ich mir im privaten Segment den Arsch aufgerissen. Keine Fragen gestellt. Kaum geschlafen und mir viel Scheiße reingezogen. Ein brutal reicher Araber wollte humanitäre Hilfe leisten in Gebieten, wo sich sonst keiner hin traute. Schulen, Krankenstationen und Brücken bauen. All so Sachen eben, damit es wieder weitergehen konnte. Vieles war zwar schon wiederaufgebaut, aber eben nicht alles. Schon nett gemeint. Aber das fanden eben nicht alle gut. Da springen immer noch jede Menge Milizen rum, die genau wissen wollen, wer da unten was treibt, und wenn denen nicht gefällt, was sie hören, können die auch schon mal sehr unwirsch reagieren. Also nicht diskutieren im Kreis, sondern Kalaschnikowfeuer aus allen Rohren direkt vor deinen Füßen. Wenn sie einen guten Tag haben. Ansonsten gleich Handgranate to go. Kannste auch haben. Kein Problem. War schon manchmal ein kleiner Tanz auf dem Vulkan. Auf jeden Fall. Das sind keine Hinterwäldler. Aber nach dem, was die Amerikaner da abzogen, konnten wir es ihnen dann auch irgendwie nicht verübeln. Also, ich zumindest nicht. Dazu kamen noch die Allüren des Auftraggebers. Er hatte sein eigenes Zeitgefühl, kam ständig zu spät und brachte geplante Abläufe durcheinander. Aber wer die Kohle hat, der bestellt die Musik. Überall. Egal, auf welchem Erdteil. Selbst im zerbombten Irak. Ich kam dann heim und wollte mir was Schönes gönnen. Nichts Wildes. Einen schlichten Spaziergang in Renesse am Strand oder eben eine kleine Fahrradtour. Glaubt mir, wenn ihr eine Zeit lang nur Wüste gesehen habt, ist eine Fahrradtour durch die Dünen das Beste, was es gibt auf der Welt. Vielleicht noch ein Softeis dazu. Ungeschlagen. Echt jetzt. Na ja, aber egal, was man vorhat, es braucht ja nun mal Geld dafür. Rückte der verdammte Geldautomat aber nicht raus. Nicht, weil der Araber die Zahlung verweigert hatte. Ganz im Gegenteil. Der hat richtig einen rausgehauen, und zwar so viel, dass die deutsche Regierung mal eben auf doof mein Konto sperrte und wissen wollte, wie es sein konnte, dass ein deutscher Bundesbürger aus dem Irak so viel Kohle bekam. Bin ich vielleicht ein Terrorist? Das war natürlich richtig Kacke. Ich hielt selbstverständlich am Kodex meiner

Diskretion fest. Dafür hielt die Regierung meinen Schotter fest. Nur fair. Aber das war eben der Grund, warum ich gerade jeden Job annahm. Oder meint ihr, ich renne aus Spaß als Bodyguard im High-Class-Segment am Samstagabend irgendeinem Stalker nach und lasse mich dabei noch fast in die Luft jagen? Wohl kaum. Herr im Himmel, auf mich wartete ein ganzer Arsch voll Geld, und ich musste mir hier einen Typen reinziehen, der ein Taschentuch nach den anderem hervorzauberte, um mir einen Scheck auszustellen, den ich nicht gebrauchen konnte. Der Falke brauchte mir jetzt auch nicht mit einem Barscheck oder sonstigen Scherzartikeln zu kommen. 25 Riesen auf die Hand und fertig. Das war der Deal. Allerdings mit meinem Mittelsmann. Ich war mir gerade nicht so sicher, ob das bis hierhin angekommen war. Offensichtlich nicht.

„Lassen Sie mich bitte kurz telefonieren."

Ich hob lediglich beide Hände zum Zeichen meines Einverständnisses, und der Falke verließ den Raum. Das war gut so. Jetzt konnte ich ebenso Rücksprache mit dem Zwischenmann halten, bevor ich hier den Laden zerlegte, weil ich nicht an meine Kohle kam. Die Kurzwahltaste verwandelte mein Display zum Verbindungsaufbau. Ich rief Tristan an. Jeder hier in Düsseldorf rief Tristan an, wenn er etwas brauchte. Brauchst du 'ne Wumme, rufst du Tristan an. Brauchst du Potenzmittel, rufst du Tristan an. Brauchst du einen Job, rufst du Tristan an. Brauchst du eine Reservierung für ein Nobelrestaurant, rufst du Tristan an. Ich wollte mein verdammtes Geld haben, also rief ich Tristan an.

Dreimal klingeln, und der Anruf wurde mit der Frage angenommen, ob ich wüsste, wie spät es sei. Ich wiederum fragte, ob er mich verarschen wollte. Die Stille wertete ich als ein „Warum?“ und fuhr damit fort, dass man mir heute Nacht beinahe den Arsch weggeschossen hätte und der Typ mit den Taschentüchern hier lediglich mit einem Scheck rumwedelte, anstatt mit einem fetten Bündel Scheine aufzuwarten. Also fragte ich Tristan noch einmal, ob er mich verarschen wollte. Wieder Stille. Ich wartete. Zu meinem Erstaunen gab er schließlich zu, die Art der finanziellen Zuwendung nicht eindeutig geklärt zu haben. Nicht schön, aber immerhin ehrlich. Ich fragte ihn, ob er 25.000 Steine für mich hätte. „Grundsätzlich ja“, kam die Antwort. Aber leider war er gerade in einem anderen Bundesland. Schön für ihn, half mir aber gerade nicht weiter. Der Falke kam wieder.

„Sie wissen, welcher Tag heute ist?“ Ich hatte Leuten schon für weniger doofe Fragen die Zähne eingeschlagen. Aber da Sonntag war, wollte ich mal nicht so sein. Ich nickte kaum merklich. „Ich kann keine Weichen mehr stellen, um an Bargeld zu kommen. Bis morgen zu warten, ist ebenso wenig möglich, da ich heute dringend wieder fortmuss.“ Ich wartete gelassen ab, was noch kam. Wenn nichts Kreatives mehr folgte, konnte ich ihm immer noch die fein geschliffene Kristallkaraffe mit dem Wasser über die Rübe ziehen. „Ich biete Ihnen an, dass mein Chauffeur Sie zu meinem Anwesen fährt und ich Ihnen in den Abendstunden Ihr Geld überreiche. Ist das in Ordnung für Sie?“

Ich musste kurz verarbeiten, was ich da gerade gehört hatte. Mein Kopf dröhnte, und Schlaf hatte es ja auch noch keinen gegeben. Dauerte also alles ein bisschen.

„Wir können uns heute Abend auch kurz treffen.“

„Ich wohne etwas weiter weg. Deswegen das Angebot mit meinem Chauffeur."

„Wie weit?"

„Landsberg am Lech." Ich brauchte wieder einen Augenblick und kramte in meinem Kopf auf der Deutschlandkarte nach dem Ort. „Bayern", half er mir dann auf die Sprünge. „Ich selbst werde hier im Anschluss zu einem Geschäftstermin abgeholt. Ein Rückflug nach München ist gebucht. Mein Fahrer wäre somit frei verfügbar."

Ich legte ein Pokerface vom Edelsten auf. Ich war so abgebrannt, ich hatte noch nicht mal das Geld, meinen Tank so weit zu befüllen, um Nordrhein-Westfalen überhaupt verlassen zu können. Deswegen ging die Nummer mit dem Chauffeur vollkommen klar.

„Okay, so machen wir es."

Bayern. Heilige Scheiße.

Erik Roiser ließ sich in die weichen, beigen Lederpolster der polarweißen Maybach-Limousine zurücksinken. Er stieß einen kleinen Lacher aus. Das waren wirklich mal zwei aufregende Tage. Vielleicht die aufregendsten in seinem Leben überhaupt. Sein Vater hatte Erik zu einem Weichling erzogen, weil er selbst beinahe an der Härte seines eigenen zerbrochen wäre. Er meinte es also nur gut. Leider zu gut. Gott habe ihn selig. Trotzdem, etwas mehr Pfiff hätte Erik bestimmt ganz gutgetan. Einen Faustkampf hatte er noch nie in seinem Leben durchstehen müssen. Gelegenheiten gab es genug, aber die umging er wohlweislich. Nicht so wie dieser Söldner heute Nacht. Das war vielleicht eine Marke. Der redete gar nicht. Der schlug sofort zu. Erik hatte Karen angelogen, als er sagte, dass er nicht dabei gewesen wäre. Er war zwar nicht unmittelbar dabei, aber er konnte schon aus sicherer Entfernung sehen, wie der Bodyguard agierte. Sie hatten die komplette fünfte Etage im Interconti gemietet. Karens vermeintliches Zimmer war in der Mitte. Nicht zu weit abseits, aber immer noch weit genug vom Aufzug weg. Erschwerter Rückzug für den Stalker, nannte der Söldner das.

Gegen Mitternacht sahen sie dann auf dem Überwachungsmonitor, wie sich zwei überaus gut trainierte Männer dem Zimmer mit der Nummer 52 näherten. Einer hielt ein gelbes Paket in den Händen. Der Söldner fluchte, griff seine Waffe und stürmte aus dem Zimmer. Vorher hatte er noch etwas von Ruhe und Zurückhaltung gepredigt, und dann diese Reaktion. Auf dem Bildschirm sah Erik, dass der Söldner dem Paketmann unvermittelt mit aller Härte die Waffe durch das Gesicht zog. Das Paket polterte zu Boden. Er brach zusammen und hielt sich die Nase. Der zweite war wesentlich wehrhafter und auf so eine Begegnung wohl vorbereitet. Ein Fausthieb traf den Söldner zwar, aber es interessierte ihn irgendwie nicht. Gekontert wurde dann aus der Bewegung heraus mit einem mächtigen Kopfstoß. Erik war fasziniert von dieser bedingungslosen Härte. Er tat nicht zu viel. Nur das Nötigste. Beide waren ausgeschaltet. Mit blutenden Gesichtern und wohl mehr als nur gebrochenen Nasen saßen beide mit dem Rücken an die Wand gelehnt auf dem blauen Hotelteppich. Der Söldner fasste den Paketmann hinten am Kragen und schleifte ihn näher zu seinem Kollegen.

„Hört zu, ihr Pisser. Ich weiß, dass ihr nur Strohmänner seid. Also bleibt ganz ruhig. Von euch will ich nichts, außer ein paar Antworten. Was ist in dem Paket?" Schulterzucken war von beiden die Antwort. „Mach es auf", fauchte er den Paketmann an. Plötzlich wollte der andere aufspringen, aber noch im Ansatz trat ihm der Söldner mit seinem schweren Stiefel mitten ins Gesicht. Er krachte zurück an die Wand und blieb bewusstlos liegen. Die Waffe wanderte an den Kopf des Paketmannes. „Mach es auf." Mit zittrigen Fingern zerriss der junge Mann das gelbe Geschenkpapier. Ein Karton mit roten Wildlederpumps und eine Packung Pralinen kamen zu Vorschein. „Was sollte danach passieren?"

„Wir sollen zu 'nem Fitnessstudio in Bilk. Dann kriegen wir noch mal 500 Euro."

„Alles klar, von mir kriegst du kein Ding verpasst und kannst die Scheißschuhe behalten, wenn du mich jetzt da hinführst. Ist das ein Deal?" Der Söldner wartete die Antwort erst gar nicht ab, packte den Paketmann am Schlafittchen und zerrte ihn in den Aufzug.

Erik war mehr als sprachlos. Das war in Tat mal ein kurzer, effektiver Auftritt. Er hatte zusammen mit seinem Chauffeur eine kleine Weile gewartet, bis der andere Mann sich wieder aufrappelte und das Weite suchte. Blutend und verwirrt.

Erik ließ sich dann zu dem Fitnessstudio in Düsseldorf-Bilk fahren. Kaum bogen sie um die Ecke, konnten sie nur noch sehen, wie der Söldner auf leerer Straße einem Wagen nachspurtete. Es folgte eine Detonation, die sich wirklich gewaschen hatte … Erik schüttelte nachdenklich den Kopf. „Von mir kriegst du kein Ding verpasst", sinnierte er. Das würde Erik ab und zu auch mal gern sagen. Na ja, dafür meisterte er geschäftliche Auseinandersetzungen mit Bravour. Er hatte die Roiser Möbelmanufaktur weltweit ausgebaut. In nur wenigen Jahren. Das sollte mal ein anderer schaffen. Nun wäre die Zeit gekommen, sich etwas zurückzulehnen. Vielleicht eine Frau und Kinder? Schöne Vorstellung. Aber da kam die Sache mit der Steuerfahndung. Und nur, weil ein Steuerberater dem anderen eine kleine handschriftliche Notiz hinterlassen hatte, die auf einen Umstand hinwies, den es wohl besser schnell zu beseitigen galt. Sonst könnte es Ärger geben, weil es sich um eine Schenkung handelte. Letztendlich kam die Antwort verzögert, und der Ärger war immens. Auf einmal änderte sich das Leben. Von jetzt auf gleich. Vorher blieb die Familie mehr als nur weit unter dem Radar der Jetset-Szene, galt schon fast als vergessen. Sie warfen das Geld nicht zum Fenster raus und trieben auch keine seltsamen Dinge. Sie lebten ruhig und still vor sich hin. Einfach so. So etwas würde eine Paris Hilton oder Kim Kardashian nicht verstehen. Aber es ging. Auch mit knapp vier Milliarden auf dem Konto. Nun waren sie nicht mehr die stillen, bescheidenen Unternehmer. Sondern die, die durch Steuerhinterziehung reich geworden sind. Vergessen waren die großzügigen Spenden an gemeinnützige Organisationen. Ebenso war vergessen, dass die Familie seit jeher auf Nachhaltigkeit bei der Produktion setzte und schon mehr für die Umwelt getan hatte als jedes andere Unternehmen in diesem Segment. Aber alles ging vorbei. So hoffte er. So hoffte Karen. So hoffte natürlich auch Mutter, die gerade anrief.

„Mutter, schön dass du dich meldest." Erik sah auf seine Armbanduhr und hoffte, dass sie sich kurzfasste.

„Ich muss mich ja ständig melden. Von euch macht das ja niemand. Du nicht und Karen auch nicht. Rabenkinder seid ihr." Das war kein Scherz. Das meinte sie wirklich so. Genau so.

„Karen schläft. Das hat sie sich aber auch verdient. Meinst du nicht? Und ich treffe mich jetzt mit den Kanadiern."

„An einem Sonntag?"

„Es ging nicht anders, Mutter. Heute Abend bin ich wieder auf dem Anwesen. Die Maschine landet um 18 Uhr."

„Ich wollte schon sagen, du lässt Karen ja wohl nicht allein mit der ganzen Arbeit. Da kommt noch eine Menge auf euch zu."

Hier behielt Mutter recht. Familienfeste waren die Hölle. Schlimmer als ein Hausbrand.

„Wie ist die Sache mit diesem Mann ausgegangen? Diesem Soldaten. Du weißt schon. Und lüg mich nicht an, Erik Roiser."

„Das ist wirklich sehr gut gelaufen. Karen hat nun Ruhe."

„Gib ihm ja nicht so viel Geld. Hörst du? Leute, die solche Arbeit machen, sind Tiere. Die haben da Spaß dran. Die machen das zum Vergnügen. Die brauchen nicht das Geld, sondern mehr von dieser Arbeit. Die sind wie unruhige Geister. Immer weiter auf der Suche danach, Menschen die Knochen zu brechen."

„Mutter …", versuchte Erik zu beschwichtigen.

„Dein Großvater hat auch immer von diesem einen Mann aus der Fabrik erzählt, der nur zum Spaß die Leute mit einem Stück Holz verprügelte, wenn sie daran dachten zu streiken. Zum Spaß hat er das gemacht. Er wollte noch nicht einmal Geld von deinem Großvater. Also gib ihm nicht zu viel. Außerdem kann er froh sein, dass er unserer Familie helfen durfte. Biete ihm eine Anstellung im Werk an. Der ist bestimmt stark. Da kann er tüchtig mit anpacken. Hörst du?"

Erik musste erst mal kurz durchatmen. Seine Mutter war in der Tat eine Vorzeigedame aus der letzten Generation. Einer Generation, wo so etwas, was sie gerade vortrug, durchaus für bare Münze galt. Erik dachte aber sehr wohl daran, den Söldner zu entlohnen. „Dann wird er mir auch bestimmt kein Ding verpassen."

Klaus, der Fahrer, war sicherlich seit Urzeiten bei der Familie. Was wiederum für das Unternehmen sprach. Er war steinalt, groß und hager und behielt ernsthaft seine Chauffeurmütze auf. Ein Fahrer vom alten Schlag. Der fuhr garantiert mit Heckantrieb, auf Sommerreifen, inmitten einer Schneeverwehung, ohne eingeschaltete Scheibenwischer einen vereisten Berg hoch und fragte dich nebenher, ob er die Heizung höherstellen sollte. So einer war das. Hundertpro. Er ließ mich zum Glück in Ruhe. Verschonte mich mit irgendeinem serviceorientierten Getue wie Tür aufhalten oder Smalltalk. Vielleicht war er auch froh, dass ich ihn ebenso in Ruhe ließ. Wir kannten den Job des anderen wohl zu gut und mussten uns nicht noch unbedingt gegenseitig vollquatschen. Der BMW war zu meinem Erstaunen etwas älter. Champagnerfarben. Eine Modesünde aus den 2000ern. Die Federung war super, und so dauerte es nicht lange, bis ich im Land der Träume versank. Einmal bekam ich im Halbschlaf mit, wie Klaus tankte. Ich wusste nicht, wo wir waren. War mir auch Latte. Der Schlaf tat gut. Das Dröhnen im Kopf ließ nach. Neben mir fand sich eine kleine Wasserflasche. Ohne Kohlensäure. Klaus konnte also auch noch hellsehen. Supertyp. Auf Höhe von Fürstenfeldbruck steuerte er einen Rastplatz mit großem WC-Gebäude an. Ich dachte, Klaus müsste mal für kleine Königstiger, als er sich zu mir umdrehte. „Es dauert zwar noch etwas, bis wir da sind, aber es kann ja nicht schaden, sich frisch zu machen."

„Klar", erwiderte ich. Bestimmt sah ich aus wie ein ungekämmtes Frettchen. Ich musste zwar keinem gefallen, aber man muss es mit der rauen Unabhängigkeit auch nicht übertreiben. Das Erste, was mir auffiel, war die frische Luft. Sehr angenehm. Richtig schöne Luft. Anders als im Irak oder in Holland. Richtig tolle Luft. Echt jetzt. Eine Handvoll Kühe jenseits des Zaunes gafften mich an. Ich gaffte zurück.

Mit einem leichten Knarzen wurde der Kofferraum geöffnet.

„Pflegeartikel sind vorhanden. Sogar ein Hemd in Ihrer Größe." Klaus machte eine einladende Handbewegung. Ich hob mit einem leichten Schulterzucken meinen ausgeblichenen Rucksack an.

„Dankeschön. Alles dabei."

Das war nicht immer so. Entweder hatte ich zu viel oder zu wenig mit. Ein Russischstämmiger, der seinerzeit geradewegs von der Fremdenlegion zu unserem Wüstenteam stieß, hatte mich nachhaltig sehr stark inspiriert. Wir mussten damals noch einmal unsere Fitness unter Beweis stellen, bevor es richtig losging. Die Jungs trugen alle nur erdenklichen Sachen mit sich. Für Regen. Für Sonne. Für Wind. Für den Weltuntergang. Schuhe für draußen. Schuhe für drinnen. Schuhe zum Ausgehen. Wärmeunterwäsche. Sportunterwäsche. Normale Unterwäsche. Socken zum Sport. Socken zum Marschieren. Socken zum Schlafen. Gesichtscreme. Rasiercreme. Zahncreme. Sportcreme. Für Prellungen. Für Zerrungen. Für Entzündungen. Zudem trugen wir Funktionskleidung mit ungefähr 4.000 Taschen am Leib, in denen sich dann noch mehr Kram befand. Zähl ich jetzt aber nicht auf. Unser Fremdenlegionär trug ein schlichtes rotes T-Shirt zu einer Jeans, die an den Oberschenkeln schon fast durchsichtig war, und ehemals weißen Turnschuhen. Sein dünner, blassgrauer Nylonrucksack war kaum gefüllt und hing wie ein halbvoller Wasserschlauch von seiner Schulter. Beim Fitnesstest hat er uns dann alle so frischgemacht, dass ich danach sämtliche Cremes auf einmal gebrauchen konnte. Er hieß Nr. 12. Wir trugen alle nur Zahlen. Geschrieben mit Filzschreiber auf einem kleinen weißen Baumwolllappen, festgemacht mit einer Sicherheitsnadel auf der Herzseite. Der Auftraggeber wollte uns nicht mit Namen ansprechen, bis klar war, ob wir würdig waren, im Irak zu arbeiten. Ich war Nr. 7.

Margit Roiser saß am Tisch ihrer riesigen Küche. Auf der Eckbank. Ihrem Lieblingsplatz. Mit Blick auf den Garten. Sie trug ein Headset und hörte mit versteinerter Miene, was die Gegenseite am Mobiltelefon zu erzählen hatte. Mit einer Hand scheuchte sie herrisch das Hausmädchen fort, das kurz durch das Fernsehbild gelaufen war. In jedem ihrer 18 Zimmer der Starnberger Villa befand sich ein TV-Gerät. Das neueste und größte. Sobald es wieder etwas Neueres und noch Größeres gab, wurde es ausgetauscht. Schleunigst. Man sollte es nicht meinen, aber in ihrem hohen Alter besaß sie ein größeres Technikverständnis als so mancher IT-Spezialist.

Margit hatte kurz nach dem Tod ihres Mannes eine Zeit lang das Möbelimperium geleitet. Dann war Erik gefolgt. Gut so. Erik sollte zeigen, wofür er auf der Welt war. Nämlich Vermögen zu vermehren und die Familie vor allem zu bewahren, was den Frieden störte. Oftmals war er seiner Mutter nicht strikt genug, und sie musste gelegentlich aus dem Hintergrund nachhelfen. So war es bei der Übernahme eines Sägewerks im Schwarzwald. Eine Handvoll Motorradmänner, wie sie die Clanmitglieder einer Bikergang nannte, überbrachte das Kaufangebot persönlich. Das war gut. Für alle. Somit wurde keine unnötige Zeit mit nervenraubenden Verhandlungen vergeudet. Das Angebot war fair. Der Verkäufer sagte zu. Keiner wurde verletzt. So hatte sie es gern. Still. Reibungslos. Doch das, was sie jetzt am Telefon vernahm, ließ sich definitiv nicht als still oder reibungslos bezeichnen. Margit Roiser hatte Erik zwar den Kontakt in Nordrhein-Westfalen vermittelt, um Karens Problem zu lösen, hielt sich aber die Option offen, im

Hintergrund über alles informiert zu werden. So hörte sie nun von ausgeschlagenen Zähnen, verstreut auf dem königsblauen Teppich eines Fünfsternehotels. Ein unabhängiger Beobachter war dem Söldner mit dem jungen Mann in seiner Gewalt gefolgt. Der neu gewonnene Informant wollte sich in der Tiefgarage noch einmal zur Wehr setzen, wurde aber mit eisernem Griff im Nacken zweimal gegen die Dachkante des benachbarten Jaguars geschlagen. Als gnadenlos beschrieb der Beobachter das Szenario. Dann ging die kleine Reise weiter. Angekommen mit einem schrottreifen VW Golf auf dem Parkplatz eines Fitnessstudios, ging es wieder nicht so recht voran. Offensichtlich wollte der Informant nicht liefern, sondern nachverhandeln. Der Söldner rammte ihm kurzerhand seine Waffe in den Mund und erklärte ihm, was er davon hielt. Der Informant wurde ohnmächtig. War wohl etwas zu viel für eine Nacht. Der Söldner schleuderte den Typen wie eine Puppe achtlos ins Gebüsch. Alles, was er tat, geschah mit Ruhe und Achtsamkeit. Stets in der Gewissheit, dass es weitergehen würde, erklärte der Beobachter. Er hatte solche Leute gelegentlich schon wirken sehen. So arbeiteten nur Profis. Knapp und pointiert. Kurz darauf fuhr ein BMW Cabriolet vor. Der Fahrer fand wohl nicht vor, was er erwartet hatte, und drückte aufs Gas. Er kam nicht schnell genug aus dem Parkbereich und durchbrach die Schranke. Der Söldner hatte sich da schon längst in Bewegung gesetzt und spurtete dem Wagen nach. Er hoffte offensichtlich, dass ein anderes Auto den BMW im Verkehr ausbremste oder der Stalker einen Fehler machte. Schließlich war es dann das Letztere. Ein selten dummer Fehler, wie er von einem Polizeispitzel erfuhr. Der Stalker wollte tatsächlich auf den Söldner schießen, bekam das während der Fahrt aber nur schlecht dargestellt. Lenken und gleichzeitig nach hinten heraus durch die Scheibe schießen gelingt nur den Wenigsten. Er gehörte nicht dazu. Der Wagen ging hoch wie eine Silvesterrakete. Die Gasanlange war mangelhaft verbaut und reagierte sensibel auf Schusswaffen. Der Söldner überlebte, und Erik, der mittlerweile aufgeschlossen hatte, war in sicherer Entfernung. Ende der Geschichte. Also dieser einen Geschichte.

Erik hatte dann also soweit die Wahrheit gesagt und alles war gut verlaufen. Margit Roiser war zufrieden.

Sie bedankte sich und wollte das Gespräch schon beenden, als der Beobachter noch eine Sache ansprach. Sie lauschte, was noch kam. Es war eine Sache, die ihr Verständnis von Diskretion nicht gerade abrundete. Wenig begeistert beendete sie nun das Gespräch.

Sie atmete tief durch, während sie sich intensiv die Schläfen massierte und dabei scharf den Atem ausstieß. Eine gute Methode, um nicht mit voller Wucht das Handy auf den Großbildschirm zu werfen. Sie fragte sich gerade wirklich, während sie dabei betont ruhig die weiße Tischdecke glattstrich, wie Erik es geschafft hatte, das Unternehmen weltweit auszubauen, wenn er es noch nicht mal geregelt bekam, zwei wichtige Weisheiten umzusetzen, die sie ihm schon von seit jeher gepredigt hatte. Nimm immer genug Bargeld mit und hol uns keinen Dreck ins Haus. Und was tat er? Er bezahlte den Söldner nicht und lud ihn zur Krönung auf das Anwesen ein. Herrgott noch mal, Erik.

Meine Laune hatte sich erheblich gebessert. Eine Katzenwäsche mit kaltem Wasser und neue Pflaster auf den Schnittwunden wirkten Wunder. Rasieren brauchte ich mich nicht. Ich wollte ja nur mein Geld abgreifen und nicht den Laufsteg erobern. Ein frisches Hemd ohne Blutspuren tat sein Übriges. Ein Blick auf das polierte Alu über dem schlichten Waschbecken aus Edelstahl bestätigte meine Vermutung. Ich sah fast aus wie neu. Ein bisschen mitgenommen vielleicht. Könnte aber auch an dem welligen Spiegelmaterial liegen. Ich packte zusammen und trat hinaus in die Sonne. Klaus' verschmitztes Lächeln bestätigte mein Gefühl. Er deutete auf mein Schuhwerk. „Ein kleiner Glanz gefällig?" Ich kam gar nicht zu Wort. Er griff flugs in den geöffneten Kofferraum und hielt ratzfatz eine von diesen neumodischen Polituren in der Hand. „Ich war bei den Gebirgsjägern", erklärte er stolz. „Späher." Er zwinkerte mir zu. „Stiefelputz ist wichtig."

„Klar, warum nicht?"

Er legte mir ein dunkles Handtuch über die Kofferraumkante, das auch noch die Chromstoßstange bedeckte. „So geht's besser", empfahl er mit einer einladenden Geste. Ich nickte anerkennend. Sehr aufmerksam. Ich setzte meinen Stiefel auf dem Frotteetuch ab und ließ den feuchten Schwamm über meine Stiefelspitze fahren. Dann über den Spann. Nicht zu vergessen die Hacke. Da fuddeln die meisten. Daran erkennst du, wer bei der Armee war und wer nicht. Wer die Hacke beim Schuheputzen auslässt, ist oberflächlich. Echt jetzt. Achtet mal drauf. Den anderen Fuß hochzuhieven, bereitete mir etwas Schmerz im Oberschenkel. Ich musste mir bei dem Monsterspurt vergangene Nacht wohl was gezerrt haben. Na ja, macht man ja auch nicht alle Tage. Braucht man aber auch nicht unbedingt. Fertig war der Stiefelputz. Nachpolieren musste ich nicht. Die Stiefel glänzten wie eine Speckschwarte. Schön. Ich schüttelte kurz das Handtuch aus und faltete es wieder zusammen, bevor ich es auf den penibel sauberen Kofferraumteppich legte. Hinten bemerkte ich einen ungeöffneten Karton für ein Modellboot. Ein Kriegsschiff. Die SMS Hindenburg. KLAUS stand in Großbuchstaben mit Filzschreiber unter den Bug gekritzelt. Alle Achtung. Klaus war wohl einer von der überaus geduldigen Sorte. Wiederum aber auch jemand, der wohl kaum Zeit für sein Hobby fand. Der Karton war an den Kanten abgewetzt, was darauf schließen ließ, dass die Verpackung schon seit Ewigkeiten durch den Kofferraum schlitterte. Am Rand war noch ein Erste-Hilfe-Kasten älteren Datums befestigt. Farblos und brüchig, wie sie eigentlich in Oldtimern zu finden waren.

„Der Wagen ist aber auch was älter, oder?“

Ich schlug den Kofferraumdeckel zu, und beim Blick auf das Nummernschild störte mich plötzlich etwas. Was genau, konnte ich gerade nicht sagen. Lag vielleicht aber auch daran, dass ich vor Kurzem noch auf erheblicher Schwingung war und in allem etwas Komisches sah.

„Die Dame des Hauses hat ihn seinerzeit gebraucht erworben.“

„Echt jetzt?“ Ich prustete los. „Da haben die so viel Kohle und sparen manchmal an den unmöglichsten Stellen.“

„Hier lag das Augenmerk wohl mehr darauf, sich unauffällig zu bewegen."

„Ja, aber mittlerweile ist der schon so alt, dass er auffällt."

Jetzt lachte Klaus. „Stimmt auch wieder."

„Wie viel hat der runter?"

„Knapp 400.000."

„Wow."

„Acht Zylinder. Gute Pflege."

„Schön."

„Wollen wir wieder los?"

„Klar."

ര

„Was?" Erik glaubte ernsthaft, sich verhört zu haben. Er war gerade dabei, seiner Schwester mitzuteilen, dass seine Ankunft sich deutlich verspäten würde. So sollte sie den Söldner von ihrem Bargeldbudget entlohnen. Dabei aber nicht gänzlich übertreiben.

„Das geht nicht", wiederholte sie. „Ich habe die ganzen Anlieferungen bezahlt."

Erik stieß kurz Luft aus. Richtig, so hatten sie es ja auch eigentlich besprochen. Die Lieferanten aus der Region hatten nach dem ganzen Steuer-Bohei so etwas wie Argwohn gegen die Familie entwickelt. Niemand traute ihnen mehr. Als hätte die Geldstrafe das komplette Vermögen der Familie aufgefressen. Die Wenigsten konnten sich vorstellen, dass man mehr als 270 Millionen Euro besaß. Vom Blumenhändler bis hin zum Tierarzt wollten alle auf einmal ausschließlich Bargeld. Keine Rechnungen mehr mit

Zahlungsziel. Sofort vor Ort auf die Hand. Das war nun die neue Devise. Er hatte manchmal große Lust, einfach wegzuziehen, damit alle mal sehen konnten, wer den Ort hier denn tatsächlich am Leben hielt. Mit Aufträgen für Betriebe und Spenden an die Gemeinde. Die meisten könnten Konkurs anmelden und die allermeisten würden im wahrsten Sinne im Regen stehen, weil es ohne die Roiser-Familie noch nicht mal eine Überdachung am kleinen Busbahnhof geben würde. Was rückblickend auch nicht außer Acht zu lassen war, ist die Tatsache, dass sein Vater seinerzeit durch die Bank weg stets zinslose Kredite vergeben hatte. Gern und mit Herz wohlgemerkt. Man würde sich wundern, wer alles in Vaters Notizbuch verewigt gewesen war. Die wenigstens gaben das Geld zurück. Der kleine Bäckerladen unten im Ort war schuldenfrei und konnte den neuen Ofen sein Eigen nennen. Die protzige VW-Werkstatt hingegen war pleite, bevor auch nur die Hälfte bezahlt werden konnte. Der Rest waren Bitten von Klein- und Großfamilien. Auto defekt? Kommunion stand an? Dach kaputt? Hypothek ausgereizt? Unerwartete Zahnarztrechnungen? Vater hatte ein gutes Herz. Leider wurde das immer schwächer. Bevor es aber gänzlich aufhören konnte zu schlagen, wies er Erik an, zusammen mit Karen in seinem Beisein das Notizbüchlein zu verbrennen. „Wollen wir es vergessen", sagte er noch, als sie die Flammen betrachteten. Denn Vater wusste, Mutter würde es bestimmt nicht. Margit Roiser war da aus einem ganz anderen Holz geschnitzt. „Undankbares Pack", meinte sie stets. So hart, wie seine Mutter auch richtete, oft behielt sie recht. Sie hatte schon immer vermutet, dass die meisten im Ort die Familie wenig achteten. Aus Neid und Missgunst. Margit hasste die niederen Menschen förmlich. So war es auch wichtig, Mutter nicht zu verärgern, weil ein fremdes Individuum, das zuvor noch immense Drecksarbeit verrichtet hatte und jetzt dafür unverschämterweise Geld wollte, sich gerade auf dem Anwesen aufhielt. Ein Dilemma. Erik wünschte sich oft, er hätte mehr von Mutters Eigenschaften. Die Kanadier zogen die Verhandlung so sehr in die Länge, dass es fast zu keinem Abschluss gekommen wäre. Viele hielten seine ruhige Art für Schwäche. In seinem Fall war es aber wichtig, besonnen zu agieren. Denn er erbte nicht nur Vaters Vermögen, sondern sein schwaches Herz gleich mit. Erst nahm er es nicht ernst. Dann, zu einer Zeit, wo andere für ihre intensiven Mühen ihren ersten Porsche bekamen, bekam er seinen ersten Herzinfarkt. Zwar einen kleinen, aber der zeigte einem ja schon, wohin der Weg führen sollte. Weiter in Gedanken verloren, ließ er sein Handy in der Hosentasche verschwinden. Gestern hatte er mit der Pistole des Söldners vor dem Spiegel gestanden. Die Waffe lag angenehm schwer in der Hand. Er hatte damit auf sein Spiegelbild gezielt und sich gefragt, was wohl aus ihm geworden wäre, wenn er nicht diesen familiären Background hätte. Vielleicht jemand, der aus eigener Kraft immer wieder hochkam, ohne gleich sein Scheckheft zu zücken oder seine Mutter um Rat fragen zu müssen. Das Telefon klingelte. Das war wohl das Stichwort. Den ruhigen Klingelton hatte er seiner Mutter zugeordnet. Er war dann immer ein guter Kontrast für das, was kam. Und was jetzt kommen würde, konnte er sich schon sehr gut ausmalen.

„Links ist der Lech“, gab Klaus den Städteführer. Ein tiefblaues, reißendes Gewässer begleitete uns ein Stück weit. Überall war es grün. Grün. Grün. Und noch mal Grün. War schon schön hier. Dann bogen wir links auf einen Kiesweg ein und fuhren durch ein unbewachtes Tor. Einfach so. Da war ich schon etwas irritiert. Ein weiteres Tor folgte. Ebenfalls unbewacht. Riesig, in hellem Grau. Frisch lackiert. Gehalten von einer arg verwitterten, etwa fünf Meter hohen Granitmauer, die sich zu beiden Seiten ins Unendliche zog. Es kam ein schneeweißer Kiesplatz. Fast so groß wie ein Fußballfeld. In dessen Mitte stand ein riesiger Springbrunnen aus vanillefarbenem Sandstein, dessen begrenztes Wasserspiel von einem mittig stehenden, drei Meter großen Engel in wallendem Gewand mit feinem Gesicht bewacht wurde. Sein Blick ging nach oben. Die Arme mit geöffneten Handflächen leicht angewinkelt. Die Flügel waren weit ausgebreitet. Vereinzelt standen ein paar Autos der günstigeren Bauweise ungeordnet herum. Die Wagen vom Personal. Garantiert. Auf so einem Anwesen hast du nie Feierabend. Auch nicht an einem Sonntag. Ist so. Dazwischen sogar zwei Trecker. Ein kleiner grüner und ein großer gelber. Zur rechten und zur linken Hand befanden sich asymmetrisch angeordnet Stallungen mit angrenzenden Paddocks. Eingerahmt waren sie von zwei Scheunen. Die auf der rechten Seite war umgebaut. Zu Büros und Wohneinheiten vermutlich. Links ließen die offenen Tore einen Blick auf die Autos der Familie zu. Ein Anbau beherbergte Heu und Pferdegedöns. Also Sattel und so. Sogar eine Pferdewaschanlage gab es. Kein Scheiß. Daran schmiegte sich noch eine Reithalle, die sich nach hinten zum übrigen Anwesen erstreckte. Vor Kopf dann ein Gutshaus in einer Größe, die ich bis dahin wirklich noch nie gesehen hatte. Echt nicht. Ich zählte vier Etagen. Gehalten in hellem Orange, die Fensterrahmen und Türen waren weiß abgesetzt. An jedem der Fenster gab es bunt verzierte Läden und einen Blumenkasten aus Blech mit gelben Blumen. Keine Ahnung, welche. Vereinzelt taten sich kleine Balkons auf. Zum Haus führte ein leicht ansteigender, mit schwarzen Steinen abgegrenzter Weg. Früher waren hier wohl die Kutschen vorgefahren, um auch gleich wieder einen Bogen zur Abfahrt zu schlagen. Die Mauer umschloss uns und endete vermutlich weit hinter dem Haupthaus. Das war mal 'ne Ansage. Das könnt ihr glauben.

Wir stiegen aus.

„Ich bringe in Erfahrung, wo die Herrschaften sind."

Ich nickte nur und schaute mich um. Hier und da wurde ich beäugt. Von Männlein und Weiblein. Wahrscheinlich Pferdemädels und Stalljungs. Was anderes fiel mir gerade nicht ein. Securitys konnte ich keine ausmachen. Kein Wunder, dass hier Stalker leichtes Spiel hatten. Aber ich wollte mich nicht beschweren. Ohne Stalker kein Job. Ohne Job keine Dineros. Ohne Dineros kein Softeis am Strand. Ist so. Ich schlenderte mit den Händen in den Taschen auf die Scheune mit den Luxusschlitten zu, als mir aus der Stallgasse ein junger Friese entgegentrottete. Ich blieb stehen. Minifriese auch. Ich lächelte das Pferd an. Schüchtern und mit großen Augen kam es näher.

„Ui, du bist ja noch ein Baby", flüsterte ich, während ich das weiche Maul streichelte. Dann stellte ich fest, dass es sich um eine kleine Pferdedame handelte. „Du bist ja eine Hübsche.“ Das Fell war samtweich und hatte noch ein wenig Flaum. Ihre Augen strahlten so viel Ruhe aus. Da lag bestimmt der Frieden aller Welten drin. Wer so ein Friesenbaby nicht toll fand, war voll der Arsch. Echt jetzt. Ich würde heute noch dastehen und ihr die Öhrchen knuddeln, wenn ich nicht von der Seite angequatscht worden wäre. Meine Fresse, kann man nicht mal in Ruhe mit einer kleinen Friesendame flirten?

„Das ist Jerry.“

„Öh, Jerry?“

„Ist aber trotzdem eine Stute.“ Jetzt blickte ich in das Gesicht einer knapp 30-jährigen, überaus schlanken Dame in abgewetzten Jeansklamotten und braunem Cowboyhut. Wenn ich ihr nicht direkt gegenübergestanden hätte, hätte ich sie vielleicht für einen Typen gehalten. Sie lächelte freundlich. „Ich heiße Saskia.“ Ich musterte sie lediglich und nickte kurz. Mir egal, was sie davon hielt. Ich würde gleich 25 Riesen bekommen und hier weg sein. Aber an Jerry würde ich mich sicherlich gern erinnern. An Saskia weniger.

„Herr Stammer?“

Ich drehte mich um. Eine brünette Frau mit Bobschnitt in einem blauen, weit geschnittenen Hosenanzug stakste mit ausgestreckter Hand auf mich zu. Die andere Hand war leer. Das war schlecht. Wo war mein Geld? „Karen Roiser“, stellte sie sich mit einem breiten Lächeln vor. Zu breit. Zu unecht. Willkommen in der Welt der Reichen. Je breiter das Lächeln, desto unangenehmer die Nachrichten. Ich kannte so was schon zur Genüge. Sei es als Zeuge. Sei es aus eigener Erfahrung. Ich schüttelte dennoch ihre Hand.

Nicht zu fest. Vielleicht war es ja die Hand, die gleich den Safe öffnen würde. Die sollte geschont werden. Saskia verkrümelte sich mit Jerry. Schade. „Sie mögen Pferde?“

„Ich mag generell alle Tiere“, erwiderte ich oberflächlich. War wirklich so. Wollte ich aber nicht näher ausführen. Sollte ja jetzt hier kein Vorstellungsgespräch werden. Ich hatte in der Tat mal in jungen Jahren die Aufgabe, die Ställe von zwei gutmütigen Haflingern auszumisten. Auch Füttern und Striegeln gehörte dazu. Der Traum eines jeden Mädchens. Ich finanzierte mir damit mein Training für den Stockkampf. War eine schöne Zeit. Später kamen noch zwei Appaloosa dazu. Die waren mir aber zu schreckhaft.

„Sie wissen, warum ich hier bin?“, beendete ich das Geplänkel.

„Ja“, begann sie dann schon fast kleinlaut. „Zunächst noch mal vielen Dank von meiner Seite.“ O Gott, wenn wohlhabende Leute sich bedanken, dann bist du so richtig am Arsch. Entweder wollen sie den Preis drücken oder gar nicht bezahlen. Vielleicht bekam ich jetzt zum Dank lediglich eine warme Suppe. „Tut es sehr weh?“ Sie deutete auf meine Pflaster.

„Schon okay.“ Ich schwenkte wieder zum eigentlichen Thema. „Können wir das Finanzielle regeln? Dann kann ich wieder weiter.“ Das sollte eigentlich verlockend für Karen sein. Die meisten Menschen empfanden meine Gegenwart als äußerst unangenehm und waren froh, wenn sie mich nur von hinten sahen.

„Das ist heute leider nicht möglich“, erwiderte sie mit Bedauern.

„Aha.“

„Ja, mein Bruder hatte leider keinen Überblick über unsere Ressourcen, als er Ihnen heute Morgen die Zusage für die Entlohnung gab."

„Und nun?" Ich musste jetzt mit der kleinen Schwester aushandeln, was der große Bruder verbockt hatte. So etwas mochte ich gar nicht. Ich hätte ihm schon gern was aufs Maul gehauen und ihn danach im Engelsbrunnen ersäuft.

„Seien Sie bitte für eine Nacht unser Gast. Mein Bruder kommt in den späten Abendstunden, und sobald die Banken morgen öffnen, wird er für den zugesagten Ausgleich sorgen. Auch dafür, dass Sie Unannehmlichkeiten bezüglich unserer Unzuverlässigkeit hatten."

Ich wollte gerade schon ein mittelscharfes Statement ausstoßen, da berührte etwas Weiches meine Hand. Jerry war wieder da. Jerry, die Friedensstifterin. Ausgebüxt. Kleiner Gangster. Die Berührung des weichen Fells ließ meinen Blutdruck sinken. Glück für die Hausherrin. „Sollen wir es so machen?", fragte Karen vorsichtig nach.

„Machen wir es so." Ich schaute ihr fest in die Augen. „Der morgige Tag wird komplett berechnet." Dame hin oder her. Ich wollte mich hier nicht zum Affen machen lassen. Ein Tag weniger Softeis am Strand. Das konnte ich unmöglich so stehen lassen. So etwas musste beglichen werden.

„Mehr als das. Verlassen Sie sich darauf."

Ich nickte nur. Verzichtete auf die Aussage, dass das schon zweimal nicht der Fall gewesen war.

Jerry stieß ein leichtes Schnauben aus. Sie war wohl meiner Meinung. Gutes Pferd.

„Herr Wicka", rief Karen in Richtung der Luxusschlitten. Bevor sich ein athletischer blonder Mann durch das angelehnte Scheunentor drückte, rief sie zudem noch in einem deutlich schärferen Ton nach Saskia.

„O Mann“, entfuhr es der Pferdepflegerin, als sie zu uns eilte.

„Kriegen Sie das Fohlen nicht in den Griff?“

„Doch, aber irgendwas ...“

„Nehmen Sie es mit.“ Oh, là, là, da kam aber gerade jemand auf Betriebstemperatur.

Saskia entfernte sich mit hochrotem Kopf erneut mit der kleinen Ausbrecherin.

„Sie haben gerufen?“

„Herr Wicka, das ist Herr Stammer. Er hat in Nordrhein-Westfalen diese eine Sache für uns erledigt.“ Er senkte leicht den Blick. Ui, und da wusste ich, das war jetzt so ein kleiner Tritt in die Eier. Sie hätte auch gleich sagen können: Der Söldner hat das erledigt, wozu du zu dämlich warst. Ich sah ihn nun direkt an. Er war so an die 40. Marke ewig junger Sonnyboy. Erfahrung genug sollte er gehabt haben, wenn es um den Schutz der Hausherrin ging. Unter der offenen Windjacke konnte ich die Desert Eagle Kaliber 50 im Schulterhalfter sehen. Jesus, was hatte er vor? Seeungeheuer umnieten? Die Wumme hatte so einen harten Rückstoß, dass du glauben würdest, ein Nilpferd hätte dir gegen das Handgelenk getreten. Echt jetzt. Eine Waffe zum Posen für Kriminelle. Diese hier war bestimmt noch am Lauf diamantenbesetzt. Peinlich. „Sie zeigen ihm seine Unterkunft. Sorgen Sie für alles.“ Wicka nickte. Sie wandte sich wieder an mich. Wesentlich freundlicher. Sollte unsere Karen auch sein. Sie war mit 25 Riesen in Verzug. Da war kleine Brötchen backen angesagt. „Ich schicke Ihnen gleich noch eines unserer Hausmädchen. Für frische Handtücher und reichlich zu essen."

„Machen Sie sich keine zu große Mühe. Ich bin genügsam."

Sie lächelte kurz. „Wir sehen uns dann morgen."

Ich nickte. Sie entschwand mit ihrem staksigen Gang in Richtung Haupthaus.

„Sie sind also der andere", meinte Wicka übertrieben freundschaftlich. So, als wären wir schon zusammen durch Blut und Knochen gewatet. Was sollte das denn jetzt heißen? Ich war der andere, weil er der eine war, oder was? Gott, was für ein Spacken.

„Celine, wir haben einen unerwarteten Gast in den Stallungen", rief Karen Roiser durch das Haus. Keine Reaktion. „Celine?" Der Ton war jetzt schon wesentlich herrischer. Eine junge blonde Frau in Dienstmädchenuniform kam aus dem Wohnraum in die Diele geeilt.

„Die Appartements sind alle hergerichtet", gab sie eilig Rapport.

„Hast du das Hühnerfrikassee von gestern schon an die Hunde verfüttert?"

„Zum Teil. Ich mach gleich die nächsten Näpfe fertig."

„Lass den Rest hübsch aussehen und bring ihn unserem Gast."

Celine bewegte sich erst gar nicht.

„Hast du verstanden?"

„Natürlich."

„Gut, danach kannst du gehen."

„Danke."

Karen Roiser erwiderte nichts weiter und ging die teppichbezogenen Stufen zu ihren Räumen hoch.

In der Küche warteten bereits zwei kleine französische Bulldoggen freudig auf ihr Dinner. Eigentlich Karens Hunde und manchmal nicht … oder … so wie die Hausherrin gerade Lust hatte. Ansonsten waren sie hier in der Küche unter dem Tisch im Körbchen. Mike in verwaschenem Weiß und Juli in edlem Anthrazit. Beide gerade mal ein Jahr alt. Sie waren unerzogen, aber auf ihre Weise lieb. Grunzten und röchelten naturgemäß ihrer Rasse um die Wette, aber das störte Celine wenig. Hauptsache, die kleinen Schnorchler waren stubenrein. Der größte Segen für ein Hausmädchen. Sie blieb diesmal als Letzte im Haus. Die anderen Mädchen waren schon fort. Alle meinten stets, weil Celine jung und nicht liiert war, hätte sie alle Zeit dieser Welt. Die Chefin sowieso. Klar, Celine hatte keine Familie oder Freunde. Nö, gar nicht. Blöde Kuh. Sie hatte die Nase für heute voll. Es gab wieder eine Diskussion bezüglich der Kaschmirpullover. Das Waschen und Trocknen würde zu lange dauern und die gnädige Frau hätte dadurch nie etwas zum Anziehen. Tüchtig lüften und abbürsten würde es auch tun. Gesagt, getan. War aber auch wieder nicht richtig, weil sich beim Lüften ein paar Pollen auf den Pullover gelegt hatten. Die Natur konnte schon unverschämt sein. Unerreicht waren ebenso die Diskussionen über Jeans, die nicht in den Trockner durften, da sie sonst einlaufen würden, und gleichzeitig sollte man eine Möglichkeit finden, sie schneller zu trocken, da die Hosen sonst knapp an der Zahl werden würden. Die Diskussion fand bei geöffnetem

Kleiderschrank statt, der weitere 30 Hosen aus Jeansstoff offenbarte. Da musste Celine wirklich aufpassen, nicht im Kreis zu kotzen.

„So, meine Herrschaften, heute gibt es nicht die volle Portion. Ihr müsst leider teilen." Traurig beäugten die Hunde das Hausmädchen. Nachdem Celine die Hundeschüsseln befüllt und den Rest betrachtet hatte, beschloss sie, noch etwas frischen Reis zu kochen. So wie das hier aussah, widersprach es dem Ehrenkodex als Hausmädchen, solch eine Pampe zu servieren. Also nix mit Feierabend. Der Reiskocher arbeitete schnell, während die kleinen Edelleute auf Nachschlag warteten.

„Heute nur ein kleiner Nachtisch", erklärte Celine den beiden und verteilte noch schnell Leckerchen. Liebevoll platzierte sie das Besuchermahl auf einen großen Teller. Garniert mit Petersilie. Sie seufzte. Besser ging es nicht. Sie gab die silberne Glocke darüber und machte den letzten Arbeitsgang für heute. Zum Gästeappartement. Sie musste dafür nicht durch die Vordertür. Die Küche lag unter dem Erdgeschoss und hatte einen eigenen Zugang zum Innenhof. Mike und Juli begleiteten sie. Auf dem Weg zum Appartement wurde das Tablett immer schwerer und die Hunde immer aufgedrehter. Die Tür war angelehnt. Sie klopfte leicht an und war erschrocken, als die Tür mit einem Ruck aufgerissen wurde. Ein athletischer Mann um die 50, eins achtzig groß, mit mittellangem, gescheiteltem hellbraunem Haar und groben Gesichtszügen stand im Türrahmen. Er hatte zwei kleine Pflaster im Gesicht. Über der linken Augenbraue und am rechten Jochbein. Celine erkannte, dass er sich vor Kurzem frisch gemacht hatte. Sein Hemd von

Calvin Klein war ordentlich gebügelt, aber nicht mehr ganz so weiß. Das dunkelblaue Sakko von Boss aus der letzten Kollektion jedoch zerknittert. Sein Gürtel von Karl Lagerfeld war mittlerweile speckig und farblos. Die Gürtelschnalle total vermackt. Seine dunkle Hose mit schiefer Naht von irgendeiner Billigmarke trug vereinzelt leichte Flecken. Die Schuhe waren jedoch geputzt. Eigentümlicherweise trug er Stiefel. Arbeitsstiefel? Nein, Kampfstiefel. Die kannte sie von ihrem Cousin. Der war bei der Bundeswehr. Ihr Gast trug die Sachen garantiert seit 48 Stunden am Leib. Mike und Juli stürmten freudig ins Appartement.

„Die gnädige Frau schickt mich."

„Das ist wirklich sehr freundlich. Dankeschön", sagte er mit einem intensiven Blick in ihre Augen. Er wollte damit wohl kundtun, dass er sehr wohl bemerkte, wie sie ihn gerade abgecheckt hatte. Sie errötete kurz. Celine schickte sich an, ins Appartement zu gehen, um das Essen zu servieren.

„Alles gut, das kriege ich schon selbst hin. Sie haben doch bestimmt schon längst Feierabend."

Sie lächelte. Oh, den Typen mochte sie. Aber total.

Wicka hatte mir den Schlüssel zu meinem Appartement überlassen und sich dann verkrümelt. Gut so. Bevor noch mehr geheuchelter Mist zutage kam. In der umgebauten Scheune befanden sich sechs nebeneinanderliegende Wohneinheiten. Alle schlauchartig gearbeitet. Mit Blick nach hinten raus. Schön gemacht. Mein Reich lag direkt neben den Stallungen. Ab und an trat mal ein Pferd in seiner Box aus und brachte das Bild von einer Sonnenblume an der Wand zum Wackeln. Ich fand das charmant. Innen war alles hell gehalten. Holzdielen knarrten unter dem weichen, beigen Teppich. Eine kleine Stufe führte zum Schlafraum. Die Decke war sehr tief. Betrunken würde es schwierig werden, das Bett zu erreichen. Es klopfte verhalten an der angelehnten Tür. Ich riss sie auf und blickte in das erschrockene Gesicht einer jungen Frau in dunkelblauer Dienstmädchenmontur. Sie trug sogar ein Häubchen. Das nannte ich mal Oldschool. Sie brachte mir auf einem Tablett das Abendessen und hatte zwei von diesen röchelnden Minibulldoggen im Schlepptau. Die kleinen Scheißer stürmten in die Bude, als würden sie hier eine Geisel vermuten. Schließlich zankten sie sich dann auf dem Sofa um ein Designerkissen mit Silberpailletten. Konnten sie ruhig behalten. Ich fand es eh Scheiße. Aus den Augenwinkeln bemerkte ich, wie die kleine Maus mich abcheckte. Aber auch das war okay. So hatte wenigstens einer hier auf dem Anwesen die Sache im Griff. Ernsthaft, einem Hausmädchen machst du nichts vor. Echt nicht. Sie weiß genau, wie lange du deine Klamotten schon am Leib trägst, und kann dir sagen, von welcher Marke sie sind. Auch sonst hatte sie alles im Blick. Begann der Personenschützer seinen Tag, so war es klug, sich vorher mit dem Hausmädchen zu unterhalten. Sie wusste, mit welchem Fuß die Schutzperson aufgestanden ist. Kannte meist am ehesten die Pläne für den Tag, weil sie ihr die Klamotten dafür rauslegte. Was aber am wichtigsten war: War immer informiert, was es am morgigen Tag zu essen gab. Das war viel wert. Merkt euch eines: Wenn ein Mensch dich ruhig und freundlich mustert, ist er entweder vom Hauspersonal oder vom Geheimdienst. Hausmädchen standen zwar oft nicht hoch im Kurs bei den Herrschaften, aber einmal gefeuert, war das Geheule nachher immer groß, weil es dann doch nicht so schnell ebenbürtigen Ersatz gab. Also, ich besaß den größten Respekt vor solch einer Arbeit. Deswegen bot ich auch schleunigst an, ihr das Tablett abzunehmen. Sie war mir sichtlich dankbar. Irgendwann hat ja jeder mal gern Schluss und will nach Hause. Sie verabschiedete sich daraufhin so fröhlich, dass mir erst gar nicht auffiel, dass sie mir die Hunde gleich mit überlassen hatte. Entzückend. Ich hob die Glocke vom Teller und erblickte appetitlich angerichteten, schneeweißen Reis mit Hühnerfrikassee. Vom Duft beflügelt sprangen beide Hunde vom Sofa und setzten sich vor mich. Sie sahen mich dabei so vorwurfsvoll an, als würde ich ihnen gerade etwas wegessen. Unfassbar. Ich testete den Reis mit der Gabel und befand ihn für außerordentlich gut.

„So, Jungs, ich weiß nicht, was ihr jetzt macht. Aber ich esse draußen weiter." Ich hatte mir zuvor schon den Brunnen als Ruhepol auserkoren. Die Sonne war dabei zu verschwinden. Das Stallpersonal ebenso. Die Schnorchelbande folgte mir. Ich setzte mich auf den Steinvorsprung, hatte den Engel mitsamt Haupthaus im Rücken und das Eingangstor im Blick. Eine getigerte Katze stromerte an der Scheunenwand entlang und verschwand. Während ich so mein Frikassee futterte, sah ich zur Scheune, wo die Luxusschlitten parkten. Dort wollte ich gleich mal hin. Autos fand ich schon schön. Noch bevor ich den Kies knirschen hörte, schauten die beiden Hunde zuerst zur Seite.

Da könnt ihr mal sehen. Selbst so kleine Scheißer waren nützlich. Sie waren erfreut und hörten gar nicht mehr auf zu schnorcheln.

„Sie finden aber ziemlich schnell Freunde."

Eher unwillig riskierte ich einen Blick. Reden stand heute eigentlich nicht mehr auf meiner Agenda. Eine schlanke Frau mit nussbrauner, wallender Mähne in Jeans und schwarzer Windjacke kniete vor den beiden Spaßvögeln. Sie kraulte ihnen abwechselnd die Öhrchen. Ich schob mir den nächsten Bissen rein, um partout nicht reden zu müssen. Die Frau wandte den Kopf, und für eine Millisekunde war ich wirklich erstaunt. Das war Saskia. Die Dame im Cowboyoutfit. Schnell mal umgezogen und schon ein neuer Mensch. Sieh an. „Oh, Sie essen gerade." Es war ihr sichtlich unangenehm. Sie trat aber auch immer in den ungünstigsten Momenten auf den Plan. Erst hinderte sie mich am Flirten mit der hübschen Pferdedame und dann platzte sie in ein Geschäftsessen mit meiner neuen Gang. „Ich wollte Sie nicht stören."

Ich brachte so etwas wie ein Grunzen zustande und nickte wohlwollend.

„Guten Appetit."

Ich hob lässig die Gabel, bevor ich sie wieder zum Schaufeln brauchte, und hoffte, Saskia würde endlich verschwinden. Tat sie aber nicht. Meine Herren.

„Man hat Sie also bei den Jungs untergebracht?"

Ich schaute irritiert vom Teller auf.

Saskia lächelte. „Jungsstall." Sie deutete auf die Seite, wo meine Behausung lag. „Mädchenstall." Der Fingerzeig ging nun auf die Seite, wo Jerry wohnte.

„Ah", brachte ich lediglich hervor und aß gelassen weiter. Die beiden Hunde fingen wieder an, sich zu bekriegen. Diesmal ging es um einen winzigen Ast. Echt spannend. Ich bemerkte, dass Saskia die Jacke bis oben hin geschlossen hielt und zudem noch einen Schal trug. Übermäßig kalt war es gerade nicht. Auch war kein schlechtes Wetter zu erwarten. Ergo, sie war entweder tätowiert bis zum Geht-nicht-mehr und hatte keinen Bock, deswegen vollgetextet zu werden, oder sie fror schnell. Somit war sie entweder eine Ex-Prostituierte oder eine Gesundheitsfanatikerin.

„Ich wünsche Ihnen dann noch einen schönen Abend", verabschiedete sie sich.

Zum Glück. Der Teller war gleich leer. Sonst hätte ich noch reden müssen. Ich nickte nur. Einen kleinen Augenblick später fuhr ein schwarzer Mini Cooper langsam vom Hof. Ich stellte den Teller beiseite und ging gelassen zur Autoscheune. Mittlerweile war wohl keiner mehr da. Die beiden Irren rannten wie gewohnt vor und aktivierten damit die Bewegungssensoren. Die Scheune leuchtete in einem warmweißen Licht auf. Nun sah ich sie. Die Ferraris, Maseratis und Porsches. Immer zwei an der Zahl. Ein neuer und ein alter. Konsequent. Zwei Wagen waren abgedeckt. Vermutlich ein Sportwagen, so niedrig wie er stand, und eine Limousine. Sicherlich eine Mercedes S-Klasse. An der Felge konnte ich erkennen, dass es das Vorgängermodell war. Warum war es abgedeckt? Der Wagen war bei Weitem nicht so viel wert wie der Ferrari. Sonderlackierung? Defektes Sonnendach? Neugierig geworden, ging ich auf den Wagen zu. Irgendwas war an der Felge anders.

Ich tippte auf einen Spezialeffekt. Doch noch bevor ich den Wagen erreichen konnte, hielt ein Ruf mich zurück.

„Juli? Mike?" Karen Roiser holte ihre Hunde. Die beiden Rowdys sausten an mir vorbei. Ich folgte ihnen. Nur nicht so schnell. Die Hausherrin trug einen weißen Hausanzug von Versace mit wirren, goldblauen Gebilden auf dem linken Ärmel. Sie war nach vorn gebeugt, um ihre kleinen Racker zu streicheln. Die begrüßten ihr Frauchen so, als hätten sie sie jahrelang nicht gesehen. Karen bemerkte gar nicht, wie ich aus der Scheune kam. Vielleicht auch besser so. Ich machte einen kleinen Schritt zur Seite und ließ es sogar noch so aussehen, als wäre ich gerade aus dem Mädchenstall gekommen. Ich räusperte mich kurz, bevor sie aufschauen konnte und vielleicht erschrak.

„Ah, Herr Stammer." Sie schien freudig entspannt. „Waren Sie bei Ihrer neuen Freundin?"

Ich schaute verdutzt.

„Jerry", half sie mir auf die Sprünge.

Ich hob nur leicht die Augenbrauen. So ließ ich alles offen, blieb die Antwort schuldig und brauchte wenigstens nicht zu lügen. Obwohl, Jerry würde ich bestimmt noch besuchen. Gern sogar. „Wenn Sie fertig sind, ziehen Sie dann bitte alles hinter sich zu?"

„Natürlich." Ich stutzte. Alles zuziehen? Mehr nicht?

„Danke." Mit einem überaus entkrampften Lächeln drehte sie sich um und schwebte davon. Ihr staksiger Gang hatte sich aufgelöst, und da wurde mir klar: Karen Roiser war zugedröhnt bis unters Dach. Alter Schwede.

Saskia Reindel war seit zwei Jahren in dieser Region. Ursprünglich kam sie aus Brandenburg. Musste aber fort, weil die letzte Partnerwahl nicht die beste gewesen war. Als Tierarzthelferin hatte sie gearbeitet und sich als Tänzerin etwas nebenher verdient. Nur Tänzerin. Poledance. Kein Escort. Anfragen gab es genug. Aber Saskia wehrte stets ab. Sie blieb ihrer Linie treu. Ihr Freund Roman, der Türsteher, der stets dafür Sorge tragen wollte, dass es ihr gut ergehen sollte, weniger. Er drängte sie immer öfter und intensiver, doch den Weg zum Escortservice einzuschlagen. Als sie partout nicht wollte, fing er an, sie zu schlagen. Eines Tages packte sie dann ihre Eishockeytasche und Filou, ihren Kater, unter den Arm und stieg in den Zug nach Frankfurt. So pünktlich, wie der Zug eintraf, so sicher kam dann auch der Ärger. Ihr Ex-Freund war gut vernetzt und ihre Freundinnen nicht die hellsten Kerzen auf der Torte. Roman fand sie schnell. Keine zwölf Stunden später bekam sie die Schläge ihres Lebens. Aber nicht ins Gesicht. Lediglich auf die Oberschenkel und in die Nieren. So macht man das im Rotlichtmilieu. Nicht die Ware beschädigen. Trotzdem hatte sie Blut gepisst. Beim nächsten Mal nahm sie nur Filou mit und fuhr per Anhalter nach Düsseldorf. Das klappte schon besser. Für zwei Wochen. Eine weit entfernte Freundin, die Saskia von einem Gothic-Festival in Weeze her kannte, gewährte ihr Unterschlupf. Saskias Haare waren mittlerweile schwarz gefärbt und für ihre Verhältnisse unnormal kurz. Sonntags morgens auf dem Rückweg vom Bäcker fiel ihr der mattschwarze Transporter aus Frankfurt auf. Genau der, der sie schon mal mitten in der Nacht zu einem Waldstück gebracht hatte, wo sie, an einen Baum gefesselt, malträtiert worden war. Er parkte in zweiter Reihe. Zwar relativ weit entfernt von ihrem Zufluchtsort, aber das sollte nichts heißen. Irgendwo würde noch ein Fahrzeug warten. Wieder würden die Wichser sie einkreisen. Hatte ja schon mal geklappt. Diesmal ließ sie Filou zurück. Einer ihrer größten Fehler. So groß, dass sie heute noch schlecht schlief. Die Reise nach Bayern mit verschiedenen Trucks als stille Beifahrerin und Regionalbahnen war mehr als abenteuerlich. Seitdem waren ihre Sinne geschärft für alles, was ungewöhnlich war. Als dann heute dieser Mann aus dem Ruhrgebiet auf dem Hof auftauchte, setzte fast ihr Herz aus. Sie kannte solche Typen zur Genüge und hätte darauf wetten können, dass Roman ihn geschickt hatte, um sie zurückzuholen. Seine Blicke ruhten nie und die Hände waren vernarbt. Ein Typ, der keinem Problem aus dem Weg ging. Oder sich Probleme suchte. Oder für andere Probleme suchte. Aber er interessierte sich nicht für sie. Also, überhaupt gar nicht. Er musterte sie nicht. Stellte ihr nicht eine einzige Frage. Nichts. Gar nichts. Vielleicht mochte er keine Frauen. Oder nur sie nicht. Saskia konnte die Art der Interessen schon abschätzen. Oft wurden ihr Avancen gemacht. Keine davon hatten je den Hintergrund gehabt, sie auffliegen zu lassen. Aber Stammer hätte sich gerade lieber im Brunnen zu Tode gebracht, als sich mit ihr zu unterhalten. Er gab sich keine Mühe, Pluspunkte zu sammeln. Das war ungewöhnlich auf dem Anwesen. Da, wo jeder dem anderen in den Hintern kroch. Wer weiß, wer wann mal wem nützlich sein konnte. Das änderte sich täglich auf dem Hof. Gesteuert von der Gnade der Hausherrin. Aber den Typ hier scherte das alles einen Dreck.

Margit Roiser sah sich genötigt, auf dem Anwesen mal nach dem Rechten zu sehen. Das fiel ihr morgens um vier ein. Sie konnte nicht schlafen. Klaus war schon informiert und würde sie um acht Uhr in Starnberg abholen. Gegen neun würde sie dann auf dem Hof ankommen. Sie starrte in den Nachthimmel. Am kommenden Wochenende fielen Verwandte, Bekannte, Investoren, Mitarbeiter sowie Lokalpresse und sonstige Schnorrer zum Firmenfest auf dem Hof ein. Die Außenwirkung war gerade sowieso nicht die beste. Jedermann lauerte geradezu auf jeden kleinen Fauxpas. Diese schadenfrohe Bande. Ihre Kinder schienen unkonzentriert. Viele Dinge gingen gerade nicht gut von der Hand. So etwas kannte sie. Es gab eben nicht immer nur Sonnenschein im Leben. Es wurde immer noch mal schlimmer, bevor es besser wurde. Über solche Themen wusste sie Bescheid. Dazu kam noch, dass dieser Unmensch auf dem Hof war und den ganzen Ablauf störte, weil er alle ablenkte, indem er auf sein Geld pochte. Sie würde Dinge auf den Punkt bringen und dadurch beschleunigen. Margit Roiser wusste genau, worum es ging. Sie kannte die Ecken, wo sie die Hebel ansetzen musste. Derlei Feste hatte sie schließlich selbst jahrzehntelang organisiert. Karen war gerade nicht bei der Sache. Was ihr fehlte, war ein Mann an ihrer Seite. Ihre Tochter war schwach. Immer schon. Sie war einfach nicht in der Lage, sich zu nehmen, was sie wollte. War sie noch nie. Das Nesthäkchen wollte ein Kind und suchte dafür den Traumprinzen. Lächerlich. Sie musste lernen, dass es nur entweder oder gab. Beides würde sie niemals bekommen. Nicht auf ihre

Weise. Wenn es ihr so wichtig war mit dem Kind, wäre das schon längst erledigt. Männer sind grundsätzlich dumm. Ab einer bestimmten Schwingung hört ihr Hirn auf zu arbeiten und andere Regionen übernehmen das Denken. Margit konnte da durchaus mit einschlägiger Erfahrung aufwarten. Sie hatte damals im Sekretariat bei der Roiser-Familie angefangen. Der alte Roiser hatte sie ständig im Blick. Den Blick erwiderte sie ab und an. Wollte sich alles offenhalten. Schließlich ließ sie sich vom Sohn erobern. Zierte sich hier und da. Gab ihm ein gutes Gefühl und wurde schließlich schwanger. Der Alte tobte damals. Aber einen Selbstmordversuch später wurde auch schon geheiratet und zur absoluten Absicherung noch ein Kind präsentiert. So einfach war das. Also brauchte keiner Margit Roiser damit zu kommen, was möglich war und was nicht.

Jeder Job hatte seinen eigenen Geruch. Echt jetzt. Früher hatte ich mal im Duisburger Hafen gejobbt. Hab da Algen von den Yachten gekratzt. Da roch es fortwährend nach Öl. War aber nicht unangenehm. Dann krebste ich mal in einer Großbäckerei rum. Kartons stapeln. Da war es auch schön. Die Menschen waren freundlich. Süßlich war der Duft. Bei den Events, die ich als Security begleitete, zog trockener Kunstnebel durch meine Nase. Danach gab es nur noch Schwefel. Egal, ob beim Training oder am Einsatzort. Rumgeballert wurde ständig. Oft wurde meine Nase dann bei den Einsätzen für den familienbezogenen Personenschutz arg mit den verschiedensten Parfüms in Anspruch genommen. Jetzt nicht ganz so schlimm wie das Bouquet von Erik Roiser, aber auf jeden Fall schon erwähnenswert. Und nun gerade beim Betreten des Mädchenstalls zog der Ammoniak vom Pferdemist durch meine Nase. Für einen Augenblick war ich wieder der junge Mann, der sich um die Haflinger kümmern sollte. Das verbesserte meine Laune immens. Zudem war ich wirklich extrem gut ausgeruht. Schlaf ist eben tatsächlich die beste Medizin. Die Verspannungen waren weg und der Kopf war wieder klar. Also halbwegs. Ich wollte Jerry besuchen und war tief beeindruckt vom Zustand der breiten Stallgasse. Hier lag nicht ein Strohhalm auf dem hellen Granitboden. Die Stalltüren waren in sattem Jägergrün gestrichen und an der Decke hingen alle vier Meter neunarmige Leuchter mit Kristallbehang. Niemand war hier. Nicht mal die Pferde. Auch nicht in den Paddocks. Am Ende der Gasse war das Tor geöffnet und ließ mich vermuten, dass es dort eine angrenzende Weide gab. Ich schlenderte zum Licht am Ende des Tunnels und es haute einen einfach um. 14 Stuten grasten friedlich auf einer mächtig großen Wiese, die direkt am Lech lag. Voll schön. Aus den Augenwinkeln sah ich eine Handvoll Pferdepflegerinnen, die umgehend ihre Zigaretten ausmachten. Als hätte ich hier was zu sagen gehabt. Ich lehnte am Zaun und hielt Ausschau nach meiner Freundin. Mit dem Fuß stieß ich dabei gegen einen Eimer mit Pferdecrackern. Ich kannte die Dinger noch von früher. Das waren kleine rundgepresste Haferpellets, die mit Honig zusammengehalten wurden. Oder Zuckerwasser? Ich weiß es nicht genau. Egal. Was auch immer. Auf jeden Fall schmeckten die echt gut, auch für Menschen. Als ich mich bückte, um einen aus dem Eimer zu holen, hörte ich ein leichtes Schnauben. Jerry war da. Ich lachte auf, ging erneut in die Knie, um einen weiteren Haferkringel aus dem Eimer zu angeln, und streichelte ihr samtweiches Maul.

„Na, kleine Lady. Lust auf ein zweites Frühstück?“ Gierig nahm Jerry den Snack aus meiner flachen Hand an. So standen wir uns dann mümmelnd gegenüber. In aller Stille. Wie zwei alte Freunde, die nicht reden mussten, weil schon alles gesagt war und es nichts Neues gab. Solche Augenblicke sind schön. Halten aber nie lange an.

„Herr Stammer?“ Normalerweise hätte ich mich dem Frevler der Stille entnervt präsentiert. Aber das hier war die Chefin, und das bedeutete, dass es Kohle gab. Oder auch nicht. Ich wollte mal nicht ganz so euphorisch sein. „Oh, ich störe Sie gerade beim Frühstück“, meinte sie beiläufig und deutete auf meinen Pferdekeks. Sie sagte es nicht sarkastisch oder irgendwie humorvoll. Sondern analytisch. Und zwar so, dass es fast schon wieder witzig klang. Sie wartete nicht auf eine Antwort. „Herr Arendt wird Sie nach Landsberg fahren. Er ist befugt, in unserem Namen Geld abzuheben. Ich habe die vereinbarte Summe auf 30.000 aufgestockt. Ich hoffe, das ist in Ihrem Sinne.“ Ich nickte knapp. War jetzt nicht der Hammer, aber okay. Nur weg hier und ran an die Nordsee. „Heute Abend fährt Ihr Zug gegen 21 Uhr. Ein Taxi wird Sie abholen. Es gibt auch Flüge ab München, aber die Zugverbindung ist wirklich überaus angenehm.“ Auch das segnete ich mit einem Nicken ab. „Herr Arendt wartet bereits auf Sie.“

„Herr Arendt, Herr Arendt“, summte es in meinem Kopf, und da wusste ich auch schon, was mich an der Limousine störte.

In Erik brodelte es. In dem schlecht gefederten Taxi fühlte es sich für ihn an, als würde direkt unter dem zerschlissenen Polster die Kardanwelle rumoren. Die Geschwister Roiser hatten ihrer Mutter schon unzählige Male vorgeschlagen, sich einen eigenen Fahrer zuzulegen. Nein, war die Antwort. So oft war sie ja nun auch nicht unterwegs. Das stimmte so weit auch. Aber bemerkenswerterweise immer dann, wenn er oder Karen mobil sein musste, blockierte Mutter den einzigen Chauffeur. So wie jetzt. Mit Verspätung in München gelandet, ging es zur Krönung in einem nach Duftbaum riechenden Albtraum in Beige weiter. Die hauseigene Security, die aus drei Mann bestand, war teilweise auch noch in die Vorbereitungen für das Fest eingespannt und somit für Fahrdienste unabkömmlich. Ebenso ein Unding. Aber Mutter hatte das seinerzeit so eingestielt. Jeder auf dem Hof fasste mit an, wo er konnte. Egal, welche Kernkompetenz er innehatte. Klaus musste auch schon mal in der Küche beim Kartoffelschälen helfen. Unglaublich. Aber da kannte Mutter nichts. Nach dem Familienfest würde er wegweisende Änderungen bezüglich der Personalpolitik durchsetzen. Ohne Widerrede. Es reichte jetzt. Endgültig. Das Vorkommnis mit dem Stalker war nicht nur ein geldfressendes Ärgernis, sondern auch noch gefährliche Zeitverschwendung gewesen. Letztendlich war so ein Zwischenfall eine intensive Warnung für alles, was am Hof schieflief. Das durfte sich nicht wiederholen. Nie wieder.

Diesmal stieg ich vorn ein. Klaus nickte mir freundlich zu und fuhr gemächlich an. Die Sonne kämpfte sich kraftvoll durch das dichte, grüne Geäst der schlanken Bäume und legte vereinzelt ihre Strahlen auf das fließende Wasser. So begleitete uns zur rechten Hand ein fortwährend funkelnder Strom. Traumhaft. Ich ließ ein kleines Stück das Fenster runter.

„Gut geschlafen?"

„O ja, sehr gut", entgegnete ich mit geschlossenen Augen und genoss den frischen Fahrtwind.

„Perfekt. Die gnädige Frau hat Ihnen von der reservierten Zugfahrt erzählt?"

„Jawoll, das hat sie."

„Schön."

Ich ließ einen Augenblick verstreichen, bevor ich fragte: „Gibt es eigentlich einen Grund dafür, warum wir mit Ihrem Privatwagen durch die Gegend gondeln?" Die Antwort ließ auf sich warten. So öffnete ich die Augen und sah Klaus nun direkt an. Das Schweigen wertete ich schon mal als Bestätigung, dass ich richtig lag. Den eigentlichen Grund zu erfahren, war jetzt reine Neugier. „Das Nummernschild", schob ich nach. Seit Kindheitstagen habe ich den Spleen, mir Nummernschilder zu merken, und baute mir dafür die unmöglichsten Eselsbrücken. Gestern hatte ich bemerkt, dass das Nummernschild LL-AK-was-weiß-ich lautete. Landsberg am Lech AK47 hätte ich jetzt daraus gemacht. Angelehnt an die Kalaschnikow AK47. Die Nummern hatte ich jetzt nicht auf dem Schirm. Die hätte ich aber auch irgendwie verwurstet. Verbunden mit 'nem Geburtsdatum oder so. Irgendwas Verrücktes wäre mir schon eingefallen.

Na ja, wenn es wichtig gewesen wäre. War es ja nicht, aber irgendwie doch wieder interessant. Die meisten hohen Häuser lassen immer raushängen, wer sie sind. Ständig. Gerade in solchen Kuhdörfern. Immer schön auf Kamine machen und zeigen, wer hier alle am Kacken hält. Den Kurfürsten geben. So hätte das Nummernschild eigentlich LL-R-1 oder so ähnlich lauten müssen. Als Karen Roiser mir dann gerade etwas von Herrn Arendt erzählt hatte, checkte ich, dass das die Initialen vom hauseigenen Chauffeur waren. Ergo rauschten wir gerade im Privatwagen des Chauffeurs im Namen des eigentlichen Auftraggebers durch die Gegend. Schon ein bisschen abgefahren. Klaus nickte mit leicht verkniffenem Mund, war allerdings gefangen in seiner Loyalität. Ich war praktisch ein Niemand. Warum sollte er mir jetzt den Grund auftischen? Ich wollte ihn aber auch nicht in weiter in Verlegenheit bringen.

„Also, der Wagen ist schon aus dem ehemaligen Familienbesitz“, versuchte er, die Sache noch irgendwie zu drehen.

„Okay.“

„Herr Roiser junior hat ihn mir dann seinerzeit freundlicherweise überlassen. Der Wagen hätte im Austausch für einen anderen keinen guten Preis erzielt.“

„Sehr fair. Aber immerhin haben Sie sich ja auch stets gut drum gekümmert.“

„So ist es.“

Die Straße war leer. Wir glitten weiter dahin. Nun wäre so ein Gespräch beendet gewesen. Aber eine Antwort hatte ich ja jetzt nicht wirklich bekommen. Die Strecke bis nach Landsberg zog sich noch etwas. Also legte ich nach.

„Und jetzt sind Sie von dieser Gabe so ergriffen, dass Sie bis zum Ende Ihrer Dienstzeit mit dem Wagen herumfahren wollen.“ Ich versuchte es mal auf die Humorschiene. Es klappte. Klaus lachte auf.

„Nein“, erwiderte er verlegen. „In letzter Zeit gab es immer mal wieder ein paar Probleme. Eines davon haben Sie am Wochenende gelöst.“

„Kann man so sagen.“

„Die Familie war eine Zeit lang in sämtlichen Gazetten dieser Region. Egal, welches Blatt. Alle hängten sich an den vermeintlichen Steuerbetrug.“

„War es denn einer?“

„Da fehlt mir dann doch gänzlich der Überblick.“

„Man muss ja auch nicht alles wissen. Ist manchmal echt besser so.“

„Und doch meinen manche wiederum, alles besser zu wissen.“

„Was genau ist passiert?“

„Gelegentlich wurde unsere Stammlimousine mit allerlei Unrat beworfen. Bis dato war es nie wirklich schlimm. Ich konnte es immer entfernen. Meist auch so, dass die Herrschaften das nicht ständig in Gänze mitbekamen.“

„War bestimmt nicht immer schön.“

„Kuhdung von den Scheiben zu holen, ist wirklich nicht schön.“

„Wow.“

„Irgendwann steigerte sich das mal dahin, dass man unseren Wagen mit Sprühereien bedachte. Das konnte ich dann nicht mehr verbergen.“

Jetzt machte es bei mir wieder klick. Das war der Wagen, der unter der Abdeckung in der Scheune stand. Die

Farbirritierungen waren kein Spezialeffekt, sondern eine Farbschmiererei, die die Felge hinuntergelaufen war. Das war echt ein Kreuz mit den Spraydosen. Und wenn es etwas Schlimmeres gab als Graffitis, waren das schlechte Graffitis, die über die eigentliche Botschaft hinaus alles gleich mit einsauten. Jesus, was für eine Seuche. Echt jetzt.

„Verstehe."

„Deswegen haben wir uns dazu entschieden, eine kleine Weile auf diesen Wagen zurückzugreifen."

„Gute Entscheidung. Was ist eigentlich mit der hauseigenen Security? Kommt die auch mal zum Einsatz?"

„Es gibt lediglich drei, und die bringen nicht ganz die Befähigung mit, die Sie aufweisen."

Puh, das war jetzt aber mal neutral. Klaus wollte bestimmt noch mal in die Politik.

Nun kamen wir in der Zivilisation an. In der Ferne konnte ich tatsächlich die Alpen ausmachen, so klar war der Himmel. Die Häuserreihen wurden immer dichter. Ich entdeckte sogar schon den Bahnhof. Klaus schwenkte links in eine Straße, die im Schatten der Bäume lag, und fuhr eine Parktasche an.

„Ich prüfe kurz das Postfach. Dann geht es weiter."

Wir stiegen beide aus. Klaus schickte sich an, über die Straße zu gehen.

„Ich bleib hier am Wagen."

Er hob mit einem Nicken kurz seine Hand und eilte über die Straße. Ich genoss wie immer die Luft. Doch dann, wie von einem Magneten angezogen, folgte ich einem Rauschen über den Gehweg und durch einen kleinen Grünstreifen. Und Freunde, was soll ich euch sagen? Wenn ihr aus einem Auto aussteigt und schon immer mal auf der Stelle in Ohnmacht fallen wolltet, dann fahrt nach Landsberg am Lech. Zur Post auf der Von-Kühlmann-Straße und schaut euch genau aus diesem Winkel an, wie sich der Lech in schneeweißen Fluten die vier sogenannten Wehrstufen hinunterstürzt. Im Hintergrund erhebt sich, umringt von schönen Häusern, der Kirchturm und rundet das Bild noch mal ab. Glaubt mir. Einmal so gesehen, werdet ihr das nie wieder vergessen. Ist so. Meine Fresse. Ich kriegte mich gar nicht mehr wieder ein. Ich war ja schon so ziemlich überall und habe viel gesehen, aber das hier war der Hammer.

Klaus war mittlerweile wieder da. „Sollen wir von hier aus in den Ort laufen?"

„Unbedingt."

Wir gingen über eine Brücke in den Stadtkern.

„Leider ist heute kein Markt. Dann ist das hier alles noch mal um vieles schöner."

Klaus verschwand in einem Bankgebäude. Ich staunte noch ein wenig. In einem kleinen Naturkostladen holte ich dann eine kleine Tüte Möhren. Für Jerry und mich. Nur das Beste. Ein kleines Abschiedsdinner quasi. Ich wollte noch das neckisch aussehende Pralinengeschäft anlaufen, aber da kam mir Klaus relativ fix wieder entgegen. Er hatte die dünne Aktentasche jetzt unter seinem Arm geklemmt und schaute sich ein-, zweimal hektisch um. Und da wusste ich, er hatte die Dineros dabei. Gut so.

„Mama, du bist wirklich komplett verrückt."

Karen war heute schon frühzeitig fertig mit den Nerven. Ihre Mutter war einen Tag eher erschienen als geplant und riss auch sogleich die Organisation an sich. Ihr ginge das alles zu langsam, hieß es. Sie entschied über Karens Kopf hinweg, wo die Büfetttische nun stehen sollten. Dann pflügte sie die Sitzordnung um. Danach wollte sie die kleinen Hüpfburgen dort aufbauen lassen, wo sie immer ihren Platz hatten, obwohl Karen eine neue Optik für das Fest bieten wollte. Das Event sollte so etwas wie ein kleiner Neuanfang sein. Etwas Frisches, etwas Innovatives darstellen. Sie wollte die Familie Roiser mal anders präsentieren. Nicht so angestaubt. Aber genau diesen Plan konnte Karen gerade vergessen. Dann tat Mutter das, was sie offensichtlich am liebsten machte und am besten konnte: die Mitarbeiter stressen. Sie ertrug es einfach nicht, wenn jemand länger als zehn Sekunden irgendwo stand. Erst kam die Frage, wofür er denn bezahlt würde, dann folgte eine unmögliche Aufgabe. Die Kündigungsrate nach jedem Fest war bislang wirklich enorm gewesen. Bei der Befragung hieß es meist, dass die Arbeit ihnen wenig ausmachte, was Karen sehr begrüßte, aber das sinnlose Drangsalieren der Frau Mutter eben das eigentlich Unerträgliche war. Es gab schon einmal einen Riesenstreit am Hof, worauf Margit Roiser sich dann ihr eigenes Domizil in Starnberg zulegte. Leider nicht weit genug weg. Sie entließ damals aus einer Laune heraus einfach den größten Teil des Stallpersonals. Einfach so. Keiner wusste bis heute, was der Auslöser gewesen war. Fakt war dann aber, dass das Folgepersonal nicht ordentlich angelernt werden konnte und es meist Probleme mit der Medikationsverteilung bei den Pferden gab. Selbst Erik, der Mutter wesentlich näherstand, war damals ziemlich aufgebracht. Margit Roiser hinterließ hier ein organisatorisches Trümmerfeld. Als sich dann die Sache mit dem Steuerbetrug auftat und der Stalker auftauchte, gab es wieder so etwas wie eine Annäherung zwischen Mutter und Tochter. Mutter war bestimmt kein schlechter Mensch. Also, zumindest nicht bei ihren Kindern, aber oft wünschte sich Karen ihren Vater wieder herbei. Er hatte stets für alle ein Lächeln übrig und pflegte alles in ruhiger Art zu handeln. Karen war eher so ein Mittelding, weil sie es eben von beiden Seiten nicht anders kannte. Sie war auf ruhige Weise meist unangenehm.

„Warum soll ich verrückt sein?", lachte Margit Roiser auf und zelebrierte etwas, was man schon fast als Kriegstaktik auslegen konnte. Immer wenn sie ahnte, dass sie dabei war, den Bogen zu überspannen, bot sie eine Überraschung. Die dann allerdings sehr groß sein musste, um alles vergessen zu machen. So wie jetzt gerade, als ein schwerer, roter Geländewagen mit einem riesigen Pferdeanhänger aus Chrom auf den Hof gefahren kam. Der Fahrer klappte die Rampe runter und entließ damit ein Geschenk, das wirklich seinesgleichen suchte. Einen unfassbar muskulösen Araberhengst mit unglaublich hohem Stockmaß. „Darf ich vorstellen? Das ist Rosantiquo."

„Meine Güte", staunte Karen und berührte schon fast ehrfürchtig sein glänzend schwarzes Fell am heftig pulsierenden Hals. Er schnaubte und tänzelte nervös vor und zurück. Mittlerweile hatten sich alle Mitarbeiter versammelt und bestaunten das Prachtstück.

„Sei nicht so. Du hast genug Platz und für unser Fest sogar nun einen angenehmen Gesprächsstoff." Eigentlich ließ sich Karen nicht mehr so leicht von Mutters Manövern ablenken, aber hin und wieder ging der Plan auf. Dieser Bursche hier war wirklich außerordentlich hübsch. Fast vergessen war der nervenraubende Vormittag. Karen lächelte. Mutter war eine Schlange.

ɞ

Als wir auf den Hof fuhren, standen alle um einen Pferdeanhänger. Davor tippelte ein Zossen herum. Groß wie ein Hochhaus und so schwarz glänzend, als wäre er gerade aus der Lackiererei gekommen. Seine prachtvolle Mähne war kunstvoll zu feinen Zöpfen geflochten. Sein dichter Schweif glatt gebürstet. Unter seinem Fell spielten immens imposante Muskeln. Wenn das Kraftpaket stiften gehen würde, wäre es bestimmt schneller als der Wind. Und glaubt mal, der wusste genau, wer hier Chef im Ring war. Arroganter Gaul.

„Ich gebe das Frau Roiser weiter und sie erledigt den Rest mit Ihnen."

„Perfekt."

Wir stiegen aus. Ich nickte zur Begrüßung oberflächlich in die Menge hinein und wurde misstrauisch beäugt. Lediglich Saskia nickte zurück. Securitychef Wicka schaute gekonnt weg. Eine verschrumpelte Magnolie in einem blauen Kostüm und rot getönten Haaren durchbohrte mich mit ihrem Blick. Junge, Junge mit der wollte ich keinen Ärger haben. Die bastelte bestimmt nachts Voodoopuppen. Karen Roiser war verzaubert vom edlen Tier. Die bekam gar nichts mehr mit. Ich schlenderte mit meiner Tüte Möhren in Richtung Mädchenstall.

Durch die Stallgasse lief ich zur Weide, und da stand meine Kleine, als hätte sie seit heute Morgen dort auf mich gewartet.

„Mylady", sprach ich die kleine Friesendame an. „Es ist angerichtet. Heute Morgen hast du Frühstück gemacht. Jetzt lass ich mal was springen." Ich kam kaum dazu, die Tüte zu öffnen. Jerry schob ihren Kopf zwischen die Zaunlatten und wollte sie mir entreißen. „Ui, du freches Ding. Immer mit der Ruhe." Angelockt vom Rascheln der Tüte kamen die anderen Damen natürlich auch angaloppiert. Das hatte ich nicht bedacht beim Möhrenkauf. Aber ich fand die goldene Mitte und jede der Damen bekam etwas ab. Am Schluss konnten Jerry und ich uns sogar noch eine Möhre teilen. Zufrieden schauten wir uns in die Augen. „Meine liebe Schönheit, heute Abend müssen wir uns leider voneinander verabschieden." Jerry schnaubte. Vielleicht hatte sie mich verstanden. Wer weiß? Ich wünschte es mir. Dann hätte ich hier auf dem Hof wenigstens einen Gesprächspartner gehabt.

„Frau Roiser schätzt es nicht, wenn Besucher ihre Pferde füttern", tönte es auf einmal von hinten. Respekt. Wicka war lautlos. Er hatte sich angeschlichen und würde sich jetzt bestimmt bis zum Ende des Monats einen darüber abfreuen, dass ich ihn nicht bemerkt hatte. Ich hätte ihm locker einen Kopfstoß geben können, um zu zeigen, dass es durchaus noch andere Sorgen geben kann.

„Ah, okay", meinte ich nur.

„Frau Roiser möchte Sie gern im Haupthaus sehen."

„Gut." Ich strich Jerry noch einmal über das Maul und drückte mich vom Zaun ab.

„Die Schlüssel vom Appartement können Sie dann in den Briefkasten des Bürotraktes werfen."

Ich hob zur Antwort den Daumen.

Der Platz war wieder leer. Der schwarze Riese bezog mittlerweile seine Suite im Jungenstall. Kaum lief ich die leichte Anhöhe zum Haupthaus hoch, öffnete mir Celine schon die gewaltig große Tür. Sie strahlte mich an. Der kleine Grinsekeks. Kurz darauf kam die Schnorchelbande aus dem Haus gestürmt. Juli war zuerst da. Dann folgte Mike. Sie hatten wohl ernsthaft den Plan, mich umzurennen. Na ja, immerhin waren sie witzig.

„Alles gut?", fragte ich.

Celine verdrehte kurz die Augen. Das sagte alles. Irgendwas ist ja immer. Besonders in so einem Haus. „Ich soll Sie in die Bibliothek bringen." Jetzt rollte ich mit den Augen. Einen Umschlag in die Hand an der Haustür und ein geheucheltes „Danke" hätten gereicht. Jetzt musste ich mir wahrscheinlich noch irgendwelche Ansprachen geben. Anstrengend. Der Nordseestrand rief. Ich konnte den Wellenschlag schon förmlich hören. Ich verschone euch jetzt mal mit der Beschreibung, wie brutal luxuriös das Haupthaus von innen aussah. Aber die Bibliothek war echt der Hammer. Lindgrüne Tapeten, von goldenen Fäden durchzogen, schmückten die Wände und wurden nicht gänzlich von Gemälden bedeckt, die irgendwelche nachdenklichen Menschen in mittelalterlicher Kleidung zeigten. Dann. Natürlich. Ein Kamin. Klar. Wuchtig und mit Stuck versehen. Die Fensterfront war riesig und gab einen Ausblick zum Lech preis. Eine Terrassentür führte hinaus in einen penibel gepflegten Garten. Eine Wand füllte ein Monsterregal mit allen möglichen Enzyklopädien. Rote Einbände. Grüne Einbände. Blaue Einbände. Allesamt mit goldener Schrift auf dem Buchrücken. Klugscheißerbücher, die viele Menschen gern besaßen, aber in die selten jemand reinschaute. Wozu auch? Es gab ja Suchmaschinen im Handy. Es sah hier wirklich aus wie im scheiß Weißen Haus.

Erik und Karen saßen in Clubsesseln aus Büffelleder. Das Schrapnell, das mich gerade noch mit ihren Blicken aufgespießt hatte, mixte sich am Servierwagen was zurecht.

„Darf ich Ihnen etwas anbieten?“, fragte sie mich.

Ich schüttelte den Kopf.

„Sie kennen meine Mutter?“, frage Erik.

Wieder Kopfschütteln. Meine Güte, was sollte das? Einmal Umschlag bitte und weg hier.

„Nehmen Sie doch bitte noch einen Augenblick Platz.“ Karen bot mir einen der beiden übrigen Sessel an. Ich setzte mich. Erik holte ein Taschentuch hervor und fing an, seine Brille zu polieren. Er saß zum Glück weit genug weg, damit sein Parfüm mich nicht gänzlich ausknocken konnte. Dann Stille. Erik putzte. Karen lächelte. Sie warteten wohl darauf, dass Frau Mutter mit dem Mixen ihrer Alkoholbombe fertig wurde. Karen hörte nicht auf zu grinsen. So benahmen sich Menschen, wenn sie etwas außerordentlich Tolles zu erzählen hatten. Erik polierte unermüdlich seine Gläser weiter. Endlich setzte sich die Mutter. Sie hielt ihr Kristallglas in eine Serviette gewickelt und ich hätte jetzt sämtliche Wetten dieser Welt gewonnen, wenn darauf gesetzt wurde, woher Erik seinen Taschentuchspleen hatte.

„Wir haben einen kleinen Anschlag auf Sie vor." Karen strahlte nun noch heller.

Gott, wie ich diese Gesprächseröffnung hasste. Echt jetzt. So doof können nur Leute daherreden, die nicht wirklich wissen, was ein Anschlag ist, geschweige denn, was dessen Auswirkungen sind. Meistens Leute, die wirklich keine echte Ahnung von dem haben, was im Leben abgeht.

„Aha."

„Ja, unser Familienfest steht an und wir benötigen noch dringend Hilfe für bestimmte Abläufe."

Ich hob lediglich die Augenbrauen. Was wurde das denn jetzt? Sollte ich hier Bierbänke schleppen und den Kies vom Vorplatz harken? Sie ahnte wohl meine Gedanken und fuhr schnell fort. „Wir möchten am Samstag einen Shuttle anbieten, der Gäste vom Hotel abholt und zu gegebener Zeit wieder dorthin zurückbringt." Ich sagte immer noch nichts, da ich mir denken konnte, dass ich die übrigen Tage bis zum eigentlichen Fest bestimmt mit anderen geistreichen Dingen füllen sollte. Die Mutter konnte wohl Gedanken lesen.

„Sie sind ja überaus kräftig gebaut, da könnten Sie auch noch helfen, das Zelt aufzubauen."

„Mutter", zischte Erik mit einer gekonnten Dosierung an Schärfe. Nicht zu viel, aber immer noch genug, um einen Akzent zu setzen. Er war selbst von dem Ganzen hier etwas überrascht und ahnte wohl schon, was ich davon hielt.

„Was denn? Anschließend können wir ihm ja eine Referenz schreiben. Eine Referenz aus gutem Hause. Wer schlägt denn so etwas aus?"

Ich bedachte die Frau Mutter nun mit einem außerordentlich langen Blick. Manchmal fragte ich mich wirklich, woher manche Menschen ohne jeglichen erwähnenswerten Background ihr Selbstbewusstsein nahmen. Bei Margit Roiser erkannte ich sofort, dass sie sich lediglich hochgebumst hatte. Sie kam selbst aus ärmlichen Verhältnissen, sonst würde sie Menschen in niedrigen Positionen nicht so verächtlich behandeln. Du hasst das, was du selbst bist. Die Welt ist dein Spiegel. Ist so. Sie musste kompensieren und präsentieren. Sonst wäre sie auch nicht so dermaßen übertrieben mit Gold behangen. Ihre Kinder waren gezeugt aus Berechnung und behütet mit wenig Liebe. Das erkannte jeder daran, wie verkorkst Erik und Karen waren. Eigentlich waren es arme Leute. Trotz ihrer Kohle. Also ersparte ich mir jeglichen Kommentar dazu, wo sie sich ihr Angebot hinstecken konnte.

„In meiner Welt sammle ich ausschließlich eine bestimmte Art von Referenzen. Diese gehört nicht dazu. Von daher muss ich Ihr Angebot ablehnen." Erik atmete leicht aus. Er war wohl dankbar für diese gemäßigte Antwort. Pikiert nahm Margit Roiser einen großzügigen Schluck von ihrer Mixtur. Karen schien traurig. „Könnten wir jetzt den eigentlichen Grund meiner Anwesenheit abwickeln?"

„Natürlich." Erik holte einen Umschlag aus seinem Jackett. „Wie besprochen. Plus Prämie." Er reichte ihn mir.

„Ich muss nicht nachzählen?"

„Um Gottes willen. Sonst kommen Sie noch wieder." Erik brachte einen Scherz zustande. Goldig.

„Richtig. Damit ich nicht wiederkomme. Das will keiner."

Hausmädchen sollen nicht lauschen. Sie tun es aber trotzdem. Celine machte sich fast in die Hosen vor Lachen, als sie mitbekam, wie dieser Typ der Familie eine Abfuhr erteilte. Genau so wollte sie es irgendwann auch mal machen, wenn sie sich für so unsinnige Dinge wie nicht polierte Wassernäpfe verantworten sollte. Zudem musste sie heute Morgen wieder so einen lächerlichen Test über sich ergehen lassen. Zum Gähnen dämlich. In einer der Jeans im Wäschekorb befand sich in der Gesäßtasche ein funkelnagelneuer Zwanzigeuroschein. Schon zum gefühlt hundertsten Mal. Was dachte nun die geneigte Hausherrin? Dass das diebische Hausmädchen sich diesen zu eigen machte und damit auf eine einsame Insel durchbrannte? Klar, musste ja so sein, da 20 Euro im Universum eines Hausmädchens ja alles bedeuteten. Celine grinste. Frau Roiser sollte mal einen oder besser zwei Fünfhunderteuroscheine hinterlassen. Aber das traute sie sich dann wohl doch nicht. Lächerliche Bande. Ihr Großvater hatte Celine ein klitzekleines Vermögen hinterlassen. Sie könnte also durchaus mal eben beim nächsten dümmlichen Text den Porzellanschrank umwerfen und gehen. Einfach so. So cool wie der Typ gerade. Davon träumte sie schon lange, aber noch mehr davon, Schneiderin zu werden, um ihre Vorstellung eines Designerdaseins in Angriff zu nehmen. Celine hatte wirklich tolle Ideen. Sie war es auch, die für die Mädels die Hausmädchenuniformen änderte, damit diese halbwegs tragbar waren. Aber sie bekam es einfach nicht auf die Reihe, einen Kurs an der Abendschule zu besuchen, weil die unregelmäßigen Arbeitszeiten das nicht zuließen. Manchmal glaubte sie, dass das alles so von Frau

Roiser gesteuert war, um sie an ihrer Weiterentwicklung zu hindern. Depperte Kuh.

ꕥ

Diesmal mixte sich ein Erik einen Drink. Whisky auf Eis. Wenig Eis. Viel Whisky. Im Hintergrund gab es einen Streit zwischen Karen und seiner Mutter. Einer von vielen. Wie ein Tinnitus klingelten die Worte in seinen Ohren. Zu oft hatte er derlei Gesprächen schon beigewohnt. Erik stand zwar gerade auf der Seite seiner Schwester, aber jetzt rigoros Position zu beziehen, hätte noch mehr Öl ins Feuer gegossen. Mutter wäre zu einem Taifun an Groll herangewachsen. Andererseits hätte Karen ihn mal kurz briefen sollen, was genau sie mit dem Söldner noch vorhatte. Natürlich gab es gerade Personalmangel. Gerade vor einem so großen Familienevent. Die Leute aus der Umgebung brauchten die Roisers nicht mehr anzusprechen. Die waren allesamt bedient von den Allüren seiner Frau Mutter. Da konnte auch kein Geld helfen. Unerreichbare Human Resources, sagte man in der Wirtschaft. Schon beachtlich, dass der Stolz kleiner Leute dann doch oft stärker war als der Kapitalismus. Aber anstatt so einen Mann wie Stammer anzusprechen, hätte er sich mit einer Personalfirma in München kurzgeschlossen. Er sah durch das Fenster über die Veranda hinweg zum reißenden Fluss und lächelte. Wenn Karen gesehen hätte, wie der Söldner vorgestern Nacht noch agiert und ohne mit der Wimper zu zucken einen Toten zurückgelassen hatte, würde sie bestimmt einen großen Bogen um ihn machen. Nach all dem Stress brauchte Erik jetzt auf jeden Fall Abwechslung. Eine Frau an seiner Seite gab es zwar nicht, dafür aber ein Telefonbuch voller Prostituierten. Sie sprangen für ihn, wann immer ihm der Sinn danach stand, bespaßt zu werden. Vorzugsweise mochte er Dominas. Er versuchte wohl auf diese Weise, sein krudes Mutterbild zu verarbeiten. Erik ließ die beiden Damen sich weiter streiten und verließ wortlos den Raum. Er trat vor die Tür und traute seinen Augen nicht. Was zum Henker machte der Söldner da gerade mit dem Pferd?

ᔕ

Der Umschlag machte sich gut in der Innentasche meines Jacketts. Dort würde er auch bleiben, bis ich zu Hause angekommen war. Sicher ist sicher. Dann würde ich mich in die Wanne legen und auf dem Tablet irgendwelche Serien gucken. Was Lustiges. Wahrscheinlich mal einen Tag durchschlafen. Dann meine Tasche packen und einfach gen Holland fahren. Texel war schön. Renesse auch nicht übel. Ameland sowieso ungeschlagen. Egal, wo es mich hintrieb, dort wartete das Softeis auf mich. In seiner hellen, wohltemperierten Schönheit. Serviert in einer dünnen, knusprigen Waffel mit Krokantrand und XXL Schokostreuseln. Vollmilch natürlich. Das müsst ihr euch mal geben. Ihr dreht durch. Ist so. Im Vorbeigehen fiel mir auf, dass ich überhaupt noch gar nicht im Jungenstall war. Ich schwenkte also nach links und schlenderte mal hinein in die gute Stube. Die Stallgasse war ähnlich wie die des Mädchenstalls. Sauber und schier unendlich. Die Jungs waren alle schon brav zu Hause. Ich war auf den Ausblick neugierig, der mich jetzt hier erwarten würde, und blickte etwas enttäuscht auf den Wald und die relativ nahe Landstraße. Die Weide hier schien wesentlich größer zu sein. Recht ordentlich, aber nicht so hübsch wie die Mädchenweide. Ich schloss das Tor und warf beim Zurückgehen den einen oder anderen Blick in die Boxen. Mittig war Rosantiquo untergebracht. Ich gönnte ihm einen kleinen Blick. Er tänzelte vor und zurück. Immer noch. So langsam sollte der Prinz sich aber mal beruhigt haben. Dann fiel mir auf, dass sein Fell außergewöhnlich glänzte. Er schwitzte. Fortwährend schnaubte er. Die Augen waren groß. Ich war jetzt nicht unbedingt so der Pferdeexperte, konnte mich aber an ein Gespräch aus meiner damaligen Zeit als Stalljunge zwischen meinem Trainer und dem Schmied erinnern, wo es darum ging, dass einen Ort weiter eine Stute verendet war, weil die Besitzer zu spät erkannt hatten, dass eine Kolik anlag. Muss echt alles andere als schön gewesen sein. Das Tier legt sich irgendwann nieder und kein Kran dieser Welt bekommt es wieder auf die Beine. „Wenn euch das passiert, haltet es in Bewegung", hörte ich noch den Schmied. Ich nahm kurzerhand einen Führstrick von der Wand und öffnete die Stalltür. Rosantiquo wich zurück. „Hör zu, Kollege, ich will dir nur helfen." Als der Karabiner vom Strick am Halfter klickte, malte ich mir aus, was passieren würde, wenn ich falschlag. Feuern konnte mich die Familie ja wohl kaum. Vielleicht würde man mich mitleidig belächeln, von wegen, was sich so ein Stadtmensch alles einbildete. Ich führte seine Majestät hinaus auf den Vorhof. Weit und breit war niemand zu sehen. Alle ausgeflogen. Deswegen schlug ich nun den Weg in Richtung

Haupthaus ein. Entweder sah mich jemand vorher oder ich würde eben mit dem Gaul im Schlepptau am Haupthaus klopfen. Etwas anderes blieb mir ja nun mal nicht übrig. Kaum zu Ende gedacht, öffnete sich auch schon die Tür. Erik sah mich verständnislos an. „Haben Sie hierfür eine halbwegs plausible Erklärung?"

„Ich könnte mich irren, aber ich glaube, Ihr Neuzugang hat eine Kolik."

Er machte auf dem Absatz kehrt und holte Karen herbei. Ich stand mittlerweile schon fast vor der Tür und musste aufpassen, dass Rosantiquo nicht ins Haus lief. Juli und Mike kamen rausgerannt, hielten aber respektvoll Abstand. Sie spürten, dass es dem Champion hier gerade nicht so gut ging. Karen folgte und blieb erschrocken stehen. Sie hatte wohl nicht damit gerechnet, dass ich schon fast im Wohnzimmer stand.

„Können Sie mal schauen, ob ich richtigliege?", fragte ich.

Sie strich Rosantiquo über das schweißnasse Fell und nahm seine Unruhe ebenso wahr.

„Mutter ist schon dabei, den Tierarzt anzurufen", meinte sie und nahm mir den Strick aus der Hand. Sie ging in Richtung Springbrunnen und der Hengst trottete hinterher.

„Danke", sagte Erik dann zu mir. Ich dachte erst, ich hätte mich verhört. Der Arsch vom Dienst brachte seinen Dank zum Ausdruck. Aber, wie wir gelernt haben, nicht ohne Hintergedanken. „Herr Stammer, gerade in diesem Augenblick würde ich es auch für eine gute Idee halten, wenn Sie noch ein paar Tage bei uns bleiben. Nur so lange, bis das Fest vorbei ist. Sie könnten also nächsten Sonntag wieder weg sein.“ Ich sagte erst mal gar nichts, und ihr fragt euch bestimmt gerade, warum ich mich so sehr zierte und dieses Jobangebot in einer tollen Umgebung nicht sofort an mich riss. Ich erkläre es euch und versuche, mich dabei kurz zu fassen. Frauen mit Pferden sind ein bisschen verrückt. Ist so. Besitzen sie zwei Pferde, sind sie eben ein bisschen mehr verrückt. Bei drei Pferden wieder etwas mehr. Und so weiter und so fort. Karen Roiser hatte fast an die 30 Pferde. Versteht ihr ungefähr, wohin die Reise geht? Sie musste also komplett verrückt sein. Ging ja nicht anders. „Sie können den Preis bestimmen.“

Meine Güte, der ließ aber echt nicht locker. Ich atmete tief durch.

„Acht Mille. Zahlbar sofort. Ich fange am Freitag aktiv an. Denken Sie ja nicht, dass ich hier irgendeine scheiß Sitzbank anfasse oder sonst auch nur einen Handschlag tue, der mit der Festvorbereitung zusammenhängt. Ich bin der Fahrer. Mehr nicht.“

Er schenkte mir kleines Lächeln und nickte. „Einverstanden. Noch was?“

„Ja, ich trage seit fast 48 Stunden dieselben Klamotten. Ich nehme mir morgen Ihren Porsche Panamera und gehe erst mal shoppen. Ich soll ja hübsch aussehen am Samstag, oder?“

„Gut, Herr Wicka wird Ihnen die Schlüssel aushändigen.“

„Ach, noch eins, muss ich hier tatsächlich einen Antrag ausfüllen, um den Pferden mal eine Möhre außer der Reihe zu spendieren?“

Erik nickte rüber zum Springbrunnen. „Darüber reden Sie am besten mit meiner Schwester.“ Damit waren die Verhandlungen für ihn beendet. Er ging wieder ins Haus. Den Porsche hatte er gerade rausgehauen wie nichts, aber bei den Möhren wollte er sich nicht mit seiner kleinen Schwester anlegen. Was habe ich gerade noch gesagt? Verrückt. Komplett.

Lukas Wicka begann jeden seiner Tage mit einem Blick auf das Firmenhandy. Permanent gab es Nachrichten mit belanglosem Inhalt. Seinen Job hätte auch ein Schlafwandler machen können. Besondere Fähigkeiten waren hier am Hof unerwünscht. Diese könnten ja aufgrund von geplanten Neuerungen Kosten verursachen. Also war die Hauptaufgabe, sich bedeckt zu halten. Zum Glück. Er hatte sich nämlich damals beim Bewerbungsgespräch weit über Wert verkauft und dafür kaum Gehalt verlangt. Das Letztere fand Margit Roiser seinerzeit natürlich absolut bezaubernd. Sein Äußeres und die Tatsache, dass er auf dieselbe Grundschule gegangen war wie Erik, taten dann wohl ihr Übriges. Seine perfekten Zähne ließen die Fragen vergessen, was genau er zuvor beim Justizministerium gemacht hatte und warum er nicht mehr dort arbeitete. Das amtliche Papier mit Siegel des staatlichen Arbeitszeugnisses funktionierte besser als eine Blendgranate. Perfekt. Nicht erklären zu müssen, dort lediglich nachts am Wochenende als Vertretung an der Pforte gestanden zu haben. So bekam Margit Roiser für einen lächerlichen Obolus einen Securitychef, um versicherungstechnisch abgesichert zu sein. Und er, ein Taugenichts ohne nennenswerte Empfehlungen, einen Job, bei dem kein eigenständiges Denken erwünscht war. Er musste lediglich gut aussehen. Das sollte machbar sein. Er achtete geschickt darauf, nur solche Mitarbeiter einzustellen, die nicht mehr an Ausbildung oder Referenzen, geschweige denn an gutem Aussehen zu bieten hatten als er. Somit war Wicka der Einäugige unter den Blinden. Er war gut bedient mit seinen beiden Kollegen Werner und Toni. Einer sah aus wie ein in die Jahre gekommener Busfahrer und der andere besaß die Optik eines Vampirs. Nur ging die Rechnung ab dem Tag nicht mehr auf, als der Zoll hier einlief und ein Stalker auftauchte. Zudem versuchte die Presse ab und an, auch mal einen Blick auf das verträumte Pferdeparadies zu werfen. Seine kleine Crew und er waren damit vollkommen überfordert. Wicka konnte sich gut rausreden, dass er mangels Mitarbeiter und Equipment der Sache nicht gewachsen war. Die Familie glaubte ihm und beließ es auch dabei. Alles soweit wieder gut. Keiner konnte ihm gefährlich werden. Nicht einmal die nervige Sekretärin des Hauses, die zwei Büros weiter saß. Aber Sachen wie die, die Wicka gerade auf seinem Display las, die konnten ihn jetzt schon etwas aus dem Gleichgewicht bringen. Roiser, also, Herr Roiser persönlich wohlgemerkt. Der Mensch, der ihn grundsätzlich nie grüßte. Geschweige denn ihn für irgendetwas anschrieb. DIESER Herr Roiser wollte, dass er dem Mann aus dem Ruhrgebiet den Briefumschlag übergab, der bereits im Büropostfach lag. Im Zuge dessen sollte Wicka ihm den Schlüssel für den Porsche Panamera überlassen. Wicka glaubte wirklich, sich verlesen zu haben. Er selbst durfte den Wagen nicht einmal umparken. Die kleine Welt des Securitychefs geriet gerade etwas aus den Fugen. Gegen den Söldner zu bestehen, war sicherlich schwierig. Da zählten andere Sachen. Nett lächeln gehörte bestimmt nicht dazu.

„Alles Gute zum Geburtstag." Ich grinste unrasiert in den Spiegel. Kein Scherz. Ich hatte heute Geburtstag. Volle 50 bin ich geworden. Echt jetzt. Das war dann auch des Rätsels Lösung, warum es mich unbedingt an die Nordsee zog. Ich wollte das unrühmliche runde Wiegenfest an einen Ort verbringen, mit dem ich gute Erinnerungen verband. Die Niederlande standen da nun mal an Platz eins. Der Irak jetzt nicht. Aber da gab es aber auch keine Pommes. Also, keine holländischen. Nun, es hätte durchaus schlimmer kommen können. Landsberg am Lech ist ja nicht gerade Guantanamo Bay und meine Unterkunft war mehr als annehmbar. Ich zog wieder die eine oder andere Grimasse, um zu prüfen, ob sich über Nacht ein Netz von Falten über meine Haut gezogen hatte. Doch Fehlanzeige. Keine Veränderungen. Noch nicht. Meine Klamotten vom Vorvortag mussten wieder mal herhalten. Ich sah wirklich unmöglich aus. Zwar sauber, aber irgendwie total gerupft. Mir persönlich machte das gerade nichts aus. Trotzdem musste ich das ändern. Die Umgebung forderte es.

Draußen empfing mich die Sonne. Mein Plan, mich noch etwas auf den Brunnenrand zu setzen, wurde durch Wickas Eifer zunichtegemacht.

„Guten Morgen, Herr Stammer." Ich bekam die Zähne nach wie vor nicht auseinander. Zwar hatte ich mal eine Zeit lang versucht, daran zu arbeiten, aber es gelang mir irgendwie nicht. Genauso wie das Lächeln. Ich konnte es einfach nicht. Leute, die ich nicht mochte, ließ ich genau das spüren. Wicka hatte meine krude Laune eigentlich nicht so recht verdient, aber wenn er mich nicht vollquatschte, konnten wir die Zeit hier ganz passabel überstehen. Er reichte mir den Funkschlüssel mit Porscheemblem. „Der müsste vollgetankt sein."

„Gut."

Dann gab er mir einen Briefumschlag, den ich kommentarlos entgegennahm.

„Kann sein, dass die Parkscheibe fehlt. Ansonsten gibt es im Handschuhfach Zettel und Stift. Reicht ja zur Not.

„Am Freitag stoße ich zu Ihrem Team."

„Schon gehört." An seinem unechten Grinsen musste er noch arbeiten.

„Wäre gut, wenn Sie mir bis dahin die vollständige Gästeliste geben, plus Anfahrtsziele und Alternativrouten. Ebenso die Handynummern der Kontaktleute von Polizei, Feuerwehr und Notarzt. Wäre auch nützlich zu wissen, wo die Backup-Fahrzeuge stehen." Er nickte zwar geflissentlich, aber ich konnte erkennen, dass er nicht den blassesten Schimmer hatte, was ich wollte. Im Zuge meiner Geburtstagslaune mochte ich ihn jetzt nicht allzu sehr überfordern. „Wir reden dann Freitag über alles Weitere."

„Den Schlüssel können Sie heute Abend wieder in den Bürobriefkasten legen."

„Ja klar, träum mal weiter", dachte ich so bei mir. Bis Freitag war das mein Auto. Ende der der Durchsage.

Als ich die Scheune mit den Autos betrat, war ich wieder versucht, unter die Plane mit der S-Klasse zu schauen. Aber ich kam gerade mal zwei Meter heran.

„Ich glaube, wir wurden uns noch nicht vorgestellt." Eine dünne Frauenstimme ließ meine Bewegungen einfrieren. Langsam drehte ich mich um. Eine magere, wenn nicht sogar dürre Blondine mit streng hochgesteckten Haaren in einem grauen, eng geschnittenen Kostüm kam langsam wie ein Raubtier auf hohen Stöckelschuhen in meine Richtung. Sie hielt eine Kladde in beiden Händen und war zum Glück nicht versucht, mir die Hand zu geben. So ersparte ich ihr die Peinlichkeit, sie nicht zu ergreifen. Ihre eisblauen Augen schauten mich erstaunt durch dünngeschliffene Brillengläser an.

„Glaube nicht", entgegnete ich nur.

„Ich bin Sigrun Kluth."

„Aha."

„Die persönliche Sekretärin von Frau Roiser junior."

Kluth sagte das so, als müsse man angesichts dieser Tatsache sofort niederknien. Sie war bestimmt der verhangene Sonnenschein hier auf dem Hof, der stets für gedämpfte Laune sorgte. Da hatte ich ein Gespür für. Das glaubt mal. Hätte ich die Dame schon gestern kennengelernt, wäre ich wahrscheinlich fluchtartig per Anhalter nach Duisburg gefahren. Boah, war das eine unangenehme Persönlichkeit.

„Dann will ich Sie mal nicht weiter von Ihrer Arbeit abhalten." Mit einem leichten Druck auf die Fernbedienung entriegelte der Porsche mit einem kurzen Aufflammen der Lichtanlage seine Türen. Ich konnte ihren Blick förmlich im Rücken spüren, aber sie war professionell genug, nicht weiter zu reagieren. Ich konnte niemand oder aber auch alles sein. Da hält man sich besser neutral. Gutmütig sprang der Wagen an. Ich nahm geneigt zur Kenntnis, dass die Auspuffanlage die individuelle Einstellung innehatte, so musste keiner die Befürchtung haben, dass der Sportsound die Scheune zum Einsturz brachte. Die Sekretärin winkte mit einer Hand leicht zum Abschied. Ich nickte lediglich.

Klaus kam mir in seinem BMW entgegen. Wir ließen die Fernlichter zur Begrüßung aufleuchten und fuhren aneinander vorbei. Die Bundesstraße war leer. Herrlich. Ich schaltete den Tempomat ein. Ab und an trödelte ein Trecker vor mir her. Was aber vollkommen in Ordnung war. So konnte ich mir mehr von der Landschaft gönnen. Viel zu schnell war ich im Ort. Gegenüber der Post war wie gewohnt ein Parkplatz zu haben. Ich schlenderte über die Brücke zum Stadtkern. Auf den Infotafeln war zu lesen, dass Johnny Cash hier nach dem Zweiten Weltkrieg als Funker stationiert war. Schöne Info. Ich war am selben Ort, wo einst Johnny Cash gewesen war. Nur sah Johnny damals sicherlich nicht so abgerockt aus wie ich. Im ersten Herrenbekleidungsgeschäft verschrieb mir ein junger Mann zwei dunkle Anzüge. Einen von Joop, den anderen von Hugo. Dazu fünf weiße Hemden. Das sollte ja wohl reichen. Den Zwirn von Hugo zog ich sofort an und gab die Hemden in eine Stundenwäscherei. Danach verging die Zeit wie im Flug. Ein Pralinengeschäft hier, ein Souvenirladen da. Eine Tanzschule weckte meine besondere Aufmerksamkeit. Das wollte ich eigentlich schon immer machen. Tanzen lernen. Echt jetzt. Ihr glaubt gar nicht, wie oft ich schon zum Tanzen aufgefordert worden bin. Konnte ich leider nur nicht annehmen. Ich versteckte mich immer hinter meinen Job und ließ die Damen enttäuscht abziehen. In Wirklichkeit war ich einfach nur zu blöd dafür. Neugierig wie ein Wolf, der sich vorsichtig einem Lagerfeuer nähert, ging ich auf den Eingang zu. An der Wand war ein Blister mit Flyern angebracht. Sie waren bunt und boten Schnupperkurse für Anfänger an. Für Yoga. Für Pilates. Für Jazzdance. Für Kinderballett. Für totale Bewegungslegastheniker gab es leider keine Möglichkeiten unterzukommen. Obwohl, die Grundschritte sollte ich eigentlich hinbekommen. Ich hatte ja auch Beinarbeit abzuliefern, wenn ich kämpfte. War vielleicht ähnlich. Warum interessierte mich die Tanzschule gerade jetzt? Vielleicht eine kleine Möglichkeit, mal an einem normalen Leben teilzunehmen? Ich überlegte noch ein wenig und schaute verträumt durch die Scheibe. Ein paar kleine Mädels im Rüschenrock versuchten sich an der Ballettstange. Sah niedlich aus. Umständlich folgten sie den Kommandos der Tanzlehrerin. Nicht ganz im Takt. Aber höchst bemüht. Ich war tatsächlich so verzaubert von der Schwanenseemusik, die dumpf zu mir rüberkam, dass ich nicht bemerkte, wie mich jemand von der anderen Seite der Scheibe beobachtete. Als ich den Blick schwenkte, sah ich sie. Saskia. Ich träumte wohl. Was machte das Pferdemädchen hier? Irgendwie fühlte ich mich gerade ertappt. Was dachte sie sich wohl gerade? Dass ich ihr wie so ein Idiot nachsteigen würde oder sie unter Beobachtung ihres Chefs gestellt war? Ich senkte den Blick und trat auf kürzestem Weg aus ihrem Blickfeld. Vielleicht hatte sie mich ja auch gar nicht erkannt. O Mann. Das mit dem Tanzen ließ ich dann mal lieber. Gab wahrscheinlich weniger Ärger.

Der nächste Weg führte durch enge Gassen direkt zum Lech. Nun betrachtete ich mal von der anderen Seite, wie sich der Lech schäumend weiß seinen Verlauf hinunterwarf. Ein Anblick gemacht von Göttern, und ich durfte daran teilhaben. Wundervoll. Hier in diesem Abschnitt gab es eine Menge kleiner Bistros und auch einen Eisladen. Softeis gab es hier aber nicht. Schade. Ich schlenderte zurück in Richtung Marktplatz. Am Marienbrunnen blieb ich stehen. Den Blick auf das Rathaus gerichtet und den sogenannten Schmalzturm im Rücken, überlegte ich, was noch zu tun war. Jerry würde sich bestimmt über eine weitere kleine Ladung Möhren freuen. Die Hemden waren dann auch pünktlich fertig. Bepackt wie ein Hollywoodstar mit Hochglanztüten ging ich zurück zum Wagen. Dank Fernbedienung öffnete sich der Kofferraum schon beim Näherkommen. Ich legte die Tüten auf den fusselfreien Teppich neben dem Verbandkasten ab. Die Hemden kamen im Fond an den Haltegriff. Ich dachte kurz darüber nach, ob ich mir nicht die Pralinen nach vorn holen sollte. So als zweites Frühstück. Konnte ja nicht schaden. Eine kleine Entenfamilie verschwand mit leisem Quaken im Gebüsch. Der Anblick war wirklich die pure Idylle. „Perfekt", dachte ich noch. Plötzlich traf mich ein immens harter Schlag von der Seite und meine Lichter gingen kurz aus. Das war dann wohl nicht ganz so perfekt.

In Sigrun Kluth kochte der pure Zorn. Ihre erste Frage lautete: Wer war dieser grobschlächtige, ungepflegte Typ, der wertvolles Eigentum der Familie wie selbstverständlich benutzte? Und die zweite: Wie konnte sie ihn allumfassend vernichten? Kluth hasste Menschen, die sie ignorierten.

Besonders Männer. Alle hier auf dem Hof zitterten vor ihr. Sie setzte jede Anweisung der Familie zu tausend Prozent um und mixte dem noch ihr eigenes gehässiges Flair bei. Anfangs stellte man ihr jemanden zur Seite, der ebenfalls kleine Befugnisse hatte. Philip Flakus, diese elende Krampe. Familienvater. Vorstand im Schrebergarten und Besitzer eines Opel Astra. Ein wohlpolierter violetter Kombi ohne Extras. Trug Hemden in Beamtenblau und den dazugehörigen Pullunder. Allerdings war Sigrun nicht blöd und wusste, dass Flakus als eine Art Gegengewicht fungierte. Die Idee war, dass sich beide gegenseitig kontrollierten. Eine Scheißidee. Sie mochte es nicht, wenn man ihr über die Schulter schaute. Ihr womöglich noch Ideen wegnahm. So dauerte es nicht lange und sie wurde den Kontrollschatten los. Sie ließ Flakus an ihrer Idee teilhaben, dass sich Karen Roiser zum Geburtstag über Ohrringe mit Herzchen freuen würde, da sie schon eine ebensolche Kette besäße. Nur gab es diese Kette nicht und den Wunsch noch weniger. Karen galt als absolut beziehungsunfähig und konnte mit derlei Symbolen überhaupt nichts anfangen. Sigrun setzte Karen daraufhin den Floh ins Ohr, dass das ja wohl ein ganz offensichtlicher Annäherungsversuch war. Karen war entsetzt. Zu Recht. Daraufhin wurde Flakus ohne jegliche Erklärung in einen anderen Zweig des Unternehmens versetzt. Ersatzlos. Zum Glück. So einfach war das. Und wer war jetzt dieser Typ? Etwa wieder etwa ein Versuch, ihr einen Kontrollschatten anzuhängen? Das wäre ärgerlich. Sigrun hatte auf dem Hof so weit alles im Griff. Sie wusste genau, wie viele Heuballen vorrätig waren. Wie viel Kraftfutter benötigt wurde. Wann es wieder an der Zeit war, Stroh zu bestellen. Sie wusste sogar, wann welches Pferd zuletzt beschlagen worden war und behielt den Überblick darüber, wie viele Urlaubstage jeder Einzelne noch hatte und wann er diese nehmen würde. Nämlich dann, wenn Sigrun es für richtig hielt. Arbeitsrecht war für sie ein Fremdwort. Sie war eine One-Woman-Show. Eine geölte Maschine ohne Tadel. Sie wollte sich nicht bereichern, sondern lediglich ihre Kontrollsucht in Perfektion ausleben. Sie kam natürlich nicht umhin, sich manche Aufgaben auszudenken, um sich zu profilieren. Niemand machte sich gern selbst überflüssig. So ließ sie im nahegelegenen Gästehaus die Badezimmer erneuern und verkaufte das der Familie als Wertsteigerung für die Immobilie. Ganz einfach. Sigruns Windungen rotierten. Wicka lief unweit der Scheune an ihr vorbei. Der Sicherheitsschnösel hatte den Überblick über die Wagenschlüssel. Er musste ihn rausgegeben haben und sollte somit auch wissen, an wen genau. Sie kramte im Oberstübchen, womit sie ihn jetzt unter Druck setzen konnte, um an die Information zu kommen. Sie kramte und kramte, aber da gab es nichts. Ab und an baggerte er eines der Stallmädchen an. Das war es auch schon. Wicka war so herrlich nutzlos. Seine Optik war wirklich seine einzige Daseinsberechtigung. Sigrun atmete tief durch, machte sich bereit, über ihren Schatten zu springen und tat nun etwas, was sie überhaupt nicht mochte. Sie gab jemand anderem das Gefühl, wichtig zu sein. Dafür brauchte es bei Wicka nicht viel.

„Herr Wicka?“ Es war schon fast ein Säuseln.

Misstrauisch blieb der Sonnyboy stehen.

„Ihre Jacke spannt so an den Schultern. Haben Sie wieder zu viel trainiert?“

Überraschungen treten naturgemäß immer ziemlich plötzlich in unser Leben. Die Guten sowie die schlechten. Sie zeichnen sich nicht ab. Mit einem Male sind sie da. Vorbereitet ist man kaum.

Ich war mal mit den Jungs im Toyota Landcruiser mit B7-Panzerung nach Basra reingefahren. Wir wollten eine kleine Runde über den Markt laufen. Etwas Obst holen. Vielleicht auch noch ein paar coole Shirts. Natürlich alle die gleichen. Bisschen albern sein. Die Freizeit genießen. Ohne großes Tamtam. Etwas von unserem Geld unter die Leute bringen. Über den MP3-Player hörten wir *Ride it* von Regard in Endlosschleife mittels der Autoboxen. Alter Song. Ich weiß. Aber wir fanden ihn eben gut. Wippten mit dem Kopf. Sangen mit, soweit es ging. Der eine erinnerte den anderen an verlorene Wetten. Ich hatte bei Nr. 12 noch zwei Schokoriegel offen, weil er die kürzeste Strecke zum arabischen Konsulat in der Greenzone kannte. Alle lachten viel und quatschten total überdreht durcheinander. Wir trugen luftige Freizeitkleidung. Die Einsatzkluft war für den Tag passé. Die Einwohner würden also nicht bemerken, dass wir eine externe Sicherheitstruppe waren. Die Jungs machten sich gerade über mein rotes Hawaiihemd lustig, als es auf einmal ein heftiges Prasseln an der Seitenscheibe gab. Erst dachte ich, man hätte uns eine Handvoll Kiesel an die Flanke geworfen. Dann sah ich die kleinen Dellen im Panzerglas, die wie Spinnweben aussahen. Es wurde doch tatsächlich auf uns geschossen. Keine Ahnung von wem. Vielleicht irgendwelche Milizen, die wieder irgendwas quersitzen hatten. Oder Rebellen. Die gab es da immer noch zuhauf. Schließlich folgte eine Explosion, und der Kleinwagen vor uns schoss in die Höhe. Typisch Panzerfaust. Jetzt sang keiner mehr. Bevor alle anfangen konnten durcheinanderzuschreien, riss ich das Lenkrad nach rechts und fuhr in die nächstbeste Gasse. Der Wagen hinter uns rückte nach und bekam dafür prompt die Ladung mit, die für uns gedacht war. Einen gelben Opel Vectra zerriss es vollkommen in alle Teile und verstreute sich mitsamt Fahrer in der Umgebung. Die nächsten Spinnweben zeichneten sich auf der Heckscheibe ab. Kugeln machten dem Wagen nichts, aber Explosionen hätten wir jetzt schon doof gefunden. Denn es war ein reiner Mythos zu glauben, dass sich eine Feuerwand auftut und du da durchfährst. Nee, nee. Die Karre wird mächtig derbe durchgerüttelt und alle können froh sein, wenn die Karosserie sich nicht verzieht, um eine Tür zu öffnen. Dann ist es günstig, wenn jemand von außen die Schweinerei löscht. Ob gepanzert oder nicht, die Karre wird dann ganz schön warm. Die verwandelt sich buchstäblich in einen verdammten Backofen. Das glaubt mal. Dann flog ein Feuerball über den Wagen hinweg und vor uns ging eine Reihe von Mülltonnen in Rauch auf. Da hatte jemand schlecht gezielt. Ich wollte ihm aber keine Gelegenheit geben, es besser zu machen. Wir trugen zwar unsere Zivilkleidung, führten aber trotzdem unsere Waffen mit. Mein Sig-Sauer Gewehr auf AR15-Basis klemmte unter einem blauen Handtuch zwischen Sitz und Mittelkonsole. Ich bremste sofort ab. Griff die Waffe. Stieg aus. Es heißt zwar immer, der Fahrer bleibt im Wagen. Aber Ausnahmen bestätigen die Regel. Das Geschoss flog eben über unseren Wagen hinweg, was automatisch bedeutete, dass der Schütze im Geradeauslauf oben auf einem Dach lauerte. Mittlerweile wurde nahe der ersten Explosion das Gewehrfeuer eröffnet. Ich sah, wie Gardisten nach oben zielten. Sie hatten aber nicht so einen guten Winkel. Ich legte an und blies ein gesamtes Magazin in den Dachfirst. Ohne den Blick vom Haus zu nehmen, lud ich nach. Bereit für die nächste Salve. Aber da war es still. Es kam nichts mehr. Entweder war der Schütze erledigt oder entkommen. Wir wollten es erst gar nicht rausfinden. Nummer 12 war mittlerweile auf den Fahrersitz gerutscht. Nummer 9, ein Schwede, öffnete die hintere Tür. Ich stieg ein. Wir fuhren weg und kamen nie wieder dorthin zurück.

Na ja, was ich eigentlich sagen wollte: Wenn eine Überraschung dich trifft, wie auch immer geartet, musst du reagieren. Entweder du reißt total ergriffen unter Freudentränen das Geschenkpapier auf oder du kämpfst um dein Leben. Wichtig ist nur, dass du was machst. Irgendetwas. Wenn die erste Reaktion nichts bringt, folgt eben die nächste und so weiter und so fort. So lange, bis einer von beiden aufgibt oder tot ist. Dafür war es dann aber vonnöten, aufmerksam zu sein. Deshalb ging das damals in Basra auch so gut von der Hand. Weil ich aufmerksam war. Versteht ihr? Jetzt kniete ich aber gerade zwischen zwei Autos und bekam so eben noch meine Hände vor das Gesicht, bevor ein Tritt es komplett demolieren konnte. Was hatte ich blöder Hund mir gedacht? Dass ich mich nicht mehr zu konzentrieren brauchte? Scheiße noch mal. Wir waren hier zwar im malerischen Landsberg am Lech, aber selbst hier bekommst du was aufs Maul. Ich wusste jedoch gerade nicht, warum oder von wem. Ein Zischen war zu hören. Gestützt von den parkenden Autos drückte ich mich in den Stand und warf beide Fäuste nach vorn. Eine landete. Darauf bekam ich wieder was ab. Aber das ist so die Hochrechnung. Du verteilst fünf und kassierst zwei. Normal. Zwei Schläge hatte ich jetzt drin. Zeit nachzulegen. Mittlerweile bekam ich die Augen auf. Vor mir stand ein junger Mann. Gut in Form. Mit festem Blick. Feines Gesicht. Braune Augen. Vielleicht um die 20. Ich setzte ihm einen Tritt auf die Brust. Er wankte keuchend nach hinten. Ich kam nach und schlug ihm geradewegs mitten ins Gesicht. Die Nase knackte. Gut so. Aber er fiel nicht um. So jung, wie er war, so gut steckte er auch was weg. Respekt. Ich setzte nach. Wieder ein voller Treffer ins Gesicht. Mittlerweile waren wir auf Höhe der Motorhaube. Er taumelte weiter zurück. Schmerz muss man abkönnen. Kann nicht jeder. Ich hätte gern noch weitergemacht, als mich jemand von der Seite schubste. Nicht schlug, sondern schubste. Müsst ihr euch mal vorstellen. Als wären wir hier auf dem Schulhof. Bedingt durch die benachbarte Motorhaube knickte ich kurz zur Seite.

„Los, weg“, zischte der Schubser. Das ließ sich Mr. Nase nicht zweimal sagen. Beide liefen den Kiesweg mit der Geschwindigkeit zweier Gazellen entlang. Fehlte echt nur noch eine Staubwolke. Meine Spurtflatrate für diesen Monat war verbraucht. Ich hatte echt keine Lust, da hinterherzusteigen. Obwohl mich schon interessiert hätte, was das jetzt sollte. Ich war bis zum gestrigen Tage noch nie in Landsberg am Lech gewesen. An mir konnte es also nicht gelegen haben. Mit einem Blick auf die Motorhaube war mir dann aber klar, was hier lief. Ich hatte gerade die Schläge für Erik Roiser kassiert. Welche Ehre. Auf der Motorhaube waren zwei neongrüne Buchstaben gesprüht. Ein G und ein E. Darunter konnte ich mir nun gar nichts vorstellen. Das Nummernschildkürzel Gelsenkirchen meinten die beiden wohl kaum. Ich war der Überzeugung, dass sie mit ihrem Kunstwerk nicht so ganz fertig geworden waren. Sie hatten nicht damit gerechnet, dass ich meinen Hintern noch mal hochkriege. Aber im Dreck liegen bleiben war jetzt nicht so mein Ding. Kämpfen schon eher. Freunde, ich hatte einen Hals. Aber so richtig. Echt jetzt. Also, wenn das mein Geburtstagsgeschenk gewesen sein sollte, war die Überraschung echt gelungen. Herzlichen Glückwunsch. Ich ließ mich auf den Fahrersitz plumpsen und checkte mein Gesicht im Innenspiegel ab. Der erste Schlag hatte mein Ohr getroffen. Deswegen bin ich in die Knie gegangen. Ein Schlag auf das Ohr ist immer Scheiße. Könnt ihr euch mal merken. Der zweite hatte die Wunde am Jochbein wieder aufgerissen. Meine Fresse.

Saskia dachte, ihr Herz bliebe stehen. Kam der Söldner also doch von den Russen? Hatte Roman sie letztendlich wieder aufgespürt? Hitze stieg in ihr auf und sie musste sich jetzt stark beherrschen, dass ihr Fluchtreflex nicht überhandnahm. In Düsseldorf hatte das gut funktioniert und war da auch überaus lebensnotwendig. Aber hier hielt sie ein Funken Verstand von einer Überreaktion ab. Sie hatte Landsberg seitdem nicht verlassen. Kannte hier jeden Stein und jeden Menschen. Nahm alle Veränderungen in der Stadt wahr. Wusste, wer welches Geschäft eröffnet hatte und wer zugezogen war. Hatte sich bewusst keinen allzu engen Bekanntenkreis aufgebaut. Dinge, die man als Gejagte nun mal so macht. Letzten Monat kam Saskia zu dem Schluss, dass sie für Roman möglicherweise uninteressant geworden war. Vielleicht war er auch schon längst im Knast. Oder noch besser, tot. Sie wollte wieder anfangen zu leben. Zwar im Stillen, aber immerhin mit mehr sozialen Kontakten. Sie nahm mit Erlaubnis der Familie Roiser noch den kleinen Job im Tanzstudio an und unterrichtete Kinder in Ballett, um auch mal wieder das zu machen, was ihr Freude bereitete. Das Tanzen. Die Unterrichtsstunde war vorbei. Sie bereitete alles für den nächsten Kurs vor. Saskia spürte wieder die Unruhe, die sie Fehler machen ließ. Die Unbeschwertheit war wieder dahin. Das ärgerte sie. Verdammte Angst.

Werner Fiedler ließ sich von Margit Roiser fragen, ob er so etwas wie minderbemittelt wäre, weil er die Tischgarnitur nicht so aufgestellt hatte, wie sie es wollte. Er grinste dümmlich und brachte demütig eine Entschuldigung hervor. Zufrieden wandte sich der Drachen ab und machte jemand anderem das Leben schwer. Der Getränkewagen stand ebenfalls ungünstig. Grund, um einen weiteren Tadel auszusprechen. Werner war seit zwei Jahren auf dem Hof. Die Bewerbung als Security hatte er mehr aus Verzweiflung an die Familie gerichtet, weil der Elektromarkt, in dem er vorher als Verkäufer gearbeitet hatte, nach 25 Jahren endgültig schloss. Werner war nicht sonderlich groß. Kaum sportlich. Das Einzige, was er jemals im Bereich Sicherheit gemacht hatte, war, bei regionalen Fußballspielen beim Kartenabreißen zu helfen. Das reichte dem Securitychef hier erstaunlicherweise. Werner stellte keine großen Ansprüche und schon gar nicht eine gewisse Klausel im Arbeitsvertrag infrage. Die da lautete, dass er jede ihm zumutbare Arbeit ebenfalls erledigen musste. So mistete er oft in aller Herrgottsfrühe Ställe oder tauschte beizeiten faulende Zaunpfähle aus. Werner sah es positiv. Immerhin war er so an der frischen Luft und hatte sogar seitdem schon fünf Kilo abgenommen. Jetzt fehlten nur noch 20. Sorgen um seine Anstellung machte er sich allerdings wenig. Er befolgte gutmütig alle noch so schrägen Anweisungen und trat bedeckt auf, um den Securitychef nicht zu kompromittieren. Im Gegensatz zu seinem Kollegen Toni musste Werner wirklich oft so tun, als wäre er begriffsstutzig. Er besaß kein Basiswissen, was das Sicherheitsgewerbe anging, aber er trug stets den Willen zur Verbesserung in sich. So wäre er durchaus in der Lage gewesen, Bewegungsmelder oder Alarmanlagen für abgelegene Gebäudekomplexe anzubringen. Er brauchte sich aber nirgends hervorzutun. Werner hatte einen eigenen Weg gefunden, unkündbar zu sein.

Die Tür zum Haupthaus öffnete sich. Karen Roiser erschien und hielt schon Ausschau nach ihm. Werner hob den Kopf und nickte ihr kaum merklich zu. Sie senkte den Kopf und trat wieder zurück in Haus. Die Tür ließ sie angelehnt. Werner lächelte. Sollten die Bänke doch so stehen, dass sich hier jeder die Haxen brechen konnte. Er hatte jetzt Wichtigeres zu tun.

Scheiße noch mal, dröhnte mir die Birne. Ich hatte mir eines von diesen Kühlpads aus dem Erste-Hilfe-Kasten genommen. War jetzt nicht die Welt, aber für den Anfang okay. Schluss mit Gemütlichkeit. Ich fuhr mit 160 Sachen über die Landstraße zurück zum Anwesen. Die Bäume und Traktoren flogen an mir vorbei. Wie von einer Schnur gezogen driftete ich über den langen Kiesweg direkt in die Scheune. Weißer Staub kräuselte sich in die Höhe. Bevor ich ausstieg, warf ich den Kühlbeutel achtlos auf den Beifahrersitz. Ich wollte wissen, was auf dem Mercedes unter der Plane geschrieben stand. Gerade ging ich auf den geheimnisvoll verdeckten Wagen zu, stand da auch schon wieder diese unangenehme Blondine. Hatte sie hier ihr Büro? Wohnte sie hier? Egal. Was auch immer. Sie nervte mich.

„Kann ich Ihnen helfen?“

„Geh mir aus dem Weg, Mädchen.“

Ich hatte gerade nicht so wirklich Lust auf einen wertschätzenden Dialog. Habe ich eigentlich nie. Besonders dann nicht, wenn ich dabei war, wie ein Pitbull einer Spur zu folgen. Oder besonders dann nicht, wenn ich mir für andere Leute ein Ding eingefangen habe. Sie wollte sich mir tatsächlich in den Weg stellen. Ich legte den Kopf schief und überlegte kurz, was ich mit ihr anstellen würde. Ein schneller Schritt nach vorn würde sie vielleicht erschrocken zurückweichen lassen, und die Absätze ihrer Scheißpumps würden abbrechen. Eine von vielen Möglichkeiten. Bevor jedoch weitere Ideen meinen Kopf durchfluteten, warf Erik Roiser den Rettungsanker.

„Frau Kluth, Sie kennen Herrn Stammer bereits?“ Sie antwortete nicht. Unsere Blicke fraßen sich ineinander. Die Luft brannte. Er hatte mich mittlerweile umrundet und stand nun neben dem blonden Eisblock. „Oh“, entfuhr es ihm dann, als er auf meinen frischen Cut deutete. Anstatt Fragen zu stellen, holte er doch tatsächlich eines seiner Taschentücher hervor. Herrje, mittlerweile hatte ich drei davon. Ob er das wusste? Ich glaube kaum.

„Sie scheinen nicht besonders beliebt zu sein in der Stadt. Ein kleiner Hinweis wäre nett gewesen.“

„Es tut mir wirklich außerordentlich leid. Bisher gab es nie körperliche Auseinandersetzungen. Lediglich Sachschäden.“

„Aus welcher Richtung kommt diese freundliche Zuwendung?“

„Das können wir absolut nicht einschätzen.“ Er schaute kurz zu seiner Sekretärin, als würde sie gleich bestätigen, was der Chef da sagte. Aber ich hätte schwören können, dass das Miststück kurz gelächelt hat.

„Wie wäre es damit, mal generell die Polizei zu informieren? Ab und an können die auch helfen.“

„Das macht gerade wenig Sinn. Meine Anwälte haben nach einer Hausdurchsuchung im letzten Jahr nicht wenige Anzeigen gegen die Beamten gestellt. Die Motivation, uns zu helfen, dürfte also nicht die größte sein.“

„Was wollen Sie in Zukunft machen? Nach jedem Einkaufsbummel Ihre Wagen abdecken?“ Ich deutete auf den zugedeckten Mercedes. Der Falke lächelte so süffisant, als würde ich goldrichtig liegen mit meiner Theorie. Genug Autos hatte er ja.

„Nein, ganz so locker sehe ich es nun nicht. Klaus ist dabei, nach einer passenden Politur zu suchen, um die fragwürdigen Kunstwerke zu beseitigen. Der Unmut gegen unsere Familie wird sich bestimmt auch wieder legen. Bis dahin weichen wir für Anschaffungen jeglicher Art nach München aus."

„Okay, hört sich plausibel an." Ich gab mich so weit ruhig, obwohl es schon an mir nagte, dass ein weiterer Anzug ruiniert war und meine Wunde wieder blutete. Noch schlimmer war die Tatsache, dass irgendwelche Sprayer mich auf dem falschen Fuß erwischt hatten. Aber hier musste ich jetzt mein Ego mächtig zurückschrauben. Noch vor fünf Jahren wäre ich wie ein Tornado durch Landsberg gegangen und hätte jeden Typen so lange auf links gedreht, bis ich die richtigen Antworten bekommen hätte. Aber was soll's? Sonntag war ich hier weg.

„Erik?", rief Karen Roiser in die Scheune hinein.

„Wir sind hier." Er ging seiner Schwester entgegen. Nicht gerade hektisch, aber schon einen kleinen Schritt zu hastig. Da war mir klar, dass er ihr den Anblick des Porsche ersparen wollte. Ich gab ihm eine kleine Schützenhilfe und schlenderte etwas versetzt hinter ihm. So blieb die Motorhaube verdeckt. Anstatt uns zu helfen, stellte sich die Blondine wie ein kleiner Fiffi neben ihr Frauchen. Gott, war die dämlich. „Ich möchte morgen nach Bad Wörishofen. Zum Golfplatz. Ist das in Ordnung? Oder brauchst du Klaus?"

„Ich müsste morgen nach Augsburg."

„Ah okay, dann nehme ich ein Taxi." Karen Roiser wandte sich umgehend an ihre Sekretärin.

„Lassen Sie mir morgen gegen elf eine adäquate Limousine kommen."

Erik Roiser drehte sich zu mir um und schaute mich kurz eindringlich an. Da war etwas Flehendes in seinem Blick. Ich ahnte schon, was er wollte. Er war nicht der Typ, der andere um einen Gefallen bat, aber seine Schwester war ihm wohl gerade wichtiger als sein Status. Da könnt ihr mal sehen. Der Arsch hatte doch so etwas wie ein Herz.

„Karen, ich bitte dich. Was gibt das denn für ein Bild ab? Mit dem Fahrservice zum Golfclub?" Er wandte noch mal seinen Blick an mich. Für den Fall, dass ich seinen ersten Hilferuf nicht verstanden hatte. „Herr Stammer fährt dich bestimmt gern sicher hin und wieder zurück." Das Wort „sicher" betonte er besonders und sollte wohl ein endgültig letzter Hinweis für mich sein. Nach dem Vorfall in der Stadt wollte er seine Schwester auf gar keinen Fall ohne Schutz vor die Tür lassen. Verständlich.

„Natürlich, gern", erwiderte ich.

Karen lächelte mich kurz an, ließ aber ihren Blick weiter an mir haften. „Dann gehen wir beide morgen aber auch mal eine Kleinigkeit für Sie zum Anziehen kaufen. Mein Bruder achtet auf so etwas ja nicht." Dann verließ sie die Scheune.

Erik schaut etwas verdutzt. Ich grinste schadenfroh. Ganz unrecht hatte sie ja nicht. Der Anzug war hin. Ein neuer musste her.

„Sorgen Sie dafür, dass meine Schwester morgen genug Bargeld mit sich führt." Der Eisblock nickte und machte sich eine Notiz auf der Kladde. So etwas mochten Chefs. Dann fühlten sie sich ernst genommen. Hat mir mal eine

Sekretärin gesteckt. Also eine nette. Nicht so eine blöde Kuh. „Es ist mir wirklich überaus unangenehm, was Ihnen heute widerfahren ist, und ich bin Ihnen dankbar, dass Sie mir den Wagen an einem Stück zurückgeführt haben. Das war natürlich ein außerordentlicher Einsatz, der so nicht vorgesehen war."

„Ja, das kann man so sagen", stimmte ich ihm zu.

„Kann ich diesen unangenehmen Umstand mit 3.000 Euro begleichen?"

„Das ist fair."

Er nickte mir zu und ging. Die Sekretärin blieb noch einen Moment. Sie bedachte mich erneut mit ihrem Laserblick, den ich gerade so gar nicht zuordnen konnte. Vielleicht eine Mischung aus Missgunst und Verachtung. Alle Achtung. Konnte auch nicht jeder. Zum Glück spielte sie nicht das Spiel, wer zuerst weggucken würde, sonst hätten wir im nächsten Frühjahr noch in der Scheune gestanden. Sie ließ mich zurück. Ich stieß lange meinen Atem aus und blieb noch ein bisschen so stehen. Dann entschloss ich mich, endlich das Geheimnis des Mercedes zu lüften. Was stand da so Geheimnisvolles geschrieben, dass sogar die Sekretärin des Hauses das Graffiti mit ihrem Leben verteidigen wollte? Ich lupfte die Plane an einer Seite hoch und sah im fahlen Neonlicht das Wort: GENUG. Mehr nicht. Genug. Mit dem gleichen Wort gedachten die Lümmel wohl den Porsche umzulackieren. Aber es reichte gerade mal für die Lettern G und E. Genug. Das sollte dann auch das Abschlussmotto für diesen Tag sein. Für heute war ich nämlich echt bedient.

Karen saß mit nassem Haar, eingewickelt in ein überdimensionales, pinkes Badetuch an ihrem Schminktisch und legte das Handy beiseite. Sie lächelte sanft. Christoph hatte sich gemeldet, um zu fragen, ob es beim Golfdate bliebe. Sie wollte noch etwas warten, bevor sie antwortete. Natürlich nicht allzu lange. Denn so viel Auswahl an Männern hatte sie nun auch wieder nicht, als dass sie solche Allüren ausreizen konnte. Christoph Glaubert war von gutem altem bayrischem Geldadel. Seine Urgroßeltern brauten Anfang des letzten Jahrhunderts ihr erstes Bier und heute war die Familie eine kleine Macht auf dem Getränkemarkt. Sie hatten nun nicht ganz so viel auf dem Konto wie Karen selbst, aber immerhin noch genug, um sich nicht verdächtig zu machen, sich an die Roisers ranzuwerfen, weil Geldmangel herrschte. Ein schönes Gefühl. Denn alle anderen Anwärter offenbarten früher oder später einen Makel finanzieller Natur. Christoph und Karen hatten sich auf dem Parkplatz des Golfclubs kennengelernt. Er hatte Klaus nun nicht komplett zugeparkt. Aber Karen kam halt nicht mehr an den Kofferraum, um ihre Tasche abzulegen. Niemand war in Nachhinein aufgebracht oder dergleichen. Chrissy lächelte, und für einen kleinen Augenblick war es gänzlich still um sie herum. Eine Stille, die sie das letzte Mal erlebt hatte, als sie unten am Fluss spielte, während Vater die Zeitung las. „Wenn wir die nächste Partie zusammen spielen, dann könnten wir uns einen Parkplatz teilen", sagte er charmant. Sie lächelte verlegen und stimmte zu. Das war vor fünf Wochen. Doch ein Treffen kam nicht zustande. Nie war der Zeitpunkt günstig. Nicht bei ihm, nicht bei ihr. Dann gab es noch den Stress mit dem Stalker und die Vorbereitungen für das Fest. Gestern schrieb er sie dann an. **Dienstag oder nie.** Dahinter hatte er zum Glück Smileys gesetzt. Das fand sie amüsant und sah es genauso. Dienstag oder nie. Sie lachte kurz auf. Was für ein konfuses Motto. Vor Kurzem hätte sie so etwas als unlogischen Kalauer abgetan. Aber sie machte normalerweise alles nach Plan. Da konnte sie sich mal einen Ausreißer erlauben. Christoph war selbst auch noch nie verheiratet gewesen. Keine Kinder. Keine Skandale. Fast langweilig. Aber wohl auf der Suche, um sich sesshaft zu machen. So wie sie. Vielleicht war er der Mann, mit dem sie nach vorn schauen konnte? Ein Mann für gemeinsame Kinder? Zeit wäre es. Und wäre er dann doch nicht der Richtige, würde sie die Kinder behalten und ihn aussortieren. Ähnlich wie mit Fohlen und den Deckhengsten. So hatte sie es gelernt. Das würde wahrscheinlich nicht jeder gut finden, aber das störte sie dann auch nicht. Geld ließ vieles vergessen. Sie blickte verträumt in den Spiegel. Mutter wäre vielleicht ein bisschen stolz auf sie.

Ich stand pünktlich in den Startlöchern. Wicka bekam fast einen Herzklappenabriss, als ich ihm die Fahrzeugwahl für heute mitteilte. Dennoch gab er mir mit hündischer Freundlichkeit die Schlüssel. Arschkriecher. Vor dem Haus wuselte das gesamte Personal herum, und so langsam ließ sich so etwas wie eine Struktur für die Megaparty erkennen. Mittendrin stand Margit Roiser und trieb die Leute an, als gäbe es kein Morgen. Alter Schwede. Aus der Bewegung heraus drehte sie sich zu mir. Sie warf mir einen unverhohlenen Blick zu, der so von immenser Niedertracht getränkt war, dass es schon nicht mehr feierlich war. Ich starrte zurück. Kein begrüßendes Nicken von mir oder so. Scheiß auf das Schrapnell. Junior bezahlte mich. Schließlich wandte sie sich ab, um einem Stallmädchen das Leben schwer zu machen. Dann war da noch so ein Fettklops, der glotzte mich an. Aber nicht lange genug, um ihn zu fragen, ob es ein Problem gab. Die Tür vom Haupthaus öffnete sich und Karen kam heraus. Niedlich sah sie aus in ihrem Sportdress. Karierte braune Hosen mit gelber Bluse und ein roter Pullover, lässig über die Schulter geworfen. Nicht zu tief, aber trotzdem neckisch ins Gesicht gezogen, gab es als Eyecatcher eine babyblaue Schlägermütze. Am langen Arm eine mittelgroße schwarze Sporttasche von Dolce & Gabbana. Der Fettklops löste sich aus der Menge und nahm ihr die Tasche ab. Karen war nicht verwundert über diese Geste. Er tuschelte. Sie zischte etwas zwischen den Zähnen zurück, ohne ihren freundlichen Gesichtsausdruck zu verlieren. Na ja, was immer die beiden am Laufen hatten, sollte mir gleich sein. Ich öffnete den Kofferraum, damit der Lakai die Tasche ablegen konnte.

„Ui, der Maserati“, begrüßte sie mich strahlend. „Den habe ich ja schon ewig nicht mehr gesehen.“

„Ja, ich dachte, wir bewegen auch mal die Wagen aus den hinteren Reihen.“ Es war ein überaus schnittiger, perlmuttweißer Viersitzer Baujahr 2005 und groß genug, um als funktionales Daily Car durchzugehen. Okay, die Auspuffanlage war etwas laut. Aber wir würden es überleben.

„Eine schöne Idee." Sie strahlte so sehr, dass ich meinen konnte, dass sie wieder zugedröhnt war. Na ja, besser so als anders.

„Guten Morgen, Frau Roiser. Ihr Bruder bat mich, Ihnen noch etwas zu geben." Die Eisprinzessin kam von hinten und reichte ihrer Chefin einen Briefumschlag.

„Danke, Sigrun. Hier geht so weit alles voran?"

„Ja, Ihre Mutter ist uns eine große Hilfe." Meine Güte. Schleimer, wo man hinsah. Schlimm.

„Dann bin ich mal gespannt, wie es aussieht, wenn wir wieder da sind." Karen stieg ein und der Fettsack machte ihr die Tür zu. Mir nickte die doofe Kuh noch zu, was wahrscheinlich hier auf dem Hof so viel wie „Brenn in der Hölle" bedeuten sollte. Na ja, bis Sonntag würden wir ja wohl alle durchhalten mit dem Affentheater, ohne uns gegenseitig die Augen auszukratzen.

Toni Hedderich war am Hof der dritte Security. Knapp 40 und hager. So hager, dass ständig die Hose rutschte und kaum irgendwelche Jacken passten. Sein dunkles Haar trug er schulterlang. Den Pony ließ er vor die Augen fallen. Er mochte keinen Blickkontakt. So einfach war das. Da er zur Gothic-Szene gehörte, kam ihm zugute, schwarz zu tragen. Sein Messer und ein Multitool führte er stets am Gürtel. Toni war der stillste Security auf Gottes weiter Erde. Allerdings wohl auch der meistgehasste, da er bei der Dame des Hauses als absolut überflüssig galt. Zwei Sicherheitsmänner würden reichen. So hieß es immer. Dass die Schrulle damit nicht richtiglag, hatte die Vergangenheit gezeigt. Fremde Menschen bewegten sich ohne Konsequenzen frei auf dem Gelände und die Presse ging hier ein und aus. Er war darüber nicht schadenfroh, verrechnete es aber mit der sogenannten karmischen Gerechtigkeit. Dass Toni hier beschäftigt war, hatte er der Tatsache zu verdanken, dass sein Vater hier mal Stallbursche gewesen war und Junior Roiser ihn noch in guter in Erinnerung trug. So durfte er als Sohn die seltene Stelle besetzen. Toni verrichtete fast alles, was anfiel. Handwerk und Elektrik wurden jedem, der hier auf dem Land aufgewachsen war, mit in die Wiege gelegt. Schon immer musste er mit anpacken. Das tat er auch gern. Toni mochte es aber, wenn man ihn dabei nicht behelligte. Er wollte allein sein. Wenn man ihn unter Stress setzte, tat er seltsame Dinge. Wirklich. Dann tötete er. Keine Menschen. Aber Tiere. Die Tiere der Menschen, die ihn bedrängten. Angefangen hatte es seinerzeit im frühen Jugendalter, als seine Großmutter ihn beim Polieren der Traktorfelgen mit allerlei Dingen ablenkte. Er konnte sich einfach nicht konzentrieren. Offensichtlich hatte Großmutter Gefallen daran gefunden, den jungen Toni aus dem Gleichgewicht zu bringen. So tötete er kurzerhand ihre Katze. Er drückte die rotbraune, allseits beliebte Kitty in das trübkalte Wasser der Regentonne, bis sie sich nicht mehr wehrte, warf den Kadaver dann achtlos für alle gut sichtbar in den matschigen Kies der Auffahrt und fuhr seelenruhig mit seiner Arbeit fort, die Polierpaste auf die riesigen grünen Felgen aufzutragen, während seine Großmutter laut kreischend den kleinen Leichnam fand. Von da an ließ sie ihn in Ruhe. Zwischendurch tötete er immer mal wieder, aber zuletzt den Hund seiner damaligen Lehrerin, die ihn immer wieder daran erinnerte, doch sein Erdkundeprojekt über Südamerika zu beenden, obwohl er mitten in der Vorbereitung für das Sportfest war. Er sollte die Startblöcke mit frischen Zahlen versehen. Da konnte er das nervige Gerede einer Lehrerin nicht gebrauchen. Als ihr Labrador dann mit verrenktem Hals am Baum hing, hatte er seinen Frieden. Dann hörte er auf mit dem Töten. Es gab einfach keinen Grund. Aber um ein Haar wollte Karen Roiser vor Kurzem seine Methode wieder aufleben lassen, und er hätte gern eine ihrer röchelnden Tölen im Brunnen ersäuft. Doch hier war es auch wieder Erik, der die Hand über ihn hielt und seiner Schwester erklärte, dass die quietschende Tür im Foyer auch von Werner repariert werden konnte. So fuhr Toni fort, mit dem Hochdruckreiniger die Baggerschaufel zu säubern, und Juli durfte weiterleben. Die eigentliche Sache, nämlich hier für die Sicherheit verantwortlich zu sein, ergriff ihn nie. Obwohl er in der Tat der Einzige auf dem Hof war, der jemals einen Lehrgang für Sicherheit und Brandschutz absolviert hatte. Erik Roiser hatte seinerzeit darauf bestanden. Damit der „Junge" mal was in der Hand hat, so hieß es. Das rechnete Toni ihm wirklich hoch an. In stillem Gedenken schwor ihm Toni deshalb aufrichtige Loyalität. Ihm sollte es stets gut gehen. Die anderen konnten bleiben, wohin sie ihr Weg führen sollte. Von ihm aus direkt in die tiefste und heißeste Hölle, aus der es keinen Ausweg gab. Keine Lossprechung durch Beten oder sonstige Tricks. Direkt rein. Ohne Rückkehr.

„Träumen Sie, Herr Hedderich?", blaffte Margit Roiser.

Toni legte den Kopf schief. Er war gerade dabei, die Elektrokabel nahe der Hüpfburg mit Stolperschutz aus schwerem Kunststoff zu bedecken. „Sie sollten Wasserleitungen für den Kühlwagen anschließen.“ Er überlegte, ob es sinnvoll wäre, dem Drachen zu erklären, vorher noch dafür Sorge zu tragen, dass keiner seiner Kollegen inklusive der Familie sich hier im üppigen Gras die Ohren brach. „Umgehend, Herr Hedderich.“

Er ließ die letzte Kunststoffplatte aus seinen Händen auf die vorwitzigen Kabel im tiefen Grün gleiten und nickte ergeben. „Nach diesem Wochenende werde ich mal mit meinem Sohn über Ihre Arbeitseinstellung reden“, rief sie ihm nach. Diesmal nickte er nicht, sondern überlegte, was Margit Roiser wohl am wichtigsten war. Dann hätte sie am Montag mal ganz andere Gesprächsthemen. Ganz sicher.

Karen Roiser bedeutete mir mit ruhigen Gesten, wie ich zu fahren hatte. Die Sonne war dabei, sich aus den leichten Wolken zu kämpfen, und so wie es aussah, würde sie gewinnen.

„In Landsberg am Lech gibt es die meisten Sonnenstunden in Deutschland“, gab sie von sich. Ich nickte nur stumm. Von Sonne hatte ich erst mal genug. Das wollte ich ihr jetzt aber nicht auf die Nase binden, um kein weiteres Gespräch anzufachen. „Arbeiten, wo andere Urlaub machen“, legte sie verträumt nach. Ich nickte wieder. Im Irak scherzten wir immer mit der Floskel „Arbeit unter Palmen“. Aber Arbeit ist Arbeit. Egal wo. Checkten die reichen Menschen nur nicht. Wenn es nach denen ginge, sollten wir am besten noch Geld mitbringen.

„Ihnen würde es gut stehen, wenn Sie mal lächeln würden“, empfahl mir Karen.

„Danke. Das mache ich, wenn ich einen Grund dazu habe.“

Karen spielte am Regler für das Radio. Ließ die lokalen Nachrichten, die sich über marode Zustände von Kindergärten ausließen, verstummen und zauberte eine Jazzmelodie, gespielt auf einer Trompete, aus den Tiefen der Frequenzen hervor.

„So ist es besser“, seufzte sie.

Genau, so war es besser. Sich bloß nicht mit sozialkritischen Themen auseinandersetzen. Mal abgesehen davon, dass Jazz ursprünglich die Musik der Arbeiterklasse war. Geboren in New Orleans. Von Menschen gemacht, die bestimmt wesentlich mehr hinter sich hatten, als wir uns das vorstellen können. Von jenen, die immer mal wieder akzentuierte Seitenhiebe an das Establishment austeilten und bestimmt gerade liebend gern vom Himmel aus einen Riesenhaufen auf unsere Luxuskarosse setzen würden. Hohle Nuss. „Wir dürfen nicht vergessen, Ihnen noch etwas zum Anziehen zu holen“, sinnierte sie tonlos.

Nach einiger Zeit erreichten wir den Golfclub. Der Parkplatz war bumsvoll. Luxuskarossen, soweit das Auge reichte. Ein blonder hochgewachsener Mann mittleren Alters lehnte an einem schwarzen Lamborghini Urus und hob die Hand. Seine Golfkleidung war blaulastig kariert.

„Zwei Minütchen zu spät“, tadelte er belustigt zur Begrüßung. Er gab Karen ein leichtes Bussi. „Wenn man nicht alles selber macht“, legte er verschwörerisch nach und rollte mit den Augen. Und spätestens da wusste ich, dass er ebenfalls genügend Geld an den Hacken hatte. Denn sich über das Personal lustig zu machen war auch so eine Sache beim Geldadel. Professionell nahm ich es hin. Ich öffnete den Kofferraum. Karen beugte sich vor, um mir die Tasche aus der Hand zu nehmen.

„Es wird jetzt so laufen“, sagte ich in gedämpftem Tonfall, während Blondie noch an seinem Wagen hantierte. „Ich gehe kurz mit Ihnen rein, um mir einen Überblick über die Lage zu verschaffen. Dann ziehe ich mich zurück. Wenn etwas ist, melden Sie sich per Handy und ich kümmere mich drum. Können Sie Ihr Handy nicht nutzen, schreien Sie. Ich bin wahrscheinlich schneller da, als sich das alle Probleme dieser Welt wünschen, und ich kümmere mich auch darum. Ist das okay für Sie?“

Karen wurde kurz steif. So eine Ansage hatte sie wahrscheinlich noch nie bekommen. Dann entspannte sie sich und lächelte. „Das hört sich sehr gut an, Herr Stammer. So machen wir das. Ich danke Ihnen.“

„Gern.“

Ich folgte den beiden ins Gebäude. An der Anmeldung gab es eine kleine Warteschlange. Ein Phänomen. Wenn du unter der Woche vormittags Schwimmen gehst, triffst du nicht einen Menschen. Aber im Golfclub ist die Hütte immer voll. Egal wo. In welchem Land auch immer. Aber bei uns ging alles fix von der Hand. Die Partie war bereits angemeldet. Der Zeugwart hatte das Golfcart bereits mit der Ausrüstung der beiden Turteltauben bestückt. Bevor die beiden zum ersten Grün fuhren, drehte sich Karen noch einmal und winkte lächelnd wie zu einem kleinen Abschied. Blondie legte den Vorwärtsgang ein und beide glitten lautlos davon. Ich schlenderte über Terrakottafliesen durch die himmelblau gestrichene Location. Die ausgestellten Golfaccessoires in den Vitrinen waren so unverschämt teuer, das würdet ihr nicht glauben. Ähnlich wie Rüstungen auf dem Weg zum Rittersaal war der schmale Gang zum Restaurant gesäumt mit wuchtigen halbhohen, weißen Säulen, auf denen glänzende Pokale standen. Ich konnte diesem Sport nie viel abgewinnen. Echt nicht. Wer mir hier etwas von Präzision und Thrill erzählen wollte – ganz zu schweigen davon, wie ausgepowert man doch nach einer Partie war –, der hat noch nie intensiv Schach gespielt. Ist so. Das einzig Gute, was ich hier für mich rausziehen konnte, war: Sollte ich eines Tages keinen Platz mehr im Hospiz bekommen, würde ich einen Golfclub wählen. Hier war es schön ruhig und das geduldige Personal konnte es durchaus mit den Pflegekräften aufnehmen. Das Restaurant war lichtdurchflutet. Die Wände geschmückt mit Gruppenphotos, auf denen alle Teilnehmer ihre Trophäen präsentierten. Grinsend wie Honigkuchenpferde. Klar, wenn man sonst nichts erlebt, ist das schon aufregend. Ich ging zurück zum Auto. Sicher ist sicher. Wobei ich mich schon fragte, wer hier die höhere Sicherheitsstufe genoss. Das Auto oder Karen. Ich lehnte am Heck des Maserati und beobachtete die Umgebung. Hier war echt richtig was los. Sobald die Spieler den Club verließen, hingen die meisten auch schon hektisch am Handy, als galt es, den kommenden Börsencrash zu vermeiden. Die Damen waren eigentlich die Entspanntesten hier am Ort. Warum auch immer. Ein Psychologe würde ein Thesenfeuerwerk nach dem anderen loslassen. Ich ging gemächlich die Reihen der Parkbuchten ab und schaute mir jedes Auto einzeln an. Wer weiß, wann ich das eine oder andere noch mal wiedersehen würde. Ich war zwar nur noch ein paar Tage hier, aber nach der Sache am Lech wollte ich etwas aufmerksamer sein.

Niemand nahm Notiz von mir. Als die Sonne richtig hoch stand, zog es mich wieder ins Innere. Der Maserati würde es überleben. An der Bar ließ ich mir ein Wasser geben und wanderte zur Außenterrasse. Vereinzelt waren die Tische mit greisen Pärchen belegt. Keiner redete. Alle lasen Zeitung, starrten aufs Grün oder studierten die Karte für den bevorstehenden Mittagstisch. Einer brachte es fertig, mir zuzunicken. Ein alter Knochen, der beim Umblättern aufschauen musste. Würde man eine Befragung durchführen, ob ich jemals den Club betreten hätte, würde die Spur im Sande verlaufen. Komische Welt hier.

∽

Solche Tage mochte Celine am liebsten. Allein im großen Haus mit wenig Arbeit. Einzig Juli und Mike folgten dem fröhlich summenden Hausmädchen. Wechselte sie in einen anderen Raum, trotteten die beiden gutmütig hinterher. Karen war beim Golf. Erik hatte Geschäftstermine, und die Frau Mutter machte draußen das gesamte Personal strubbelig. Celine ging lediglich noch mal durch alle acht Gästezimmer, um zu prüfen, ob alles perfekt hergerichtet war. Gerade so kurz vor dem großen Fest lagen die Nerven hier etwas blank. Der kleinste Anlass wurde genommen, um ein

Fass aufzumachen. Das reichte von der falschen Handtuchfarbe bis hin zum unperfekten Knick im Kissen. Hier wurden keine Dekorationsfehler geduldet. Sie zupfte beim letzten Raum noch etwas an den Gardinen herum und fertig. Na ja, nicht ganz. Es war immer klug, noch mal einen Blick in Karens Zimmer zu werfen. Bewaffnet mit dem Staubsauger und die beiden kleinen Franzosen im Gefolge betrat sie den Wohnraum ihrer Chefin. Lagunenfarben waren die Wände aus rauem Putz gestrichen und die modern geschwungenen Möbel in mattem Weiß lackiert. Der Boden trug große weiße Fliesen, die stellenweise von blendendweißen Läufern aus hochflorigen Kaschmirfasern bedeckt waren. Wer wissen wollte, wie es sich anfühlte, auf Wolken zu gehen, sollte hier barfuß mal einen Schritt wagen. Himmlisch. Den einzigen Spiegel im Raum gab der zarte kleine Schminktisch an der schmalen Wand zu den beiden Balkonen her. Von Bildern keine Spur. Dafür aber die schönsten und buntesten Blumen. Dieser Raum grenzte sich deutlich von dem Style der anderen Räume ab. Lebensbejahend und fröhlich. Celine fragte sich nur, wann dieser Zustand einmal auch Karens Herz und ihr Gemüt erreichen würde. Sie war wirklich ein Musterstück an wechselhaften Launen. Sowohl schlechte als auch gute. Celine konnte aber nie ausloten, welche wann überwog, um ein Muster zu erkennen. So war jeder Tag hier wirklich ein kleines Abenteuer. Hilfreich waren da aber ganz sicherlich nicht die Besuche von Margit Roiser, die die schlechten Momente deutlich förderten. Diese dumme Pute. Erik war ausgeglichen. Sie wollte nicht übertreiben, aber Celine konnte schon behaupten, dass sie ihn mochte. Er war nie laut oder launisch. Zwar reserviert, aber stets respektvoll. Das wirklich einzig Eigentümliche war, er reinigte sein Zimmer selbst. Wirklich. Jedes Teil. Vom Badezimmer bis hin zu den Fenstern. Es war jetzt nicht so, dass sie den Raum nicht betreten durfte. Ab und an sollte sie Erik mal etwas aus dem Raum holen, wenn er unten im Kaminzimmer saß. Mit geübtem Auge sah sie dann, dass in dem großen Raum mit den schwarzen Hochglanzmöbeln alles, aber auch wirklich alles picobello war. Sie fragte sich stets, wann er das alles machte. Er war kaum da, und nie hatte sie auch nur einmal das Geräusch eines Staubsaugers gehört. Celine schob die Unterlippe vor und schaute sich um. In Karens Zimmer war alles in Ordnung. Nicht wie sie es von Margit Roiser gewohnt war, die stets ihr Zimmer am Ende eines Besuchs wie die letzte Wildsau hinterließ. Celine wertete dies als wenig wertschätzende Botschaft an das Personal: um daran zu erinnern, wozu es hier war. Nämlich um zu dienen. Celine stöpselte den Staubsauger ein. Sicher ist sicher. Mal kurz über den Boden huschen. Die Hunde hielten respektvoll Abstand. Ihnen war der Staubsauger nicht geheuer. Im mittleren Modus ließ sie die Saugbürste über den Boden gleiten. Sie ging in Gedanken durch, was noch bis zum Fest zu erledigen war, als die Bürste unter dem Bett kleinere Gegenstände erfasste und so das Rohr zum Klingeln brachte. Celine war überaus erfahren und wusste, dass es sich hierbei sicherlich nicht um gewöhnlichen Schmutz handeln konnte. Der Raum war schon zuvor sauber. Dreck in dieser Menge wäre verwunderlich gewesen. Sie wusste, dass sie gut daran tun würde, den Staubsaugerbeutel zu kontrollieren. Celine wäre jetzt bestimmt nicht die erste Haushälterin gewesen, die die wertvollen Diamantohrringe ihrer Chefin auf diese Weise ins Nirwana geführt hätte. Hektisch machte Celine den Staubsauger auf. Neugierig näherten sich die Hunde. Sie öffnete die Klappe und dankte innerlich, dass sie noch vor Kurzem einen neuen Beutel eingesetzt hatte. So blieb es ihr erspart, in verfilzten Haaren und verklumpten Staubmäusen nun nach dem Grund ihrer Hektik zu suchen, und betete sogleich, sie würde nichts finden. Doch weit gefehlt. Celine erstarrte, als sie sah, was sie da eingesaugt hatte. Es war von den schnell rotierenden Bürsten massiv beschädigt und zudem auf die Schnelle kaum zu ersetzen gewesen. Kurzum ein Albtraum. Verdammt.

ൾ

Karen hielt Wort. Nach der Golfpartie mit dem Lamborghini-Heini, die mit einem verhaltenen Kuss auf die Wange endete, gingen wir zwei shoppen. In Bad Wörishofen gab es eine kleine Boutique. Da gingen wir rein. Ich bekam zwei dunkelblaue Armani-Anzüge, die sehr figurbetont saßen. Waffe tragen war also in dem Zwirn passé. Dazu sechs himmelblaue Hemden mit einem Innenkragen, schmal schwarz-weiß gestreift. Ebenso legte die Verkäuferin zwei schwarze Ledergürtel von Yves Saint Laurent dazu, die Karen zuvor ausgewählt hatte. Einer mit silberner, der andere mit brünierter Schnalle. Mir wurde ein Vanille-Roibuschtee gereicht, während Karen für sich noch zwei wirklich hübsche Gucci-Kleider entdeckte. Bisschen bunt. Aber mal was anderes. Sie wollte wohl klamottentechnisch mal was wagen. Sei ihr gegönnt. Vielleicht war der Typ ja auch gar nicht mal so verkehrt und brachte sie auf andere Gedanken. Womöglich würden sich die Bewohner von Landsberg mit der Steuergeschichte auch bald mal wieder einkriegen und die Roisers könnten wieder normal leben. Vielleicht. Vielleicht. Immer positiv denken und so. Die Sonne hier ließ einen wirklich träumen.

Kurz vor einer Autobahnauffahrt hielten wir an einem Bauernstand, bestehend aus einem wackeligen, grün-weißen Leinenzelt. Ein rothaariges Mädchen im orangen Kleidchen und mit einer riesigen Zahnspange offerierte uns gut gelaunt ihre frisch gepflückten Kirschen und Erdbeeren. Es gab sogar Möhren. Bei der Gelegenheit holte ich dann auch gleich noch die lebenslange Erlaubnis aus erster Hand ein, Jerry mit Leckerlis zu versorgen. Karen fand meine Bitte äußerst vergnüglich. Wieder auf dem Hof angekommen, ließ sich nun sehr deutlich erkennen, dass hier am Wochenende ein großes Fest stattfinden würde. Ich wollte jetzt nicht schwärmen, aber Margit Roiser hatte wirklich alles gegeben. Das Festzelt mit Sitzgarnituren sowie drei Getränkestationen mit zwei Kühlwagen standen in logischer Position. Es gab sogar eine kleine Bühne für Darbietungen. Einzig gab es wohl noch Probleme mit der Hüpfburg. Alle standen ratlos um den Transformator herum und schüttelten fortwährend den Kopf. Wie aus dem Nichts stand auf einmal der Fettsack in der Scheune und nahm Karen die Sporttasche mitsamt den goldglänzenden Gucci-Schachteln aus den Händen. Ich versuchte, Blickkontakt zu dem vermeintlich fleißigen Security aufzubauen und wollte ihm vermitteln, dass er die anderen hier verarschen konnte. Mich aber nicht. Ich wusste, dass hier irgendwas lief. Funktionierte aber nicht. Er drehte sich gekonnt weg. Auch okay. So wichtig war es nun auch nicht. Würde ich aber nachholen. Ist so. Ich griff meine Möhrchentüte und schlenderte rüber zum Mädchenstall. Die Stallgasse war angenehm kühl, und am Ende empfing mich gleißender Sonnenschein. Jerry kam schon angetrabt. Ich streichelte sie zwischen ihren weichen Ohren, während sie gelassen vor sich hin mümmelte. Die übrigen Pferdedamen waren auch zufrieden. Ich schaute über die Weide rüber zum Lech.

„Weiß du was?“, fragte ich Jerry. „Du kannst mich mal hier rumführen.“ Die Friesendame ging einen Schritt zurück. Ich verschloss das Alugatter hinter mir mit dem rostigen Riegel. „Schön hast du es hier.“ Wir schlenderten zusammen das Ufer entlang und entfernten uns vom Hof. Nach gut 200 Metern blieb ich erstaunt stehen. „Was hast du denn hier versteckt?“, witzelte ich. Jerry stieß Luft durch ihre Nüstern aus. Unten am Ufer gab es ein winzig kleines rosa Bootshaus ohne Fenster. Versteckt hinter zwei Bäumen. „Das ist ja ein Ding.“ Dazu gab es noch einen etwa drei Meter langen Steg zur linken Hand. Die Queen Victoria konnte hier sicherlich nicht anlegen, aber immerhin. Die rissige Holztür war nicht verschlossen. Im Wasser lag tatsächlich ein kleines Motorboot. Eine weiße Bowrider mit einem ordentlichen Mercurymotor. Bestimmt 200 PS. Garantiert eine Einzelanfertigung. Die Persenning hatte schon Moos angesetzt. An der Wand hingen zusammen mit ein paar ausgeblichenen Schwimmwesten zwei blaue Kajaks. Ich drückte die Tür wieder zu und entdeckte einen Liegestuhl aus verwittertem Teakholz. Schöne Sache. Ich beschloss, mich zu setzen und legte auch gleich die Füße hoch. Während ich dem Fluss lauschte, betrachtete ich leuchtend tanzende Kristallschimmer, die die Sonne vom Wasser aus an die Wand des Bootshauses legte. Das Ganze sah ich mir noch so drei Minütchen an. Dann sackte ich weg. Ich schlief ein. Echt jetzt. Die letzten Tage waren wohl doch etwas zu viel für mich. Da hatte mein Unterbewusstsein mal kurzerhand die Gelegenheit ergriffen und den Stecker gezogen. Zwei Stunden später wachte ich total hektisch und orientierungslos auf. Jerry zupfte gelassen das Gras um meinen Stuhl herum fort. Ich lachte kurz auf. Mein Mädchen hat auf mich aufgepasst. Treuer Friese. Ich schaute noch etwas auf das Wasser und kraulte Jerry die Kruppe, als sie versuchte, noch eine Möhre abzustauben. Aber nichts zu machen, die Tüte war leer.

„Morgen wieder, okay?", flüsterte ich ihr ins Ohr. Wir trotteten zurück. Jerry wohl im Unglauben über den Mangel an Möhren und ich mit steifen Knochen.

Wieder auf dem Hof angekommen, dachte ich echt, ich wäre im falschen Film. Da stand nun eine Hüpfburg, die fast größer war als das eigentliche Herrenhaus. Meine Güte, war das ein Oschi. Die Optik angelehnt an einen irgendeinen Disneystreifen. Cinderella vielleicht. Keine Ahnung. Mit Zugbrücke und so. War schon hübsch. Musste ich zugeben. Aber der eigentliche Hammer war, dass der größte Teil vom Personal albern darauf rumhüpfte. Einer der Getränkewagen war in Betrieb und aus dem Festzelt kam leise Musik. Zudem hatte jemand noch den Grill angefeuert. Margit Roiser war also offensichtlich nicht mehr auf dem Gut, sonst hätte sie wahrscheinlich jedem Einzelnen hier den Kopf abgerissen. Das nannte ich mal eine gelungene Pre-Opening Party. Sei es ihnen gegönnt. Ich wäre in meinem Reich verschwunden, wenn Karen mich nicht von Weitem zu sich herangewinkt hätte. Feiern war nun grundsätzlich nicht so mein Ding, aber vielleicht hatte sie ja noch etwas auf dem Herzen.

„Herr Stammer, Sie müssen ja umkommen vor Hunger." Karen stand am Eingang des Zeltes.

„Halb so wild", spielte ich den Umstand runter, obwohl ich zugeben musste, dass der Appetit anklopfte.

„Sie können doch nicht den ganzen Tag Möhren essen", scherzte sie mit einem Augenzwinkern. Da gab es nichts zu erwidern. „Schauen Sie doch mal, ob es auf dem Grill nicht etwas für Sie gibt." Sie deutete mit einem Daumen nach hinten.

„Dankeschön."

Sie nickte und zog sich ins Festzelt zurück. „Wer will tanzen?", rief sie gut gelaunt. Ich war etwas erstaunt, wobei ich nun nicht sagen konnte, ob sie zur Abwechslung mal naturstoned war. Könnte ja sein. Der Tag verlief soweit ganz gut, aber als ich um die Ecke ging, traf mich fast der Schlag. Die Eisprinzessin höchstpersönlich stand am Grill. Sie trug eine gelbe Schürze über ihren elitären Büroklamotten und wendete Würstchen. Na, immerhin gab sie sich dafür her. Von der Eisprinzessin zur Grillmanagerin. In meinen Augen ein Aufstieg. Zum Ausgleich war sie ebenfalls nicht sonderlich angetan, mich zu sehen.

„Was darf es denn sein?"

Ich vermied die Frage, was denn zur Auswahl stand, und lugte auf den Grill.

„Geflügel", gab ich mich wortkarg.

Sie legte mir mit der Grillzange zwei Hähnchenbrustfilets auf einen riesigen edlen, weißen Porzellanteller und stellte ihn vor mir ab. Ich beobachtete sie genau. Vielleicht kam sie ja noch auf die Idee, mein Essen mit Arsen zu würzen. Stattdessen deutete sie reserviert auf das Besteck und die Servietten. Soßen gab es da auch. Am Ende des Tisches zusammen mit dem Brot. Ich bedankte mich nicht und schob den Teller eine Station weiter zum Brotkorb. Der Vollkorntoast war frisch. So mochte ich es. Ich schaute mich um und machte einen Tisch nahe dem Getränkeausschank aus. Ins Zelt wollte ich jetzt nicht. Nicht, weil ich keine Musik mochte, sondern weil mir überschwängliche Menschen schon immer irgendwie unheimlich waren. Zu meinem Erstaunen saß hier schon Celine.

„Darf ich?", holte ich sie aus ihren Gedanken.

„Oh, natürlich", schreckte sie hoch und es sah fast so aus, als wollte sie schon wieder gehen.

„Alles gut?" Eigentlich war mir so etwas immer scheißegal. Hier hätten echt alle tot über dem Zaun hängen können, und ich würde mit Jerry in den Sonnenuntergang reiten. Also nicht ganz. Aber so ungefähr. Ihr versteht schon. Die Kleine war in Ordnung. Als ich letztens unter der Dusche stand und sie mir das Essen ins Appartement stellte, hatte sie noch flugs meine Hose gebürstet und irgendwie geglättet, damit ich nicht völlig unmöglich aussah. Ohne große Worte. Sie ging gut mit den Hunden um und war kollegial. Also hatte sie was gut bei mir. Celine nickte mit einem gequälten Lächeln auf meine Frage hin.

„Bestimmt harter Tag heute gewesen. Aber die Oberchefin ist ja nicht mehr da."

„Ich habe Mist gebaut", sagte sie leise.

„Aha", meinte ich nur und wartete ab, ob sie darüber reden wollte.

Sie holte verstohlen etwas aus der Seitentasche ihres Kittels. Es war in ein Taschentuch gewickelt. Sie blickte noch einmal nach allen Seiten, um abzuchecken, ob wir auch wirklich allein waren. Dann erst entknotete sie den Stoff, damit wir einen Blick auf den Inhalt werfen konnten.

„Das habe ich heute mit dem Staubsauger unter dem Bett vorgeholt. Jetzt ist es kaputt und ich weiß nicht, wie ich es ersetzen soll. Ich traue mich aber auch nicht, das anzusprechen." Celine war echt verzweifelt. Ich zeigte mich bemüht unbeeindruckt, weil ich der Kleinen keine Panik machen wollte. Das, was sie mir hier zeigte, war echt nicht von Pappe und erklärte einiges.

„Weißt du, Celine, man muss nicht über alles sprechen und kann viele Dinge einfach so stehen lassen. Reiche Leute, die etwas verlieren, haben auch die Mittel, es wieder zu ersetzen. Ich würde hier gar nichts machen. Es sei denn, du wirst darauf angesprochen, aber das kann ich mir in dem Fall gerade nicht vorstellen."

„Wirklich?" Sie war nahezu erleichtert, und ich war wirklich gerührt von ihrer Redlichkeit.

„Klar, ich habe mal einem Scheich eine kleine Delle in seinen neuen Range Rover gefahren. Nichts Wildes, aber man hätte was Großes draus machen können. Fehler passieren. Auch guten Leuten wie uns beiden. Das ist keine Schande. Aber Vorgesetzte haben eben immer die unangenehme Eigenschaft, aus einer Mücke einen Elefanten zu machen. Du bist immer nur so gut wie dein letzter Fehler. Meinst du, sie werden sich daran erinnern, wie du dir an bestimmten Tagen mal für sie den Hintern aufgerissen hast? Im Leben nicht. Aber den letzten Fehler kannst du dir anhören bis zur Rente." Mittlerweile hatte sie das Taschentuch mit dem geheimen Inhalt wieder verschwinden lassen.

„Was hat der Scheich damals gemacht, als er den Schaden bemerkt hat?"

„Nichts." Ich lachte kurz auf. „Dumm geguckt. Es war ja niemand da, den er ankacken konnte. Und letztendlich hat er das gemacht, was er mit allen seinen Sachen machte. Was alle wohlhabenden Leute mit ihren Sachen machen." Celine sah mich erwartungsvoll an. „Hinten in die Ecke gestellt, weil neue Autos kamen, die dann wichtiger waren. Und danach kamen auch wieder andere Autos. Jetzt könnte man sagen, ich war nicht ehrlich. Aber er hatte mich nicht gefragt, sonst hätte ich geantwortet." Ich dachte kurz nach. „Letztendlich habe ich lediglich sein Herz geschont. Und du schonst gerade die Nerven deiner Chefin und bringst hier so kurz vor dem großen Fest keine Unruhe rein. Das würde die Hölle werden. Glaub mir. Sie wird schon Ersatz finden, wenn sie es braucht oder es je vermisst."

„So einfach?"

„So einfach", bestätigte ich.

Jetzt strahlte der kleine Grinsekeks wieder.

Sie schwenkte ihr leeres Glas „Ich hole mir noch etwas zu trinken. Möchten Sie auch etwas?"

„Ja, eine Cola light wäre super. Aber bitte ohne Eis, sonst fallen mir die Plomben raus."

„Kommt sofort", kicherte sie und ging in Richtung Getränkewagen. Kaum war sie weg, waren schon die nächsten Kollegen mit Problemen da. Juli und Mike meldeten Besitzansprüche auf mein Geflügel an. Als ich nicht reagierte, kratze mich Juli an der Wade und schaute gleichzeitig wieder unauffällig weg, als wüsste sie nicht, wer mich gerade angetapst hatte. Sie wussten beide, dass sie nicht betteln durften. Wussten aber auch nicht so recht, wie ich jetzt darauf reagieren würde. Ein Dilemma im Leben eines Hundes.

„Ihr seid vielleicht Nervensägen", sagte ich streng. Letztendlich bekamen sie die Hälfte ab. Hastig aßen sie um die Wette. Celine stellte mir mein Glas mit Untersetzer hin und verabschiedete sich ins Festzelt. Sie fragte noch, ob ich gleich nachkommen würde. Ich verneinte. Die Musik kam gemäßigt rüber, und hier und da erklang ein albernes Lachen oder rhythmisches Klatschen vermischt mit Jubel. Typisch feiern eben. Als ich fertig war, stellte ich den Teller auf die Theke des unbesetzten Getränkewagens. Aus den Augenwinkeln sah ich die Eisprinzessin noch am Grill werkeln. Sie hatte wohl auch nicht so besonders Lust auf Feiern. Oder die anderen hatten keine Lust auf ihre Anwesenheit. Ich tippte auf Zweiteres. Mit dem halbvollen Glas in der Hand bewunderte ich die riesige Hüpfburg, die mittlerweile verlassen war. Es fing leicht an zu dämmern. Der Abendreif würde kommen. Gerade hier. So nahe am Wasser. Alle befanden sich im Zelt. Der Generator für die Luftzirkulation brummte vor sich hin. Ich fand einen anderen Sitzplatz und lugte zwischen den locker verschnürten Zeltwänden ins Innere. Jetzt liefen beschwingte Schlager und es fanden sich Tanzpärchen. Da war es wieder. Das Tanzen. Oder besser gesagt, der Wunsch danach, es beherrschen zu können. Aber das, was ich da an koordinierten Bewegungsabläufen sah, war schon sehr speziell. Deswegen beschloss ich nun endgültig, mein Vorhaben auf Eis zu legen. Zumal das Ganze ja wohl überwiegend auf Nähe basierte, und das war nicht so wirklich mein Ding.

„Sie interessieren sich für das Tanzen? Nicht wahr?"

Herrgott noch mal, schlich sich jeder hier in Bayern von hinten an?

Saskia stand plötzlich neben mir. Ich versuchte, mir meinen Ärger nicht anmerken zu lassen. Was die Konzentration anging, war ich in letzter Zeit echt nicht bei der Sache.

„Jo, schon etwas. Aber ich habe erkannt, dass das nichts für mich ist."

„Und was genau?"

„Ich denke mal, ich bringe nicht so recht das Rhythmusgefühl mit."

„Haben Sie es denn schon mal ausprobiert?"

Junge, Junge, da war aber jemand hartnäckig.

„Für mich selbst im kleinen Rahmen. War jetzt nicht so erfolgreich."

„Sollen wir es mal versuchen?"

Ich schaute zur Seite. Sie stand da in ihrem blauen Reiterdress und mit offenem Haar und wollte mir die Hand reichen. Sie lächelte verschmitzt.

„Hören Sie, ich möchte nicht unhöflich sein. Aber ich bin hier, um zu arbeiten. Nicht um zu tanzen. Okay?" Ihr glaubt nicht, wie oft ich diesen Satz in meinem Leben schon von mir gegeben habe. Und jedes Mal wirkte er. Die Damen zogen ab, um den anderen zu erzählen, was für ein Arsch ich war. Klappte immer. Nur diesmal nicht.

„Irgendwann haben Sie doch auch mal Feierabend, oder?"

Darauf hatte ich jetzt echt keine Antwort. Aber wie auf Kommando klingelte mein Handy. Erik Roiser. Kein Scheiß. „Haben Sie eine Ahnung." Triumph schwang in meiner Stimme mit. Ich deutete auf mein Handy und machte eine wegscheuchende Geste. Ihr Lächeln verschwand. Jetzt zog auch sie ab. Wie all die anderen Frauen vor ihr. Gut so.

Ich nahm das Gespräch an.

„Was gibt es?"

„Ich bin in Schwierigkeiten."

Am ersten Termin des Tages handelte Erik mit einer Handvoll übermotivierter Werbejünger die Strategien für die nächsten Monate aus. Das Büro war äußerst minimalistisch. Lediglich eingerichtet mit neongrünen Sesseln. Einen Tisch gab es nicht. Es sollte nichts zwischen dem Kunden und den Schöpfern stehen. Die Ideen waren recht schrill, aber vor allem teuer. „Fancy" sollte das Möbelimperium jetzt werden, so hieß es. Ein paar Sachen hatten ihm trotz seiner konservativen Einstellung dann tatsächlich gefallen und sogar ein Schmunzeln abgerungen. Ungeschlagen war das Biberkostüm, in dem Studenten Flyer verteilen sollten. Die Notbremse zog er bei der TV-Werbung. Denn im Fernsehen zur besten Sendezeit sah er das Unternehmen nicht unbedingt, für einen Betrag, der ihn fast bewusstlos werden ließ. Radio. Das fand er schon immer gut. Radiospots konnten durch Kontinuität eine Menge bewirken. Daran glaubte er. Radio war gut. So erstaunte er die Hipster mit der Aufstockung für die Radiowerbung und segnete die Plakate mitsamt Prospekten ab. Über die Taxiwerbung würde er noch nachdenken. Dann wollte er nur noch raus aus diesem Hochglanzkomplex in der Münchner Innenstadt. Der Fair-Trade-Kaffee war schrecklich und die Mitarbeiter mit den schiefen Frisuren unnormal gut gelaunt. Selbst für eine kurze Dauer war für ihn so etwas unerträglich. Gedeckte Farben und akzentuierte Zurückhaltung mit präzisen Ergebnissen waren seine Welt. Er wusste aber auch, dass es so ganz ohne die andere Welt auch nicht ging. So viel hatte er schon dazugelernt. Für den zweiten Termin lockerte Erik seine Krawatte und ließ sich nach Augsburg fahren. Er gab Klaus für den Rest des Tages frei, ließ die Aktentasche im Fond und warf die Autotür hinter sich zu.

Im Stadtteil Göggingen erwartete niemand im Souterrain eines gediegenen Wohnhauses eine Location wie diese. Das Dominastudio war mit einem V auf dem unteren Klingelknopf gekennzeichnet. V wie Veronika. Veronika war 30. Rabenschwarze glatte, lange Haare. Angeblich Natur. Viel Schminke trug das hübsche Gesicht. Schlank war sie nicht. Sie stellte ihre Üppigkeit selbstbewusst in einem engen roten Latexdress zur Schau. Veronikas Kernkompetenz lag in der maximal schmerzhaften Folter und übelsten Erniedrigung ihrer Gäste. Sie hatte bestimmte Praktiken entwickelt, die in der Tat auch Kunden aus dem Ausland anlockten. Männer wie Frauen. Dazu zählte der mit Nadeln bespickte Eisblock. Einmal daran angekettet, gab es kein Entkommen. Entweder machte der Eisbrand einen fertig oder die Schläge des Ochsenziemers. Jeder hatte da andere Schwachstellen und Vorlieben. Ein Codewort zur Erlösung gab es bei ihr nicht. Der Kunde bezahlte und litt. So lief das. Und nur so. Krankenwagen wurden keine gerufen. Verlor ein Kunde das Bewusstsein, wurde eben gewartet, bis er wieder aufnahmefähig war, und dann ging es härter weiter als zuvor. In diesem Hause wurden keine Schwächen geduldet. Die Kunden gaben sich ihr hin, weil sie irrwitzigerweise darauf vertrauten, Veronika hätte eine medizinische Ausbildung. Einige munkelten, sie wäre mal Unfallärztin gewesen, bevor sie auf die dunkle Seite wechselte. Keiner hatte aber je gewagt nachzufragen. Kluge Entscheidung. Sonst gab es wahrscheinlich Schmerzen, für die man nie bezahlt hatte. Zweifel an der Herrin waren unerwünscht. Dominas aus anderen Studios mieden den Umgang mit ihr und verzichteten auf Kooperationen. Selbst dann, wenn hohe Provisionen in Aussicht gestellt wurden. Keiner wusste, woher dieser grenzenlose Sadismus in ihr kam. Erik interessierte es aber auch nicht. Sie waren allein im Studio. Keine dienstbare Mätresse störte. So wollte er es stets. Es lief keine Musik. Das Licht war gedämpft. Er holte aus seiner Innentasche einen Umschlag mit beträchtlicher Schwere hervor. Veronika nahm ihn entgegen. Er war nicht verschlossen. Das lila Bündel ließ sie lächeln.

„So wie immer?"

„Genau, so wie immer."

„Sollen wir sofort anfangen?"

„Gern", sagte er und gab ihr unvermittelt eine wuchtige Ohrfeige.

Das war es, was die Sache so immens teuer machte. Er dominierte die Domina. Eigentlich ein Unding in der Szene. Aber Erik legte so viel Geld hin, dass es möglich war, und bewies damit, dass er stärker war als jede noch so taffe Frau. Frauen wie Veronika hatten Prinzipien und waren gefürchtet. Aber doch knickte sie ein, sobald ein Mann genug dafür bot, dass sie tief verwurzelte Grundsätze vergaß und mit sich machen ließ, was immer auch verlangt wurde. Veronika lächelte und bekam dafür den nächsten Schlag mit der flachen Hand ins Gesicht. Genau wieder auf dieselbe Stelle. Sie würde für die nächste Zeit eine venezianische Maske tragen müssen und es dem nächsten Kunden als Teil der Session verkaufen. Aber auch das ging vorbei. Sie würde den eben empfundenen Schmerz bei nächster Gelegenheit weitergeben. Sie nannte es Kreislauf der Last.

„Ist der Kaffee schon fertig, du Miststück?"

Erik nahm Veronikas Dienste in Anspruch, sobald er länger als nötig Kontakt mit seiner Mutter hatte. Er kompensierte auf diese Weise seine Wut und sorgte somit für Frieden am Hof. Zu gern hätte er Mutter einmal die passenden Worte mitgegeben. Aber sie war nicht schwach. Sie würde kontern. Es würde einen Streit ungeahnten Ausmaßes geben. So wie es ihn schon mal gab, als er sie des Hofes verwiesen hatte. Erik war sich aber nicht sicher, ob er dem nächsten Disput standhalten konnte. Oder besser gesagt, wollte. Streit mit Mutter kostete unglaubliche Energie. Energie, die er woanders wesentlich besser einsetzen konnte. Geschäftlich oder für private Belange. Erik wollte ein guter Bruder sein. Vielleicht auch mal ein guter Ehemann, aber vor allem ein gerechter Chef. Nicht, weil er Selbstbestätigung brauchte, sondern weil er sein Erbe dankbar aufrechterhalten wollte. Erik brauchte Ausgeglichenheit in seinem Wesen. Sonst funktioniert er nicht. Deshalb ließ er sich kontrolliert an Damen aus, die er dafür entlohnen konnte. Er sah bei diesem Ablauf seine Mutter. Jeder Schlag, jede harsche Ansprache war eigentlich für seine Mutter gedacht. Er hielt Mutter aka Veronika oft stundenlange Monologe. Veronika hörte sich dann also an, wie die Hausmädchen im Haus agieren sollten, ohne behelligt zu werden. Großes Thema war ebenso, wann seiner Meinung das Heu bestellt werden musste. Die Absprache erlaubte der Domina je nach Gefühl Widerworte, die dann aber auch dementsprechend beantwortet wurden. Veronika ging also dosiert mit dieser Möglichkeit um. Heute ging es im Monolog um die Einmischung beim Familienfest und die Anschaffung eines sinnlos teuren Pferdes, das nur schwer versichert werden konnte. Immer wieder fragte Erik die vor ihm kniende Veronika, ob sie verstanden hatte, worum es hier ging. Veronika war nicht dumm und sie verstand in der Tat, was er von ihr wollte, auch wenn sie manchmal widersprach. Die Anzahl der Ohrfeigen hielt sich diesmal im Rahmen. Ein Geschenk. Sie würde diesen Monat keine Maske brauchen. Am Schluss der Session war er so gut wie heiser. Immer wieder hatte er geschrien, dass er das nicht mehr weiter mitmachen würde. Immer wieder. Das Ende jeder Session wurde stets dadurch eingeleitet, dass er Veronika ins Gesicht urinierte. Ein deutliches Zeichen. Zur Absicherung entschuldigte sich Veronika stets und wartete ab, ob ihre Entschuldigung auch angenommen wurde. Nicht selten war Erik so in Rage, dass es dann noch mal weiterging mit seinen Tiraden. Diesmal jedoch nicht. Er hatte alles gesagt, was raus musste.

Veronika erhob sich. Erik setzte sich in einen der Cocktailsessel und betrachtete gelassen die überdimensionalen stylish-erotischen Schwarz-Weiß-Photographien an der Wand. Immer kniete irgendwer oder war irgendwo angekettet. Neues konnte er da nicht entdecken. Seine Session war einzigartig. Da war er sich sicher. Veronika kam im rosa Bademantel mit nackten Füßen über die schwarzen Marmorplatten auf ihn zu. Die Haare waren nass und das Make-up zerlaufen.

„Es ist noch Zeit. Was hältst du davon, wenn wir etwas trinken gehen? Im Prisma ist Afterwork." Er antwortete nicht sofort. Er lachte in sich hinein. Afterwork. Was für ein Wort. Es gab in seiner Vorstellung kein Afterwork. Wiederum war das die Bestätigung, warum die meisten Menschen im Leben nie etwas auf die Beine stellen konnten. Wenn du was willst im Leben, gibt es kein Afterwork.

„Und?", hakte sie nach.

Zu Hause erwartete ihn der Grund, der ihn hierhergetrieben hatte. Bestimmt müsste er sich anhören, wer vom Personal unfähig war und alles am Hof blockierte. Da war ein abgeranzter Laden mit zweifelhaftem Ruf, lauter Musik und schlechter Luft die wesentlich bessere Alternative.

„Klar, lass uns gehen."

Veronika konnte sich auch in Alltagskleidung sehen lassen. Ihr feuchtes Haar war zusammengebunden, das Makeup erneuert und die Jeans verwaschen. Ein weißer Rollkragen betonte ihre mächtige Oberweite, kaschierte aber ihre Körperfülle. Geschmackvoll. Das mochte Erik. Sie fuhren in Veronikas gepflegtem, silbernen Mercedes-SUV aus den früheren 2000ern zum Prisma. Noch bevor sie den Laden betraten, wusste Erik, dass der damalige Modename mit großer Wahrscheinlichkeit so alt war wie die Inneneinrichtung. Er wurde nicht enttäuscht. Aber die reduzierte Lichtanlage hielt das grüne 80er-Jahre-Interieur so weit im Zaum. Der Laden war leer. Doch mit der Zeit füllte sich die Tanzfläche zusehends. Überwiegend Frauen tummelten sich darauf. Deutsche Schlager wurden gespielt. Erik ließ sich berieseln. Es war nicht so ganz sein Niveau, aber interessant fand er es trotzdem. Veronika deutete auf einen freien Tisch in einer Nische. Die Bedienung brachte dem Pärchen einen Eiskübel mit einer Flasche Sekt. Mit einem Schmunzeln und mit einem tiefen Blick in die Augen prosteten sich die beiden zu.

So weit war es gerade wirklich ein außerordentlich schöner Augenblick, und für einen Moment fühlte sich Erik wie ein Mensch aus den unteren Reihen. Es war irgendwie nicht so anstrengend. Er musste nicht groß überlegen, und Entscheidungen wurden ihm abgenommen. Hier hätte er sicherlich im Trainingsanzug sitzen können, und nirgends wäre ein Vorwurf laut geworden. Der Zustand seiner Entspannung hielt aber nicht lange. Vier Männer bauten sich vor ihrem Tisch auf. Erik war zunächst ratlos.

„Das ist unser Tisch“, rief einer der Männer gegen die Musik zu ihnen rüber. Erik wollte sich schon entschuldigen und das Feld räumen. Da machte Veronika einen Fehler. Einen ziemlich großen sogar. Sie war wohl in dem Glauben, neben ihr säße der Mann, den sie aus ihrem Domistudio kannte. Ein Mann voller Selbstbewusstsein und Stärke. Dieser Mann war er aber nicht. Er war Erik Roiser. Milliardärs-Spross, der zeit seines Lebens nicht auch nur im Mindesten eine Auseinandersetzung erfahren hatte. Er war lediglich ein Kunde, der unnormal viel Geld dafür zahlte, eine Frau schlagen zu können, die sich nicht wehrte. Das war er.

„Was hast du gerade gesagt?“, fragte ein dürrer Typ noch mal nach. Erik wollte schon beschwichtigend die Hände erheben und die Situation entschärfen, als Veronika lautstark nachlegte.

„Ihr sollt euch verpissen.“

Die Männer lachten auf. Ihnen gefiel offensichtlich so eine Wildkatze.

„Sicher?“, fragte der grobschlächtige Mann mit dem Vollbart bei Erik nach.

Erik spürte Hitze in sich aufsteigen und war nahe dran, sich in die Hosen zu machen. Veronika ersparte Erik, darauf eine Antwort geben zu müssen, und winkte einen Security herbei. Gutmütig trottete ein glatzköpfiger Berg auf die kleine Gruppe zu. „Wir saßen zuerst hier“, kommentierte sie nur und hob dabei unschuldig ihre Schultern. Der Türsteher verstand sofort, worum es ging. Die Männergruppe war nicht so ganz einverstanden mit dem, was der Riese von sich gab, aber letztendlich gingen sie auf die andere Seite des Raumes und suchten sich dort einen Tisch.

Das war knapp. Aber noch lange nicht das Ende des Disputs. Als Erik sich wieder entspannte und Veronika dabei beobachtete, wie sie mit einer anderen Dame über die Tanzfläche schwebte, kam einer der Männer zurück. Der mit dem Vollbart. Er hatte Veronikas Ansprache wohl nicht so ganz verwinden können. Ungefragt setzte er sich neben Erik und legte seinen Arm hinter ihm ab. Erik roch die Alkoholfahne, als er seinen riesigen Kopf vorschob.

„Kann ich Ihnen helfen?“, fragte Erik.

„Wenn ihr gleich aus dem Laden kommt, werden wir uns draußen noch einmal unterhalten, und dann wollen wir mal sehen, ob deine Schlampe immer noch so eine große Klappe hat.“

„Hören Sie …“, versuchte Erik mit einem schiefen Lächeln den Koloss zu beschwichtigen. Etwas von einem Missverständnis wollte er erzählen und seinen Kumpanen eine große Runde spendieren. Er wollte es regeln. So wie er alle Probleme aus der Welt schaffte. Mit unaufrichtiger Diplomatie und Geld. Aber er kam nicht zu Wort.

„Wir sehen uns dann draußen“, meinte der Riese und kniff Erik abschließend mit seiner Riesenpranke in den Schultermuskel. Erik fühlte sich jetzt überaus schutzlos. Sein Geld und Status halfen ihm gerade kein Stück weiter. Noch weniger das Selbstbewusstsein seiner Begleitung. Er hätte sie weiter dafür bezahlen sollen, auch hier ihren Mund zu halten. Erik schwitzte. Nun kam der Dürre aus der Vierergruppe herüber. Er sprach nicht, sondern schüttete Erik direkt sein Bier ins Gesicht. Dieser Herr wollte wohl nicht darauf warten, dass Erik den Laden verließ, und direkt zur Sache kommen. Erik senkte den Blick und holte ein Taschentuch hervor. Egal, was er nun tun würde, es würde in einem Desaster enden. Weder hier drinnen noch draußen auf dem Parkplatz würde er in einem Faustkampf bestehen können. Da brauchte er nicht groß zu überlegen. Eine Möglichkeit hatte er noch, aber die würde für niemanden gut enden. Sollte er besser noch einmal versuchen, mit den Männern zu reden? Weiter führte ihn der friedliche Gedanke nicht. Ein anderer kam und warf ihm ein Schnapsglas an den Kopf. Seine Stirn schmerzte. Ein dünnes Rinnsal Blut lief über sein Gesicht. Bedächtig tupfte Erik seine Wunde ab. Dann zog er sein Handy und rief den Söldner an.

∽

Mit Handy am Ohr und Erik in der Leitung, führte mein Weg schnurstracks zu Wickas Büro. Ich trat ihm die scheiß Tür ein. Grelles Licht ging an. Bewegungsmelder. Praktisch. Am Schlüsselbrett hing golden, was ich brauchte. In knappen, gedämpften Worten erklärte der Schnösel mir, dass er sich in einem Tanzlokal befand und Probleme mit Gästen hatte, die es nicht sonderlich schätzten, wie seine Begleitung das Wort führte. Kann passieren. Ist Scheiße. Aber kann passieren. Meine Schatten Juli und Mike verkrümelten sich mit eingezogenem Schwanz. Sie waren derartige Aggression nicht gewohnt.

Das Gute an dem Ferrari war, dass der geneigte Fahrer per Knopfdruck den Klang der Auspuffanlage ändern konnte. F 12 eben. Von ziemlich böse auf gediegen. Ich bevorzugte die gediegene Version, als ich in gefühlter Überschallgeschwindigkeit über die Landstraße B17 in Richtung Augsburg fuhr. 30 Minuten, sagte das Navi. Das bedeutete in meiner Welt 15 Minuten. Zweihundert Sachen in so einem Geschoss waren nichts. Ich hätte mehr rausholen können, wollte es aber nicht übertreiben. Rote Ampeln und Stoppschilder überfuhr ich mal kontrolliert und mal weniger kontrolliert. Zweimal wurde ich geblitzt. Zwischendurch meldete sich Roiser junior und fragte nach, ob ich auf dem Weg wäre, da sich die Lage für ihn nun gleich etwas unübersichtlich gestalten würde. Eins musste man dem reichen Arsch lassen. Der bewahrte echt die Fassung. Er würde wahrscheinlich gleich die Tracht Prügel seines Lebens bekommen, aber behielt Ruhe. Respekt. Ich bat ihn, das Ganze noch etwas hinauszuzögern. Laut Navi waren es noch fünf Minuten. Erik berichtete mir, dass seine Gegner bereits draußen auf ihn warteten und die Securitys wollten, dass er ebenfalls ging. Aber genau so lief das eben. Der gesamte Ärger musste den Laden verlassen. Das Personal brachte nicht die Geduld für Wahrheitsfindung mit, sondern wollte Frieden, um die übrigen Gäste nicht zu stören. Die sollten alle weiter trinken und tanzen. Umsatz machen und so. Das fand ich großartig. Mich jetzt noch mit Türstehern anzulegen, dazu fehlte mir nun wirklich die Energie. Aber draußen war Niemandsland. Da konnte jeder dem anderen geben, was er brauchte. In voller Härte. Als ich auf den Parkplatz einbog, sah ich schon, wie Erik von vier Typen hin und her geschubst wurde. Eine Brünette im hellen Mantel zeterte rum und schlug hilflos mit der

Handtasche um sich. Putzig, aber unwirksam. Ich fuhr so nah ran, wie es ging, und hupte einmal kurz. Plötzlich kam alles zum Stillstand.

„Okay, Jungs, das war's." Ich schlug die Autotür hinter mir zu.

Die vier prusteten los und stützten sich gegenseitig. Lachen entspannte und zeigte mir, wie betrunken sie eigentlich waren. Das war gut.

„Was gibt es da zu lachen, ihr Hurensöhne?", keifte die Dame.

Okay, das war jetzt weniger gut.

Ein hagerer, großer Typ mit Händen wie Schaufeln wollte der Frau gerade eine Ohrfeige geben, von der es wahrscheinlich erst morgen früh wieder ein Erwachen gegeben hätte, als Erik sich schützend in den Radius stellte. Es klatschte. Aber ordentlich. Ich hätte da mein Gesicht nicht hingehalten. Aber wahrscheinlich war Erik auch angetrunken, anders konnte ich mir den unnötigen Heldenmut nicht erklären. Die Ohrfeige hatte auf jeden Fall gesessen. Erik wankte. Die Frau schrie so hysterisch auf, dass ich mir wünschte, sie hätte die Schelle kassiert. Ich reagierte, schnellte vor und zog dem Aggressor mit einem kurzen, harten Tritt von hinten die Beine weg. Damit rechneten die wenigsten. Er ging hart zu Boden. Seitlich schürfte er mit dem Gesicht über den Kies. Der war erst mal bedient. Zu reden brauchten wir also nicht mehr. Daher machte ich weiter. Der Nächste, der kam, war wesentlich stämmiger. Mit einem schlichten Tritt war der nicht zu stoppen. Ich machte einen Seitwärtsschritt und gab ihm einen Haken in die Rippen. Er stöhnte kurz auf, zeigte sich aber weitestgehend unbeeindruckt. Das würde dann hier wohl noch ein etwas längerer Dialog werden. Die anderen beiden kamen nun auch in Wallung. Ich landete noch einen Schwinger an den Kopf und war froh, dass das nun Wirkung zeigte. Jochbein tut immer weh. Ist so. Einer schubste mich von der Seite. Meine Güte. Was war das hier in Bayern mit dieser Schubserei? Der andere griff nach mir. Ich wand mich heraus. Mein Jackett zerriss. Klar, was sonst? Jetzt schrie die Brünette wieder. Der Hagere hatte sich aufgerappelt und taumelte mit schaufelnden Bewegungen erneut auf Erik zu. Ich spurtete los und zog ihm erneut die Beine weg. Er schrie auf vor Schmerzen und hielt sich das Schienbein. Der würde erst mal liegen bleiben. Jetzt standen die übrigen drei vor mir. Ich stieß kurz Luft aus. Die waren echt stabil. Wahrscheinlich Zimmermänner oder, noch schlimmer, Bauern. Die hatten Kraft ohne Ende. Wenn die dich einmal zu fassen bekamen, war das das Ende.

„Echt jetzt, Jungs?"

„Was mischst du dich hier ein?", fragte einer der Brocken.

„Hat berufliche Gründe."

„Er soll sich für seine Hure entschuldigen", verlangte einer.

„Ich glaube, darüber sind wir hinaus. Findet ihr nicht auch?"

Keiner antwortete. Alle schauten mich mit demselben abschätzenden Blick an. Ich wollte das Ganze an dieser Stelle verkürzen, sonst hätten wir uns noch bis zum Morgengrauen die Köpfe eingeschlagen. Und wofür? Für unbedachte Worte? Also für nichts. Noch bevor einer auf die nächste dumme Idee kommen konnte – oder womöglich alle gleichzeitig auf dieselbe – zog ich meine Heckler&Koch aus dem hinteren Hosenbund. Ich hielt sie vorerst locker. Den Lauf zum Boden. „Jeder von uns hatte bestimmt eine schräge Woche. Dann kommt jemand und macht einen auf blöd und bringt das Fass zum Überlaufen. Wer kennt das nicht? Ich kenn das zu gut. Und weil es einem dann reicht, versucht man, jemanden zu bestrafen. Mit Worten oder Schlägen. Oder beidem zusammen. Manchmal klappt es. Manchmal klappt es nicht. Und ich versichere euch, heute klappt es nicht. Weil ihr heute diejenigen seid, die mein Fass zum Überlaufen gebracht haben." Sie starrten wie hypnotisiert auf meine Waffe. Ich drehte einmal kurz mein Handgelenk, um ihren Blick zu lösen. „Hier ist jetzt Schluss. In Ordnung?" Widerwillig nickten sie. Ich ging langsam zur Seite auf Erik und seine Freundin zu, damit die Männer ihren Kumpel aufsammeln konnten. Das ging schnell. Zu meinem Erstaunen wortlos. Keine Versprechungen oder Drohungen mehr. Sehr erholsam. Gemeinsam fuhren sie in einem weißen Ford Ranger davon. Ich stellte nicht infrage, ob das wegen des Alkoholpegels in Ordnung war. Ich war einfach nur froh, dass sie weg waren.

„Gibt es sonst noch was?", fragte ich Erik.

„Haben wir Platz?", nickte er zum Ferrari.

„Nein, haben wir nicht."

„Wir rufen ein Taxi und Sie fahren hinterher."

„Nein", sagte ich entschlossen. „Wir rufen ihr ein Taxi. Sie fährt nach Hause und wir fahren ohne Umwege zum Hof."

Er wollte widersprechen, aber sie hielt ihn am Unterarm fest. „Schon okay", hauchte sie. „Geht." Sie nickte mir zu.

Offenbar meinte sie es so, wie sie es sagte. Top. Nur weg von hier. Ärger zog Ärger nach sich.

Einen Anruf später bog ein Taxi um die Ecke.

Ich trat zur Seite und bekam nicht mit, mit welchen Worten sie sich verabschiedeten, sondern stieg in den Ferrari. Am Sonntag war ich weg. Was war ich froh. Meine Fresse. Keiner würde mich mehr schubsen oder mir meinen Anzug kaputt machen. Das Taxi fuhr davon und Erik setzte sich neben mich. Ich bemerkte den Lippenstift auf seiner Wange. Da hat wohl einer noch einen Kuss abgestaubt. Hihi. Aber für die Ohrfeige, die er kassiert hatte, war das ja wohl das Mindeste.

„War echt ein netter Zug, sich schützend vor die Dame zu stellen."

„Ja, ich trage wohl ebenso Attribute eines Personenschützers in mir. Sollten Sie mal eine freie Stelle haben, sagen Sie ruhig Bescheid."

Was war das denn gerade? Hatte Erik Roiser gerade einen Witz gemacht? Dazu noch einen guten. Ich lachte auf.

„Ja, klar. Ich melde mich."

Die Rückfahrt ging ich ruhiger an. Erik war erschöpft im Sitz zurückgesunken. Der Mond ließ sein Licht auf den Lech fallen. Meine Güte, war das schön. Dieses majestätisch blausilberne Fließen machte mich echt fertig. Der Hof lag im Dunkeln. Die Party war vorbei und alles wieder für das bevorstehende Fest hergerichtet. Ich rollte über den Kies an der Hüpfburg vorbei vor das Haupthaus. Lediglich die Eingangstür war beleuchtet und in der Küche war Licht zu erkennen.

„Ich schau mal nach, was es noch so im Kühlschrank gibt. Kommen Sie mit?"

„Klar."

Als wir in die Küche kamen, schliefen die französischen Kollegen mit grunzendem Schnarchen im Körbchen unter dem Tisch. Aber richtig fest. Junge, Junge, das waren ja mal genügsame Gesellen. Die Tür von der Vorratskammer ging auf, und eine freundlich blickende ältere Frau mit rot karierter Schürze empfing uns.

„Wo kommts ihr beiden denn jetzt her?"

Ich war amüsiert, wie wenig Respekt sie gegenüber Erik mitbrachte.

„Herr Stammer, das ist Hermine Dachsner."

Hermine kam auf mich zu und reichte mir die Hand. Die Dame mit ihren weit über 70 Jahren musterte mich mit aufmerksamen Augen hinter ihrer feinen Nickelbrille. Ihr langes graues Haar war zu einem Knoten gebunden.

„Hermine, was machst du noch hier?"

„Vorbereitungen sind wichtig. Das weißt du doch."

Erik nickte ergeben.

Jetzt betrachte sie uns genauer. „Rauferei gehabt?"

„So ungefähr."

„Dann setzt euch mal. Ich mach euch geschwind einen Kakao." Leute, wenn das nicht das ehemalige Kindermädchen war, dann wusste ich es auch nicht. Den Kakao ließ ich mir gefallen. Erik ebenso. Zu den frischen Keksen reichte sie Erik noch einen Kühlakku, eingewickelt in ein blaues Küchentuch. Für die Wange. War ja nichts gebrochen. Nur ein bisschen rot. Nichts Wildes.

„Auf dem Land ist ja doch mehr los, als man denkt“, bemerkte ich.

„Es kommt mehr so in Schüben. Nun könnte es passieren, dass jahrelang nichts folgt.“

Ich nickte nur. Der Kakao war gut. Nicht zu süß. Nicht zu heiß. Mit einer leichten Schokokrone. Toll.

In Karen Roisers Kopf drehte sich alles in Zeitlupe. Sie lag auf dem Bett. Der letzte Sekt war wohl zu viel gewesen. Sie kicherte. Wüsste Mutter, was auf dem Hof gerade lief, wäre sie wahrscheinlich alles andere als amüsiert. Aber was wollte sie machen? Ihr Rosantiquo wieder wegnehmen und bei sich in Starnberg in den Garten stellen? Sie kicherte erneut. Diesmal etwas länger. Normalerweise war das nicht ihre Art, so vertraut mit dem Personal umzugehen, aber der Tag war heute so schön und es hatte sich nun mal so ergeben. Ihr Handy vibrierte. Sie schrieb schon den ganzen Tag mit Christoph kleinere Nachrichten hin und her. Das war so schön unbeschwert. Trotzdem beschäftigte sie etwas. Etwas von ihrem Nachttischchen war weg. Sie rollte sich vom Bett und ließ sich kichernd auf den weichen Bettvorleger fallen. Das hatte sie als Kind ständig getan. Vater war dann immer reingekommen, weil er dachte, sie wäre aus dem Bett geplumpst. War sie ja auch, aber eben freiwillig. Er hatte dann immer gelacht und ihr erzählt, dass unten nun alle Bücher aus dem Regal gefallen sind. Damals glaubte sie das. Heute lachte sie drüber. Vielleicht würde sie ihrem Kind mal einen ähnlichen Bären aufbinden. Jetzt lag sie auf dem weichen Läufer und hätte fast vergessen, was sie hier unten wollte. Sie kicherte wieder. Ihr Handy brummte. Christoph schickte ihr ein Selfie, wie sie beide auf dem Golfcart fröhlich in die Kamera blickten. Ein schönes Photo.

Unter dem Türschlitz konnte sie einen Schatten vorbeihuschen sehen. Sie hielt die Luft an. Das war Erik. Er lief stets so lautlos durch das Haus, dass sie nie wirklich mitbekam, wann er kam oder ging. Das Einzige, was sie manchmal hörte, war, wenn er seine Fenster putzte. Nachts um zwei. Dann waren die Flügel weit geöffnet und Vivaldi tönte zu ihr rüber. Sie mochte es, weil sie dann wusste, dass ihr großer Bruder in der Nähe war. Erik hatte seiner Schwester bis dato nie gesagt, wie lieb er sie hatte. Stattdessen sagte er ständig, dass sie ihm fünf Mark schuldete. Wirklich wahr. Erik hatte ihr damals fünf Mark gegeben. Damals, als sie sich noch mit bunten Latzhosen zufriedengab. Sie holte sich davon ihre innig geliebte Barbiezeitschrift. Unten an der alten Tankstelle. Es waren seine letzten fünf Mark. Er wiederum konnte deswegen nicht auf die Dorfkirmes gehen. Aber das machte ihm nichts aus. Er hatte es gern gemacht. Das war so typisch für ihn. Sie kicherte wieder. Was wollte sie noch mal hier unten?

࿐

Da war er nun. Der große Tag. Gekleidet in Armani ging ich interessiert auf die harmonische Komposition der Tischblumen zu. Rosen, die so kräftig und schön in ihren Farben aussahen, dass ich vermuten musste, Monet hätte sie angemalt. Ich hatte mir sonst nie was daraus gemacht. War mir immer egal. Aber jetzt, wo die Umgebung es zuließ, nahm ich mir auch mal die Zeit für solche Dinge. Ich hätte gern noch etwas einfach so dagestanden, um all das Schöne zu bewundern.

„Herr Stammer, die ersten Gäste wären dann gleich abholbereit."

Das wusste ich. Wollte ich der Eisprinzessin aber nicht sagen. In ihrer Anrede schwang ein gewisser Ton mit, der mir zeigte, dass die Spiele nun begonnen hatten. Wir sollten jetzt alle als professionelle Kollegen auftreten. Ich wollte mal nicht so ein Arsch sein und machte mit. Wir konnten uns ja später immer noch verachten. Als ich mich zu ihr umdrehte, stand die Sekretärin zusammen mit Margit Roiser am Getränkeausschank. Sie musterten mich. Die Damen sahen aus wie die absoluten Macher dieses Festes. Alle Achtung. Perfekt sitzendes dunkles Kostüm und die Haare hochgesteckt.

„Herr Stammer, vergessen Sie nicht, ab und an mal zu lächeln", tadelte mich das Schrapnell. „Wir alle sind doch gern hier auf dem Hof. Nicht wahr?"

„Natürlich", erwiderte ich trocken. „Ich mach mich sofort auf den Weg."

Die Eisprinzessin nickte mir zu. Ich besaß ein hohes Stresskonto, was Aufgaben und dumme Sprüche anging. Insofern war ich bestens gelaunt. Meine erste Fuhre war ein älteres Pärchen, das sich sehr angenehm gab. Sie stellten sich als ehemalige Mitarbeiter eines Sägewerks vor und gehörten also nicht zur Familie. Wahrscheinlich waren sie deshalb so nett. Danach wurde die Taktung, was Anmaßungen und Unverschämtheiten anging, deutlich angezogen. Die Faustregel dafür war, je entfernter verwandt, desto großkotziger. Dem einen Cousin war der VW Phaeton nicht luxuriös genug, und sofort wurde im Fond mit den übrigen gefeixt, ob die Roisers jetzt sparen mussten nach dem Steuerdebakel. Der anderen Tante war der Ort des Festes nicht genehm, weil es ja schon beim letzten Mal hier stattgefunden hatte. Kurzum, allesamt Spinner, die sich aber in die nettesten Cousins und Cousinen verwandelten, sobald die Autotür aufging und ihr Fuß den Boden des Hofes berührte. Da konnten sie sich dann gar nicht genug über diese Einladung freuen. Jesus, was für Maden. Was aber auch immer wieder schön zu beobachten war. Immer. Auf jedem Familienfest mit gut betuchten Menschen als Gastgeber. Achtet darauf. Aufgepasst, dass den Haustieren übermäßige Beachtung geschenkt wird. Kein Scherz. Und sich alle Arschkriecher Wunder was darauf einbildeten, vom Haushund begrüßt zu werden. Aber immer dann so lautstark, dass der Gastgeber das auch unbedingt mitbekam und wohlwollend nicken musste. Was denken sich diese Primaten dann? Nur weil die ungezogene Töle, die sowieso nicht für fünf Pfennig hört und alle anpinkeln würde, sobald kein Leckerchen abfällt, einmal mit dem Schwanz wedelt, muss das Familienoberhaupt der heuchlerischen Bagage umgehend eine Million Euro überweisen? Zum Schießen. Meine Güte.

Margit hingegen offenbarte ihre offensichtlich narzisstischen Züge, indem sie anfing, das Personal überschwänglich vor den Besuchern zu loben. Sie wollte damit zeigen, was sie doch für eine tolle, lockere Chefin war. Keiner würde so eine Ahnung entwickeln, dass der Drachen die Belegschaft gekonnt auf Distanz und an der kurzen Leine hielt. Das

Personal zeigte sich teilweise überrascht, spielte aber mit. Unbezahlbar, das alles beobachten zu dürfen. Wirklich.

Der Hof füllte sich langsam. Viele waren auch mit dem eigenen Wagen gekommen und parkten vor dem Hof entlang des Weges. Nachdem Mike und Juli von so ziemlich allen Gästen dieses Festes durchgeknuddelt worden waren, fand auch Rosantiquo seine Beachtung. Saskia, gekleidet im Dressurdress, führte ihn in die Mitte des Hofes, und schon wurden Ahs und Ohs laut. Rosantiquo tänzelte nervös vor und zurück und schnaubte, als würde er gleich das Rennen des Jahrhunderts abliefern. So ziemlich alle zückten ihre Handys und machten Photos von dem schwarz glänzenden Titan. Ob es auch wirklich alle interessierte, bezweifelte ich. Nachher zog sich der überwiegende Teil der Gesellschaft ins Festzelt zurück. Nun hatte ich eine ziemlich lange Ruhephase. Ich nutzte aber trotzdem die Gelegenheit und lief mit Argusaugen über das Gelände. Mit einem Auge bekam ich mit, wie Karen Roiser bei dem Fettsack stand. Er zuckte ständig mit den Schultern. Entnervt drehte sie sich schließlich um. Hatten die beiden was laufen und nun war Schluss, weil das Ohrfeigengesicht mit dem Lamborghini am Start war? Puh, abgefahrene Konstellation. Aber nicht selten gab es Techtelmechtel zwischen Chefetage und Personal. Also was soll's? Ab und zu lief mir Wicka über den Weg und nickte mir sparsam zu. Er war wohl immer noch angepisst über die eingetretene Bürotür. Dann widmete ich mich einer anderen Beobachtung. Den Sprösslingen der hohen Herrschaften. Die Jungs benahmen sich gegenüber ihren Nannys wie eine offene Hose und die Eltern riefen sie nicht auch nur im

Mindesten einmal zur Raison. Unfassbar. Verwöhnte kleine Mistviecher. Ich vermutete mal, dass das schon so eine Art Trainingslager war, wie man in Zukunft mit dem Personal umzugehen hatte. Die Mädchen waren da anders. Aber komplett. Nicht unbedingt cleverer, aber wesentlich umgänglicher. Was meine Theorie untermauerte, dass weibliche Wesen von Empathie deutlich mehr verstanden als diese kleinen Nichtsnutze, denen die Arroganz schon in die Wiege gelegt wurde. Ich beobachtete, wie Trauben von Kindern durch die Gasse vom Jungenstall rannten und dabei kreischten wie so Halbgare. Das war bestimmt nicht schön für die Tiere. Ich scheuchte die Lümmel alle raus und schob die Stalltür zu. Da sollte ja wohl keiner etwas gegen haben. Die nächsten Gören verscheuchte ich aus der Autoscheune und schloss das Tor zum Mädchenstall gleich mit.

„Passt du hier auf? Bist du ein Aufpasser?“, fragte einer der kleinen Scheißer.

„So ungefähr.“

„Hast du eine Waffe?“, fragte ein anderer.

„Nein.“

„Ach, dann ist das ein Anfänger“, schwächte ein kleiner Brillenträger meine Position ab und wollte sich tatsächlich daran machen, das Tor zur Autoscheune wieder zu öffnen.

Ich packte Harry Potter mit deutlichem Druck am Nacken und schob ihn vom Tor weg.

„Hört zu, ihr kleinen Pisser. Verschwindet. Geht zur Hüpfburg. Die wurde extra für euch aufgestellt.“

Erschrocken guckten mich große Kinderaugen an. Ein blonder Wuschelkopf fing sich wieder als Erstes. „Anfänger“, sang er lauthals los, „Anfänger, Anfänger.“ Die anderen stimmten schon bald mit ein. Ich spannte meinen Körper, ließ ein lautes Löwengebrüll los und schnellte nach vorn. Kreischend rannten die kleinen Arschgeigen weg. Ich lachte in mich hinein. Wenn das mal immer so einfach wäre.

„Ich sehe, Sie haben auch Ihren Spaß“, sprach mich Saskia von der Seite an.

„Die könnten mal etwas Benehmen gebrauchen. Schadet also nicht.“

„Danke, dass Sie schon die Tore geschlossen haben. Ich bin nicht dazu gekommen.“

„Kein Ding“, meinte ich nur und ging in Richtung Festzelt. Alle waren eingespannt. Sei es Celine am Getränkestand oder Hermine am Grill sowie der Fettsack am Büfett. Der Grufti-Security achtete auf die Hüpfburg, wo Animateure in Clownskostümen die Quälgeister versorgten. Luftballons wurden zu Tieren verknotet und Kindergesichter mit Theaterschminke in kleine Tiger verwandelt. Irgendwann waren die Racker dann auch mal erschöpft und gingen zu ihren Eltern ins Zelt, um zusammen mit ihnen die Show Acts auf der Bühne zu bewundern. Magier waren da. Sogar ein Comedian. Schlagerbarden auch, und als die Dunkelheit anbrach, spielte eine lokale Band zum Tanz auf. Die ersten Gäste wollten schon wieder ins nahe gelegene Hotel gefahren werden. Verständlich. Ewig hält man so eine Party ja nun auch nicht aus. Serviceorientiert erfüllte ich meine Aufgabe und bekam sogar manchmal etwas Trinkgeld. Immer wenn ich von einer Hoteltour zurückkam, bemerkte ich auch, dass sich so langsam die Reihen der parkenden Autos lichteten.

Wunderbar. Aber an Feierabend war da noch nicht zu denken, denn es gab immer diese eine kleine Gruppe, die ums Verrecken nicht gehen wollte. Ist so. Getrunken wurde viel. Klar, war ja umsonst. Diese Hyänen. Die Gästedichte war nun sehr übersichtlich und auch das Personal konnte sich etwas freier bewegen. Sie saßen zusammen und klönten ein wenig. Hier und da quengelte mal ein Kind. Die Band spielte gerade *Strangers in the night* so dermaßen schlecht, dass ich bereit war, mir den gesamten Flussschlamm des Lechs in die Ohren zu stopfen. Jesus. Die Eisprinzessin zeigte keinerlei Ermüdungserscheinungen. Wo sie auch war, zupfte sie die Dekoration zurecht oder räumte Geschirr zusammen. Meine Güte. Eine Wahnsinnige. Der Familienkern saß umringt von Gästen beisammen und erzählten sich gut gelaunt alte Geschichten. Schön für sie. Alles harmonisch. Die Band erbarmte sich und stellte auf Discobetrieb um. Ein DJ übernahm und ließ Helene Fischer darüber singen, dass sie einen Co-Piloten suchte oder so. Na dann, viel Erfolg, Schwester. Wie aus dem Nichts stand Saskia wieder vor mir. Sie trug ihr Haar offen und hatte ihre Dressurkluft gegen ein hübsches sonnenblumengelbes Kleid getauscht. Ich war etwas irritiert. Sie sah wirklich attraktiv aus. Dazu kam noch, dass sie ein lieblicher Duft umgab.

„Wollen wir es heute noch mal versuchen?"

„Ich denke, die Antwort wäre dieselbe wie gestern." Ich quälte mir sogar ein Lächeln ab, damit der Arschtritt nicht allzu plump rüberkam.

„Ihre Schützlinge sitzen in Reichweite. Sollte jetzt ein Monster hier reinstürmen, wären Sie immer noch schnell genug da."

„Hören Sie, ich weiß Ihre Beharrlichkeit sehr zu schätzen. Aber ich würde jetzt nur Ihre Zeit verschwenden. Außerdem möchte ich Ihnen nicht die Füße ruinieren." Ich deutete auf Saskias zierliche Sandalen und dann auf meine schweren Stiefel. „Was denken Sie, wer gewinnt?" Sie lachte kurz auf. „Okay, ich geb auf."

Spitze. Da sprach eine Frau mit Erfahrung, die ihre Grenzen kannte. Dann ertönte auf einmal Patrick Swazyes *She's like the wind* und änderte alles. Verdammter Bastard.

„Oh, das ist ein Song, bei dem ich es wagen würde, und es wäre ein guter Einstieg für Sie."

„Sie sind aber wirklich eine passionierte Tanzlehrerin, wie?"

„Sie schämen sich, nicht wahr?"

Ich überlegte kurz. Sie hatte recht. Ich war von mir stets Perfektion gewohnt und bot diese auch in Vollendung dar. Jetzt wie ein absoluter Trampel zu wirken, würde meinem Ego einen wahrlich tiefen Knick verleihen. Genau davor hatte ich Angst und gab es auch zu.

„Stimmt."

„Wir stehen hier abseits im Dunkeln und keiner sieht uns."

Während ich noch überlegte, ging sie auch schon einen Schritt auf mich zu, öffnete ihre Arme und stand nun da wie eine Porzellanpuppe. Wie von Zauberhand nach vorn geschoben, ging ich ihr einen Schritt entgegen und wir verschmolzen zu einem Tanzpärchen. Sie kam mir so ungewöhnlich nah wie seit Langem kein Mensch. Ich meine jetzt nicht die Nutten in den Clubs. Ich rede von einer besonderen Nähe. Sie wiegte ihre Hüften im Takt der

Musik und weil ihre sich an meine schmiegten, ahmte ich ihre Bewegungen nach. Unsere Füße standen dicht beieinander und bewegten sich minimal. Sie konnte mich kaum umfassen und hielt meine Führhand, aber mit angenehm sicherem Griff. Ich hingegen umschloss sie ganz und bemerkte erst da, dass sie ein rückenfreies Kleid trug. Ihre drahtigen Muskeln schlängelten sich förmlich unter meiner Handfläche. Jetzt kam sie noch näher. Sie legte ihren Kopf auf meine Brust und ich roch ihr Haar. Das war herrlich. Rosen waren ein Scheiß dagegen. Glaubt mir. Dieser Augenblick gefiel mir und er hätte endlos andauern können, wenn es nicht auf einmal einen markerschütternden Schrei gegeben hätte. Eine Frau. Und so wie sie schrie, musste sie den Teufel leibhaftig gesehen haben. Mein Herz setzte fast aus. Meine Fresse.

Celine stapelte die letzte Box mit sauberen Gläsern auf die übrigen. Es gab da noch reichlich Geschirr zu spülen, aber das konnten die anderen machen. Für heute reichte es. Zum ersten Mal seit Stunden setzte sie sich mit einem leisen Seufzen auf einen Schemel und spürte, wie Wärme durch ihre Beine schoss. Sie massierte mit den Händen ihre Oberschenkel. Spätestens morgen würde sie genau wissen, was sie heute geleistet hatte. Und dann würde sie wie immer überlegen, ob das alles im Leben sein konnte. Konnte es natürlich nicht. Das war ihr schon klar. Ihr Blick fiel auf die Tischdekoration vom Abendbüfett. Ein paar Möhren waren darunter. Dünn in einem kräftigen Orange. In wenigen

Stunden würden sie wohl nicht mehr so schön aussehen. Und dann, ab in den Müll. Das war es, was einen mitunter so fertigmachen konnte. Nicht, dass sie mit ansah, was die Herrschaften sich alles Dekadentes zulegen konnten, sondern wie sie Dinge einfach so verschwendeten. Bevor sie es jemand anderem gaben, warfen sie es lieber fort. Vor allem Nahrungsmittel. Aber eben auch andere noch brauchbare Dinge. Karen hatte mal eine kleine Musikanlage aus ihrem Zimmer nach draußen gestellt. Einfach so. Kommentarlos. Zwei Tage im Dauerregen machten das edle Teil dann wertlos. Toni bekam natürlich den Abriss dafür, warum er den Müll nicht entsorgte. Karen kam noch nicht einmal auf die Idee zu fragen, ob ein Interesse an dieser Übrigkeit bestand. Manchmal hätte Celine einfach nur so schreien können vor Fassungslosigkeit. Laut und lange. Aber was nutzte es? Borniertheit machte bestimmt taub. Celine stand auf. Die Möhren wollte sie retten. Sie überlegte kurz. Jeder hatte schon diesen schwarzen Hengst bewundert. Wirklich jeder. Nur sie nicht. Ob er sich über Möhren freuen würde? Bestimmt. Sie zupfte aus der Dekoration die schönsten heraus und trug sie am Bund zum Jungenstall. Die Musik war mittlerweile etwas gedämpfter. Stimmen murmelten durcheinander und ab und an war ein Lachen zu hören. Sie sah am Rand den Soldaten mit der Jockeyfrau stehen. Sie tanzten. Na ja, er versuchte zu tanzen. Seine Unbeholfenheit sah schon niedlich aus. Celine war gespannt, ob sie für sich später auch mal so einen Mann traf. Charakterstark und nicht allzu hübsch. Der Kies knirschte unter ihren Füßen und das Plätschern vom Engelsbrunnen war eine Wohltat. Sie versuchte, das Tor aufzuschieben. Doch das ging nicht so einfach. Erst mit einem kleinen Kraftseufzer schob es sich mit leisem Quietschen so weit auf, dass sie mehr als bequem hindurchkam. Licht ging keines automatisch an. Sie stockte kurz. Ein Frischeduft lag in ihrer Nase. Dann ging sie weiter. Celine wusste, dass der Lichtschalter rechts nach der ersten Box angebracht war. Sie tastete und fand den Drehknopf, wie sie ihn von der Vorratskammer ihrer Großmutter her kannte. Altertümlich, aber funktional. Die Kronleuchter flammten auf. Kleine Lichtdiamanten funkelten auf dem Granitboden. Die Tiere waren unruhig. Celine zögerte. Ein zarter Windhauch fuhr von der Weide her durch die Stallgasse und brachte ihr nun einen ganz anderen Geruch. Einen überaus seltsamen. Unsicher lief sie voran. Auf den Kreideschildern konnte sie ablesen, wer welche Box bewohnte. Rosantiquo war in der Mitte rechts untergebracht, zwischen Shadow und TinTin. Beide lugten neugierig in die Gasse. Gegenüber wohnten die anderen frechen Ganoven. Mickey, Lando und wie sie alle hießen. Rosantiquo ließ sich nicht sehen. Celine kam näher. Der Geruch wurde intensiver. Irgendwas sagte ihr, sich besser langsamer zu bewegen. Früher, wenn Großvater auf seinem Hof Tiere geschlachtet hatte, roch es ähnlich. Nun blickte sie in die Box des Musterhengstes und konnte zunächst gar nicht so recht begreifen, was sie sah. Die Pferde spürten Unruhe und tänzelten nun vor und zurück. Traten vereinzelt gegen ihre Boxentür. Außer Rosantiquo. Der lag inmitten von blutigem Heu nahe der Wand. Seine Augen waren starr und glasig. Das Licht der Kronleuchter brachte es fertig, es so aussehen zu lassen, als würde er in einem Meer von funkelnden Rubinen liegen. Aber es änderte nichts an der Tatsache, dass er tot war. Aufgeschlitzt. Am Hals. Celine wollte sich beherrschen und leise sein, so wie es hier auf dem Hof gewünscht war. Aber sie bekam einfach keine Luft mehr und rang erschrocken nach Sauerstoff. Sie ließ die Möhren fallen. Dann entschloss sich ihr Körper, doch wieder zu funktionieren. Celine schrie. Sie schrie wie noch nie in ihren Leben und hörte nicht auf damit.

Ich folgte dem Schrei. Das war leicht. Er ebbte einfach nicht ab. Das Tor vom Jungenstall war geöffnet und ein Lichtstrahl schien auf den Kies. Ich schlüpfte hindurch. Saskia folgte mir. Das Hausmädchen der Roisers stand wie erstarrt vor Rosantiquos Box. Der Schrei war mittlerweile abgeklungen. Als sie mich sah, löste sich ihre Starre, und sie wollte auf mich zukommen. Wollte in meine Arme. Trösten und so. Ich hatte aber keine Zeit für so eine Scheiße. Ich wollte sehen, was sie gesehen hatte. Saskia ahnte so etwas, schnitt Celine den Weg zu mir ab und umarmte sie behutsam. Der Geruch von Eisen lag in der Luft. Blut. So hatte es gerochen, als wir in Basra das Haus eines Architekten nach einem Raketenbeschuss betraten. Wir sollten nach Unterlagen im Büro suchen und liefen dabei über die zahlreichen zerfetzten oder vom Steinschutt erschlagenen Leichen hinweg. Die Sekretärin hatte es besonders schlimm erwischt. Glassplitter oder eben eine besonders große Scherbe musste ihr komplett den Kopf runtergeholt haben. Konnte gar nicht anders sein. So sauber wie der Schnitt war. Mit einem Blick auf ihren Hals erkannte ich die elfenbeinweiße Wirbelsäule. Um sie herum war das Blut an den Wänden verteilt. Benetzte all die Urkunden und Wimpel verschiedener Länder. Sie saß sogar noch am Schreibtisch mit den Händen auf der Tastatur. Kein Scheiß. Die Unterlagen haben wir gefunden. Ihren Kopf nicht. Nummer 4, ein Holländer, hatte sich fast die Seele aus dem Leib gekotzt. Später, als wir ungefähr das gleiche Thema in Falludscha hatten, nicht mehr. Man konnte sich also durchaus daran gewöhnen.

Ich zog eine kleine leistungsstarke LED-Taschenlampe von meinem Gürtel und ließ den grellweißen Strahl an den Gitterstäben vorbei in die Box scheinen. Tja, was soll ich sagen, für Rosantiquo war die Party dann jetzt wohl vorbei. Der Premiumhengst lag tot in der Ecke und von seinem Stolz war nicht mehr viel zu sehen. Aber wir wollen fair sein, lägen wir mit durchgeschnittener Kehle ausgeblutet im Stroh, wäre es bei uns wohl nicht anders. Wer auch immer hier die Klinge geführt hatte, brachte auf jeden Fall eine große Menge an Erfahrung mit. Celine weinte immer noch. Mittlerweile kam das übrige Personal mit einer Handvoll Gästen nach. Ich wusste nicht so genau, ob es jetzt unbedingt klug war, dass nun alle auf einem Tatort rumtrampelten, aber letztendlich war es mir egal. Ich zog mich unauffällig zurück. Wenn gleich die Polizei hier rumstolperte, wollte ich bestimmt nicht derjenige sein, der befragt wurde. Ich verzog mich. Celine stand unter Schock. Sie würde vergessen haben, dass ich nach ihr die Scheune betreten hatte. Karen Roiser hastete an mir vorbei. Auch sie würde sich später nicht mehr erinnern, mich gesehen zu haben. Ist so.

Erik Roiser war mit dieser Situation, gelinde gesagt, maßlos überfordert. Nahe und entfernte Verwandte stützten sich gegenseitig und waren offensichtlich einem Zusammenbruch nahe. Dabei hatten die meisten noch nicht mal gesehen, was er sah. Was aber am schlimmsten war: Niemand brachte die kreischenden Kinder unter Kontrolle. Er selbst stand lediglich mit dem Rücken zu Rosantiquos Box und hob zur Beruhigung aller die Hände. Allerdings wortlos. So verstand niemand seine Geste. Karens Weinkrampf schien sich überhaupt nicht mehr zu lösen. Die Sekretärin stand wie angenagelt neben ihm und starrte durch die Gitter auf den blutleeren Kadaver. Mutter war es dann, die das Wort erhob und alle aus der Stallgasse nach draußen lotste. Wicka half, so gut es ging, und Saskia konnte das Hausmädchen wieder beruhigen. Celine zitterte zwar noch, schien aber so weit gefasst. Schon bald erfüllte flackerndes Blaulicht den Hof. Wieder mal. Damit wollte er nicht auf die vergangene Hausdurchsuchung durch den Zoll anspielen. Nein, die trug sich des Tages zu und das Blaulicht war eher Beiwerk als Akzent. Erik atmete scharf aus. Mutter führte die Gespräche mit der Polizei und hielt ihm so den Rücken frei. Er drehte sich um und schaute auf das verendete Tier. Direkt in Rosantiquos geweitete Augen. Wieder bewegte Erik sich nicht für lange Zeit. Genau wie damals.

Toni stand abseits von allem nahe dem Engelsbrunnen und genoss, was er sah. Chaos. Weinende Menschen. Ratlose Polizisten. Vereint im trüben Licht. Im Duft des Blutes.

Margit Roiser führte die Beamten zu Celine. Der glücklichen Finderin des toten Zossen. Aber sie sah gar nicht glücklich aus. Seltsam. Dabei war alles so hübsch hergerichtet. Er hätte fast gekichert. Hergerichtet abgeleitet von gerichtet. Er fasste sich kurz ins Gesicht, damit niemand seine entspannten Gesichtszüge sah, die durchaus mal zu einem schallenden, unangebrachten Lachen explodieren konnten. Toni war mit einer der Ersten gewesen, die dem Schrei gefolgt waren. Rennen wie die anderen musste er jedoch nicht. Er war ganz in der Nähe. Saß ungesehen im Schatten des Brunnens am Boden und drehte seinen Feierabendjoint. Er genoss das Plätschern. Toni wusste gar nicht, wann er das letzte Mal von so vielen Menschen umgeben war, denen er sich unnatürlich freundlich präsentieren musste. Lächelnd und zuvorkommend. Das konnte schon schlauchen. Dazu kam noch der ewig drängende Impuls, wie er Margit Roiser davon abbringen konnte, am Montag das Gespräch auf seine Person zu lenken. Irgendetwas musste er zerstören oder töten, um die Furie auf andere Gedanken zu bringen. Toni schloss kurz die Augen und versuchte, noch etwas von dem Geruch des Blutes einzufangen. Es gelang ihm aber nicht mehr. Nicht in dieser Intensität. Er ging deshalb erneut in die Stallungen. Unter anderem auch, um das Meisterwerk erneut in Vollendung zu betrachten. Dieses tote Tier. Anfangs verehrt wie ein Götzenbild, doch nun tränenreich betrauert. Niedergerungen vom Todeskampf. Den Hals aufgeschlitzt. Ein einziger Schnitt, der den muskulösen Hals öffnete und die Hauptarterie gleich mit. Ein Streich mit großer Klinge. Ähnlich wie ein schwungvoller Pinselstrich auf großer Leinwand. Geschmeidig vollbracht von einem überaus geübten Handgelenk. Herrlich. Und dann dieser Geruch. Phantastisch. Der Geruch von Blut und Panik. Das war als Kind für ihn schon immer seine Belohnung gewesen. Unvergessen. Wenn er daran zurückdachte, fragte er sich, warum er sich diesen Genuss nicht öfter gegönnt hatte. Er betrachtete Margit Roiser, wie sie gefasst in der Menge stand. Ihre Blicke trafen sich, aber trennten sich auch wieder interesselos. So wie vorher. Alles war wieder beim Alten. Er war erleichtert. Gerettet von einer künstlerischen Tat. Schlicht und elegant in der Ausführung. Er schlenderte unsichtbar für Polizei und Familie wieder zurück zum Brunnen. Tonis Blick lag dann noch etwas auf der Stallung, bevor er anerkennend nickte. Sein Problem bestand nur darin, dass nicht er es war, der die Klinge hatte streichen lassen. Er hätte gern. Aber … er war es nicht. Schade.

Das Blaulicht flackerte durch meine Gardinen. Ich beobachtete den Ablauf. Wartete darauf, dass vielleicht eines der Familienmitglieder zu meiner Behausung rübernickte und damit die Bullen animierte, gleich hier abzunerven. Damit wäre mein Nordseeplan völlig im Eimer gewesen. Softeis ade. Das glaubt mal. Doch die Polizei zeigte sich nicht sonderlich motiviert. Könnte daran liegen, dass ihnen die Familie Roiser gänzlich am Arsch vorbeiging. Intensiv befragt wurde letztendlich nur Celine, und die Spurensicherung wollte sicherlich auch nicht den Preis als Abteilung des Monats gewinnen. Hier auf dem Hof kehrte relativ schnell wieder Ruhe ein, aber lösen würden sie den Fall nie. Nicht so.

Die Roisers hatten auf jeden Fall eine überaus große Problemdichte. Aber sei es, wie es sei, um elf würde mein Taxi kommen. Ich streifte mein Sakko ab, öffnete mein Hemd und wollte gerade die Schnürung meiner Stiefel lösen, als es gegen meine Tür hämmerte. Ach Mist. Doch noch die Bullen? Oder der Täter, der noch mal Nachschlag holen wollte? Eine Hand ruhte hinten am Hosenbund auf dem Griff meiner H&K. Ich ließ die Tür langsam aufschwingen. Vor mir stand eine Frau, die ich nicht wirklich kannte, mir aber zumindest bekannt vorkam. Blond. Schlank. Ihre weiße Bluse nicht gänzlich geschlossen. Über die Schultern war ein blaues Sakko gelegt. Der kurze Rock an der Seite geöffnet. In der Hand hielt sie Pumps. Ihr Haar offen und zerzaust. Doch der Blick war klar. „Heute Nacht bleibe ich hier“, sagte sie leise. Nicht drohend. Eher entnervt. Aber bestimmt. Dann erst erkannte ich sie. Vor mir stand Sigrun Kluth. Die Privatsekretärin. „Keine Diskussion.“ Sie schob sich an mir vorbei durch die Tür und ich löste meine Hand von der Waffe. Lecko mio. Unsere Siggi sah aber mal mächtig gerupft aus. Ohne ihre Brille hätte ich sie fast gar nicht erkannt. Sie ließ sich auf das Sofa plumpsen und warf die Schuhe vor sich auf den flauschigen Läufer. „Gibt es was zu trinken?“

„Kühlschrank“, erwiderte ich nur knapp. Sie sollte sich ihren Kram selbst holen. Was dachte sie, wo sie angeklopft hatte? Im Four Seasons? Sehr witzig. Ich machte da weiter, wo ich angefangen hatte. Mich ausziehen. Nun allerdings im Badezimmer. Wollte der Eisprinzessin ja hier keinen Striptease bieten. Ich stellte die Dusche auf mehr als handwarm ein und stellte mich drunter. Kaum waren meine

Haare nass, ging die Tür auf. Ich dachte erst, unsere Prinzessin müsste mal pullern, was vollkommen okay gewesen wäre. Als Soldat ist man diesbezüglich so einiges gewohnt. Da wurde auf einmal die gläserne Duschtür geöffnet. Siggi stand nackt vor mir und wollte wohl nicht darauf warten, bis sie dran war. Stattdessen war ich dran. Sie schob mich nach hinten an die Marmorwand, zog die Tür zu und küsste mich. Ihre Zunge war spitz und gierig. Gelegenheit zur Gegenargumentation hatte ich wenig, weil ihre Hand von meinem Nacken über die Brust zwischen meine Beine ging. Das war die Körperregion, die für diesen Teil der Nacht das Denken übernahm. Vielleicht nicht die klügste Entscheidung, aber mein Großhirn legte kein Veto ein und rechtfertigte die fehlende Gegenwehr damit, dass ich in weniger als zehn Stunden hier weg sein und kein Hahn mehr danach krähen würde, dass die Chefsekretärin mich flachgelegt hatte. Meine Hände fuhren über ihren drahtigen Rücken, um den Rippenbogen hin zu ihren Brüsten, die größer waren, als ich es zunächst vermutete. Augenkontakt gab es wenig, weil sie umgehend vor mir auf die Knie ging. Das war wohl ihre Art, Stress abzubauen. Eigentümlich, aber geläufig. Was sie mit ihrem Mund anstellte, war für mich nicht neu und hatte ich auch schon besser erlebt. Sie führte ihre Sache allerdings nur bis zur Grenze und nicht bis zur Vollendung. Die Prinzessin erhob sich und drehte mir den Rücken zu. Dabei berührte ihr Hinterteil mein Gemächt, und um Platz in der engen Duschkabine zu schaffen, fügten wir beides zusammen. Sie stützte sich mit weit gespreizten Fingern am schwarzen Marmor ab und hielt mir ihren Körper beständig entgegen, während ich mit beiden Händen ihre Hüften im festen Griff hielt, um einen Rhythmus zu finden, den ich zusehends steigerte. So hart und lang, bis sie wimmernd vor Lust ihren Atem ausstieß und sich entspannte. Ich ließ noch etwas meine Hüften kreisen und betrachtete, wie das Wasserspiel sanft ihren blassen, reinen Rücken benetzte. Sie löste diese Stellung und ging erneut vor mir auf die Knie, um mir ebenso Erleichterung zu verschaffen. Diesmal wesentlich bemühter als zu Beginn. Ich stützte mich zu beiden Seiten an den Glaswänden ab und musste darauf achten, dass ich sie am Schluss nicht zum Bersten brachte. Meine Lenden zuckten und ich stieß scharf den Atem aus. Das hatte ich bis dato dann so wirklich noch nicht gehabt. Sie ließ das Ergebnis unauffällig aus den Mundwinkeln über ihren Oberkörper in den Abfluss laufen, erhob sich galant aus der Hocke in den Stand und schob mich aus der Duschkabine. „Raus hier. Ich muss mir die Haare waschen." Draußen griff ich mir ein Handtuch. Ein kleines, um ihr das große zu überlassen. Ich wollte mal nicht so sein.

Karen schenkte zusammen mit Hermine warmen Tee aus. Im Haus waren Verwandte und Personal gleichermaßen verteilt. In den Räumen. Vor den Treppen. Auf den Fluren. Sie konnte gar nicht mehr überblicken, wer wo war. Was eigentlich auch egal war. Einzig und allein vermisste sie ihre Sekretärin. Vielleicht hatte Karen Sigrun aber auch nur übersehen und sie war dabei, einem ihrer engsten Angehörigen die nötige Zuwendung zu geben. Saskia kümmerte sich rührend um Celine. Alle verharrten da, wo sie waren.

Es war gespenstisch. Ein Haus voller Menschen und doch Totenstille. Es wurde noch nicht mal getuschelt. Keiner traute sich mehr nach draußen. Hermine war ein Segen. Neben dem Tee gab es für jeden noch aufmunternde Worte. Worte, die eigentlich Mutter von sich geben sollte. Doch die saß starr in ihrem Sessel vor dem Kamin. Sie wirkte nicht verängstigt. Ganz im Gegenteil. In ihrem Inneren brodelte sicherlich ein Vulkan. Jede falsche Bewegung oder ein Geräusch konnte diesen zum Ausbruch bringen. Das wusste Karen nur zu gut. Deswegen schloss sie leise die Tür zum Kaminzimmer. Sie lief zurück zur Küche. Verteilte auf dem Weg dorthin das eine oder andere trostspendende Lächeln. Jeder hier war irgendwie verloren und überfordert. Nun vermisste sie auch ihren Bruder Erik. Alle wichtigen Menschen schienen Karen im Stich gelassen zu haben. Sie war ratlos und leer. So ein Gefühl hatte sie noch nie gehabt. Sie wusste nicht, wohin mit sich. Hermine sah das, stellte ihr Tablett zur Seite und nahm Karen in den Arm. Fest und liebevoll.

„Alles wird wieder gut, Mädchen. Alles wird gut." Karen nickte zwar, glaubte aber nicht daran.

Saskia wich nicht von Celines Seite. Sie wusste genau, wie das Hausmädchen sich fühlte, und bedauerte zugleich unendlich, was ihr widerfahren war. So etwas veränderte einen Menschen. Immer auf andere Weise. Aber es veränderte. Früher oder später. Weniger oder mehr. Celine starrte ins Leere. Das würde sich geben, sobald sie wieder in gewohnter, geliebter Umgebung war. Aber bis dahin würde die Angst bleiben. Diese Angst, die in Saskia wieder aufstieg. Ihr kam der Gedanke, dass Roman sie gefunden hatte und ihr mit Rosantiquos Tod ein überdeutliches Zeichen geben wollte. Dasselbe Zeichen, dass er seinerzeit mit Filou, ihrem Kater, gesetzt hatte. Saskia rief damals mit unterdrückter Nummer bei ihrer Freundin an, um mit ihr zu bereden, wie sie wieder an ihren Kater kommen konnte. Diese ließ sie aber nicht zu Wort kommen und schrie in den Hörer, dass Schläger ihre Wohnung verwüstet und mit Filous Blut die Wände beschmiert hatten. Zurückgelassen hatten sie ihn letztendlich mit zertretenem Kopf auf dem Küchenboden. Saskia hat sich noch an Ort und Stelle während des Telefonats übergeben. Ihre Freundin erzählte weiter und weiter, aber das hörte sie schon nicht mehr, weil sie abschweifte in die Welt des Schmerzes und in Erinnerung daran, wie sie an einem Baum hing. Die Arme nach oben. An einen Ast gefesselt. Während Romans Männer sie zusammenschlugen. Panisch drückte sie das Gespräch weg und zerstörte ihr Handy. Ließ es fallen wie ein Stück heiße Kohle und trat es so heftig davon, dass es an einer Wand zerschellte. Es dauerte Monate, bis sie sich wieder ein Handy anschaffte. Ein belgisches. Auf Prepaid-Basis. Saskia hielt den Atem an. Sie musste den Gedanken in Betracht ziehen, dass Roman sie gefunden hatte. Sie musste weiterziehen. Wieder alles zurücklassen. Oder kämpfen. Aber wie? In Saskia stiegen die Tränen auf. Diesmal vor Wut. Jetzt war es Celine, die sie tröstete.

Sigrun Kluth löffelte, gestützt von drei Nackenkissen, im Bett Vanilleeis, während ein Bugs-Bunny-Cartoon ohne Ton über den Bildschirm flackerte. Der Söldner lag auf dem Bauch und schlief mit ruhigem Atem. Sie hatte ihm die Decke weggezogen, um seinen muskulösen, vernarbten Rücken und erstaunlich knackigen Hintern zu betrachten. Er hatte sie zwar gut durchgenommen, aber sie hatte es schon besser erlebt. Immerhin war er fähig zu einer zweiten Runde. Das war schon mal mehr, als eine Frau von einem Mann verlangen konnte. Außerdem war er ja nicht mehr der Jüngste. Nichtsdestotrotz war das hier gerade der sicherste Ort auf dem Hof. Sie hätte auch Wicka in seinem Büro überzeugen können. Aber da gab es kein Eis. Also fiel die Wahl auf den ungehobelten Security aus NRW. Zumal das Beste an ihm war, dass er gleich abreisen würde. Somit war allen gedient. Sie hatte kurzweilige Ablenkung, und wer weiß, wann er noch mal das Vergnügen hatte, eine Frau mit so einem perfekten Körper zu treffen. Sie aß zwar Eis, aber dem würde sie die nächsten Tage gnadenloses Training entgegensetzen. Also, scheiß drauf. Scheiß auf Kohlenhydrate zählen. Scheiß auf Laktoseintoleranz. Scheiß auf Konservierungsstoffe. Worauf sie nicht scheißen wollte, war das unrühmliche Ende dieses doch so perfekt geplanten Festes. Beinahe wäre sie wieder in Schockstarre verfallen. Nicht zu glauben, das Ganze. Sie gab einen Dreck auf den Gaul. Sein Ableben war versichert. Aber dass jemand auf das Gelände kam, um so eine Sache abzuziehen, während ein Fest im Gange war. Sollte wohl eine deutliche Botschaft sein. Eine Botschaft an sie vielleicht? Sigrun Kluth. Dass sie doch nicht alles im Griff hatte und alles andere als unfehlbar war.

Das konnte sie nicht ausschließen. Feinde hatte sie genug. Ob noch aus alten Angestelltenverhältnissen oder dem aktuellen hier. Beliebt war sie nie. Aber am dollsten hatte sie es wirklich hier auf dem Hof getrieben. Die Roisers könnten ihr vorwerfen, nicht sorgfältig genug geplant zu haben. Vielleicht hätte sie noch ein paar Securitys dazubuchen sollen. Oder mehr Lichtanlagen aufstellen. Sie hätte sich fast bei der Schwäche erwischt, sich selbst einzureden, dass man ja nicht an alles denken konnte. Aber nein, das konnte man. Sie konnte es zumindest.

∽

Ich wurde wach, weil mir der Hintern abfror. Die blöde Kuh hatte mir die Decke geklaut. Beschweren konnte ich mich aber nicht. Sie war nämlich gar nicht mehr da. Ich fischte mit einem Bein nach der Decke, die sogar noch etwas warm war. Allzu lange konnte die Prinzessin dann also noch nicht ausgeflogen sein. Ein beständiges Piepen zog mich dann vollends aus meiner Verschlafenheit. Neugierig erhob ich mich. Es kam von draußen. Ein kurzer Blick durch die Gardine, und ich erkannte einen Kleinlaster des Veterinäramtes, der Rosantiquos Leichnam abholen sollte. An einem Seil wurde der Hengst dann aus der Stallgasse geschleift. Sah nicht schön aus, aber war eben auch nicht anders zu händeln. Dann wurde er über eine Winde die Rampe hochgezogen und verschwand in der Dunkelheit der Ladefläche. Kluth quittierte den Abtransport der Leiche. Dann war sie wieder da. Die gespenstische Stille. Nun war ich gänzlich wach. Ich wollte ausgiebig duschen. Hatte ja gestern irgendwie nicht so ganz geklappt. Ich genoss das warme Wasser und verschwendete wirklich nicht einen Gedanken an die Vorfälle der letzten Nacht. Die Lüftung arbeitete gut und gab den Spiegel schnell vom Beschlag frei. Einer Rasur stand also nichts im Wege. Ich spielte in Gedanken durch, ob ich sofort nach der Ankunft in Duisburg durchfahren sollte zum geliebten Strand. Obwohl es auf den einen Tag dann auch nicht mehr ankam. Außerdem stand die Frage noch im Raum, wohin genau es nach Holland gehen sollte. So etwas nannte ich mal angenehmen Stress. Ich legte mich noch mal mit einem Megaseufzer zurück ins Bett. Zwei Stündchen blieben mir ja noch. Frühstücken wollte ich am Bahnhof. Ein Brötchen auf die Hand und so. Ich fand die doofe Fernbedienung vom Fernseher nicht. Na ja, was soll's? Von positiver Unruhe getrieben erhob ich mich wieder. Als Erstes sortierte ich die zerrissenen Anzüge aus und gab sie in den Abfall. Die übrigen kamen in den Kleidersack, den ich einmal in der Mitte faltete und mit einem Klettverschluss fixierte. Den Rest meiner Sachen ließ ich im Rucksack verschwinden. Ich ging noch mal durch alle Räume, ob ich auch nichts vergessen hatte, und beschloss, die übrige Zeit bei Jerry zu verbringen. Ich hatte gestern nämlich hier und da mal eine Möhre vom Büfett verschwinden lassen. Die Tür ließ ich hinter mir ins Schloss fallen und warf den Schlüssel brav in den Briefkasten von Wickas Micky-Maus-Büro. Der Platz um den Brunnen herum war leer. Keine Autos. Keine Menschen. Nichts. Alle Mitarbeiter hatten sich so weit verkrümelt. Der Festplatz sah aus wie ein verlassener Abenteuerspielplatz. Die Hüpfburg fiel langsam in sich zusammen, weil der Generator sie nicht weiter mit Luft versorgte. Die Zelte wiegten sich verlassen im Wind. Am Boden lagen vereinzelt weiße Servietten und bunte Pappteller. Wicka krebste zusammen mit dem Fettsack zwischen den Zelten rum und klappte schon mal die Sitzbänke zusammen. Lautlos. Besser so. Ich legte meine Sachen am Brunnenrand ab und ging in den Mädchenstall. Die Ladys lümmelten auf der Weide. Jerry ließ sich nicht lange bitten. Gutes Mädel. Gemütlich fraß sie ihre Möhren. „Tja, kleine Lady. Heute ist Schluss mit Extramöhrchen." Kurz hörte sie auf zu kauen. Ich sag ja, sie verstand jedes Wort von mir. Ist so. Kluges Ding. Ich kraulte ihr noch etwas die Öhrchen und erzählte ihr, wie hübsch sie doch war. Unsere Blicke trafen sich noch einmal. Traurig und lang. Dann ging ich. Mit den Händen in den Taschen und einer kleinen Melodie auf den Lippen ging ich zurück durch die Stallgasse. *Fly me to the moon.* Von wem auch immer. Fand ich gut. Kaum hatte ich das Licht erreicht, blieb mir die Melodie fast im Hals stecken. Margit Roiser saß am Rand des Brunnens neben meinen Sachen und lächelte mich an. Heilige Scheiße. Was wurde das denn jetzt? Sie trug einen von diesen Hausanzügen. Ähnlich, wie Karen einen hatte, weiß mit irren Mustern auf dem linken Ärmel. Versace. In der Hand hielt sie eine mittelgroße blaue Kaffeetasse. Ihre Lippen waren geschminkt. Sie trug schon vor den ersten richtigen Strahlen eine Sonnenbrille. So brauchte ich mir ihren verächtlichen Blick nicht zu geben.

„Guten Morgen, Herr Stammer." Ich grunzte zurück. Ob sie etwas an meinen Klamotten gemacht hatte? Was geklaut? Was hinzugefügt? „So früh schon unterwegs?"

„Meine Aufgaben hier sind erledigt." Ich blieb vor ihr stehen, denn ich wollte nicht neben ihr sitzen.

Bevor peinliche Stille aufkommen konnte, sagte sie: „Der Vater meines werten Gatten hat mir mal erzählt, warum er all das hier machte. Den Reichtum anhäufen und noch mehr kaufen."

„Aha", erwiderte ich nur. Sie erwartete doch nicht ernsthaft, dass ich jetzt nachfragte, was der alte Herr seinerzeit von sich gegeben hatte. Anderseits brauchte ich das auch nicht. Sie erzählte ungefragt weiter.

„Licht und Steine", sagte sie lediglich und ließ das so stehen. Was sollte ich denn jetzt damit anfangen? Was wollte sie? Dann ging es weiter. „Selbst wenn alles zerfällt. Warum auch immer, Licht und Steine bleiben zurück und gehören dann immer noch uns. Und darauf lässt sich dann wieder etwas anderes bauen. Es geht also immer weiter. Sofern man Licht und Steine besitzt. Verstehen Sie?" Aus einem Reflex heraus nickte ich Idiot auch noch. In Wahrheit verstand ich nichts. Rein gar nichts. Nicht ein Wort. Das war echt zu hoch für mich. „Dafür tun wir all das. Für Licht und Steine. Ertragen all das Leid und die Unwegsamkeit."

Wir waren mal in Falludscha eingekesselt gewesen. Die haben uns da aus allen Rohren beschossen. Einfach so. Ohne Grund. Mit allem, was da war. Harte Sache. Aber unsere Deckung war stabil. Ein Backsteinhaus. Zwar irgendwie zusammengehalten von Lehm, aber stabil. Also konnten wir uns erlauben, mal kurz die Waffen und Munition zu checken. Na ja, und aus der Reaktion heraus hatte ich mich selbst laut gefragt, warum wir all das taten. Nummer 11, ein Belgier, erwiderte dann: Für Gold und Huren.

Nur das. Mehr nicht. Damit konnte ich etwas anfangen. Aber die Licht-und-Steine-Geschichte war einfach zu viel für mich. Sprengte meinen Intellekt. Total. Ich hoffte, dass Margit Roiser nun am Ende ihres Vortrages angekommen war, sich jetzt einfach in ihr schönes Herrenhaus verpissen würde und den Griff um mein Großhirn lockerte. Aber sie ging nicht. Sie setzte noch einen drauf. „Ich brauche Hilfe, um alles wieder in den Ursprung zu versetzen. Ich brauche Sie."

Ich dachte, ich hätte mich verhört. Aber ihre aufrechte Körperhaltung untermauerte ihr Anliegen. Ich brabbelte drauflos. Ähnlich wie bei einem Kreuzfeuer. In der Erwartung, dass wenigstens eine Kugel ihr Ziel finden sollte, hoffte ich, dass das richtige Wort sie erreichte und sie von ihrem Vorhaben abließ, mich hier festzubinden. Ich wollte einfach nur hier weg.

„Ich bin mehr der Typ für das Grobe. Für das richtig Grobe. Verstehen Sie? Das hier ist Polizeiarbeit. Davon abgesehen, ist das hier auch nicht meine Welt."

„Ich habe Sie letzte Nacht beobachtet. Während alle kopflos durcheinanderliefen, waren Sie vollkommen analytisch. Nichts hat Sie berührt. Weder der Kadaver noch das viele Blut. Ich vermute, Sie haben mehr Dinge wahrgenommen als der ganze Polizeiapparat." Ja, das war seit jeher mein Problem. Die Gefühlswelt. Während sich alle immer in die Hose machten und nach ihren Müttern riefen, blieb ich ruhig. Vielleicht hatte ich ja mehr Schiss als alle zusammen. Aber ich blieb trotzdem ruhig. Alle lobten mich dann im Nachhinein, was ich für ein harter Hund gewesen bin. Das eigentliche Geheimnis war, dass ich nie eine Mutter hatte, nach der ich hätte rufen können. Ist aber eine andere Geschichte. Will ich jetzt hier nicht erzählen. „Und dass das hier nicht ihre Welt ist, ist perfekt. So sehen Sie die Dinge aus anderen Blickwinkeln. Eine Denkweise, die mir verschlossen bleibt. Eine Methode, die Wesentliches ans Licht holt." Leute, war das Schrappnell beharrlich. Dann setzte sie einen Hebel an, der auch bei 98 Prozent meiner Jungs funktioniert hätte. Mangelnde Sympathie für den Auftraggeber wurde meist mit Geld ausgeglichen. Wie unsympathisch Frau Roiser war, sah sie wohl selbst ein. „Ich biete Ihnen 250.000 Euro dafür, die Sache zufriedenstellend aufzuklären." Normalerweise hätte ich sofort einschlagen müssen. Allerdings hätte ich mich damit selbst infrage gestellt. Beschwerte ich mich doch immer, wie raffgierig die Reichen und wie wenig sozial sie waren, stand aber dann auf der anderen Seite stramm, sobald eine reiche Tusse mit Geldscheinen vor meiner Nase wedelte? Was unterschied mich dann von den Schnöseln? So ziemlich gar nichts. Ich war so müde von dem ganzen Scheiß. Natürlich war es nicht schön, dass kranke Idioten an einem Premiumhengst Exempel statuierten. Natürlich fühlten die Betroffenen sich alleingelassen, da keine Hilfe von amtlicher Seite zu erwarten war. All das war natürlich nicht schön, aber es war eben nicht meine Aufgabe, jetzt hier in den Ring zu steigen. Licht und Steine – Gold und Huren. Hin und her. Ich war hier fertig. Sie sah an meinem Blick, dass es gleich ein Nein geben würde, was mich meinem Softeis näherbringen und sie eventuell ratlos zurücklassen würde. Doch bevor ich meine Ansicht in einem Wort verpacken konnte, warf sie ein: „Vielleicht kommt der Täter noch mal wieder und macht im Mädchenstall weiter." Sie nickte leicht mit einem süffisanten, schmalen Lächeln hinüber zu Jerrys Behausung.

Boah, das war gemein. Echt jetzt. Das müsst ihr zugeben. Fand ich auf jeden Fall. Sie sah an meinem Gesichtsausdruck, dass sie den richtigen Knopf gedrückt hatte. Vielleicht würde derjenige tatsächlich noch mal zurückkehren und sich ein weiteres Opfer suchen. Eins, das zutraulich und leicht zu händeln war. Eins mit einem Samtmaul und großen, ruhigen Augen. Meine Jerry. Ich atmete tief durch.

„300.000. Zuzüglich 50.000 Spesen. Ich muss in eine Menge Ärsche treten und oft Mittel hinterlassen, um an Informationen zu kommen. Egal, was passiert, Sie bezahlen den Anwalt. Sollte man mir die Zähne einschlagen, bezahlen Sie mir neue. Schlage ich jemandem die Zähne ein, bezahlen Sie auch die. Ich habe manchmal spontane Stilmittel, die sich schlecht erklären lassen. Ich bin hier auf dem Hof vollkommen autark. Gehen Sie mir auf die Nerven mit irgendeinem Mist, nehme ich das Geld und Sie sehen mich nie wieder. Stelle ich Fragen, will ich ehrliche Antworten. Verarschen Sie mich nicht. Keine Spielchen. Und … das Wichtigste zum Schluss. Ich bin Dennis."

Ein Taxi rollte über den Kies. Sie antwortete nicht sofort. Waren wohl etwas zu viele Informationen auf einmal. Ich griff nach meinem Rucksack, weil mir scheißegal war, wie ihre Antwort ausfiel. Gerade schulterte ich den Kleidersack, als sie sagte: „Freut mich, Dennis. Ich bin Margit."

Celine war zu erschöpft, um auf irgendwas sauer zu sein. Sauer auf sich. Sauer auf die Arbeitsstelle. Sauer auf den doofen Tiermörder. Sauer auf die noch doofere Polizei, die ihr so unverschämte Fragen gestellt hatte, dass alle meinen konnten, sie hätte Rosantiquo aufgeschlitzt. Sie war aber noch nicht so erschöpft, um wissen, wie ihre Zukunftspläne aussahen. Sie würde dieses Haus hier verlassen. Wollte von wertschätzenden Menschen umgeben und mit einer Aufgabe beseelt sein, die ihr und anderen Freude brachte. Fertig. Schluss mit der launenhaften Erniedrigung. Schluss mit dummen Aufgaben, nur um die Langeweile von reichen Arschlöchern auszufüllen. Sollten alle scheiß Kaschmirpullover dieser Welt einlaufen und sämtliche kack Gucci-Jeans verwaschen werden. Ihr egal. Je mehr sie darüber nachdachte, desto deutlicher fiel ihr erstmals auf, wie sehr sie sich hier schon zum Affen gemacht hatte. Weg hier. Nicht vorzustellen, wenn sie etwas eher in den Stall gekommen wäre. Hätte der Täter ihr dann die Kehle durchgeschnitten? Und überhaupt, war das schon das Ende von allem oder kam noch etwas? Celine schnaubte. Das wollte sie erst gar nicht rausfinden. Sie schlug sich auf die Schenkel und erhob sich von den weichen Stufen der teppichbezogenen Treppe des Herrenhauses, nahm ihre Jacke und ging wortlos hinaus. Ohne Abschied. Von niemandem. Als sie die Tür öffnete, stand der Soldat davor.

Sie nickten sich zu. Die gute Laune, wenn beide sich sahen, war verflogen.

„Müde?“, fragte er.

„Total.“

„Leg dich hin.“

„Mach ich."
„Kommst du wieder?"
„Nein."
„Verstehe."
Sie lächelte verkniffen.
„Für den Fall, dass wir uns gar nicht mehr sehen: Erlaube mir eine Frage."
Sie nickte. Jeden anderen hätte sie jetzt zum Teufel geschickt, aber der Soldat ging klar. Den mochte sie wirklich.
„Ich weiß, dass die Polizei dich schon mit allen erdenklichen Fragen gelöchert hat."
Sie rollte als Zustimmung mit den Augen.
„Hast du, als du das Pferd gefunden hast, irgendwas gesehen oder gehört, was dir jetzt im Nachhinein seltsam vorkommt?"
Die Frage war ihr so noch nicht gestellt worden. Daher überlegte sie wirklich. Aber laut. Jeder Satz war abgehackt und begleitet von einem Fingerzeig. „Ich nahm mir Möhren vom Tisch." Fingerzeig zum Zelt. „Ging zum Stall." Finger zum Kiesplatz. „Schob die Stalltür auf." Finger zum Stall. „Die Tiere waren unruhig. Ich kam bis zur Box und sah ihn dann. So wie er da lag." Ihre Erzählung endete. Sie sah den Söldner an und hob kurz die Schultern. „Nichts. Gar nichts." Dennoch überlegte sie weiter. „Saskia war dann da." Sie deutete auf den Söldner. „Sie auch. Dann Wicka, Toni, Frau Roiser senior und dann immer mehr Leute. Erik, Karen und die ganzen Verwandten. Die kenne ich aber nicht." Sie gab sich echt Mühe. Ein letztes Mal. „Aber da war nun mal nichts Außergewöhnliches."

„Schon gut. Das reicht mir."
„Für Sie gern. Sie sind echt okay."
„Kannst ruhig Dennis sagen."
Sie kicherte. Er hob amüsiert die Augenbrauen.
„Mein Hase heißt Dennis", erklärte sie. Jetzt lachten beide. Celine hielt dann ihre Hand vor den Mund und schaute sich um. Heiterkeit fand sie selbst gerade nicht angebracht. Der Soldat winkte ab. Sie stieß den Atem aus. Der kurze Lacher hatte gutgetan.
„Weißt du, was Feuer mit Feuer bekämpfen bedeutet?"
„Ja, so ungefähr", gab sie eine vage Antwort.
„Das, was du heute Nacht erlebt hast, war nicht schön und wird dich sicherlich noch etwas begleiten. Es wird in dir hochkommen, wenn du es gar nicht gebrauchen kannst und du überhaupt nicht damit rechnest. Es wird dich lähmen. Es wird dich ärgern. Du wirst denken, du bist schwach, und gibst dir die Schuld für das Aufkeimen der letzten Ereignisse. Aber du bist nicht schuld. Du bist stark. Es wird mit der Zeit vergehen. Du wirst noch daran denken, aber es wird seine Wirkung verlieren. Wie lang genau das dauern wird, kann dir jedoch niemand sagen. Verstehst du?" Celine nickte. „Aber es gibt einen Weg, das abzukürzen." Sie blickte neugierig auf. „Du gehst jetzt da rüber zum Stall, machst die Tür auf, gehst zu Rosantiquos Box und schaust mitten hinein. Du wirst dir wahrscheinlich gleich in die Hose machen, aber du wirst so lange da stehen bleiben, bis dein Atem normal geht und dein Herz wieder ruhig schlägt. Dann ist nicht gleich wieder alles gut, aber du bist deiner Angst ein weites Stück entgegengegangen. So etwas mag Angst überhaupt nicht. Du wirst uninteressant

für sie und sie wird dich loslassen." Er lächelte. „Meinst du, du hast das Zeug dazu?"

„Kommst du mit?", fragte sie zaghaft.

„Nein, den Weg musst du allein gehen."

„Bleibst du dann wenigstens hier stehen, bis ich wieder rauskomme?"

„Das kann ich gern machen."

Celine ging los. Je näher sie jedoch dem Stall kam, desto langsamer wurden auch ihre Schritte. Doch sie ging weiter. Langsam. Aber strebsam. Sie erfasste den Kupfergriff, um das Tor zu öffnen, und fing an zu zerren. Doch es ließ sich kaum öffnen, nur einen Spaltbreit gab es nach. Wicka kam ihr entgegen, griff über ihren Kopf hinweg und zog das Tor mit auf. Celine bedankte sich. Wicka schien verwundert darüber, wo sie hinwollte. Sie wunderte sich aber wohl noch mehr über sich selbst. Aber was Dennis da sagte, hatte Hand und Fuß. Ihr Atem ging schwer. Rosantiquos Box war zwar befreit vom gruselig verschmierten Heu, aber sein Blut klebte noch an der Wand und war zu einem dunklen Braun vertrocknet. Doch Sonnenlicht fiel golden durch das vergitterte Fenster und ließ die Box gar nicht mehr ganz so grausig wirken, wie sie sie bis gerade eben noch in Erinnerung hatte. Ihr Atem wurde zusehends ruhiger. Sie ging sogar noch einen Schritt nach vorn, um die ganze Box zu sehen. Es verging Zeit. Dann war alles gut. Sie war frei.

Der Söldner hielt Wort. Er stand immer noch oben am Eingang des Herrenhauses. Sie winkte ihm zu. Er winkte zurück. Also, den konnte sie mal richtig gut leiden.

Lukas Wicka saß auf einer der übrigen Bierbänke. Die Ellbogen auf den Knien abgestützt wie ein Fußballtrainer und schaute wie weggetreten auf die verlassenen Zelte des Familienfestes. Das Ganze sah gerade gespenstischer aus als gewollt. Obwohl, wer hatte sich die ganze Scheiße von letzter Nacht schon gewünscht? Nicht zu glauben. Immer wenn er dachte, alles läge hinter ihm, kam es dann noch dicker. So langsam gingen ihm die Ausreden aus, warum das alles hier auf dem Hof so passieren konnte. Würde er sagen, dass er unfähig war, wäre er seinen Job los. Würde er auf den Tisch hauen und monieren, was alles an Gerät und Personal fehlte, würde er seinen Job verlieren. Fatal. Also lieber die Sache aussitzen. Das ging aber nur so weit gut, bis die Pechsträhne dann auch endlich mal endete. Er stieß den Atem aus und senkte den Kopf. Die letzte Sache war aber auch wirklich herausragend. Bestimmt getragen von persönlicher Rache. Nur Rache an wem? Hitze stieg in ihm auf. An ihm selbst möglicherweise? Von einem der vielen gekränkten Ehemänner, dessen Frauen er gevögelt hatte? Da war die Auswahl in der Tat unerschöpflich. Er überlegte kurz. Nein, so wichtig war er nun auch wieder nicht. Oder vielleicht doch? Na ja, war ja nun nicht so, als hätte er während der Dienstzeit eines der Hausmädchen im Haupthaus geschwängert. So blöd war selbst er nicht. Sein Handy brummte. Eine Nachricht. Eine, die ihn wenig frohlocken ließ, aber eben zur vergangenen Nacht passte. Was für eine Scheiße aber auch. Wie tief wollte die Familie sein Gesicht noch in den Dreck drücken? Margit Roiser bat zum Gespräch. Das konnte wenig Gutes bedeuten. Am Ende des Satzes war ein Ausrufezeichen. Ausrufezeichen sind scheiße!

Hermine trug einen Topf an mir vorbei, als ich durch die Küche das Haus betrat.

„Im Ofen sind warme Semmeln und auf dem Herd steht Kakao. Wenns moagst. Nimm dir." Sie wuchtete den gusseisernen Topf in einen Schrank und knallte die Tür zu. „So", meinte sie dann leise. Ihr Blick wanderte durch die Küche.

„Wo gibt es Tassen?"

Ihr Kopf ruckte hoch. „Lass mal gut sein. Setz dich besser, Junge." Das war nun kein Befehl, sondern mehr eine überaus fürsorgliche Anweisung, die mit Nachdruck ausgesprochen wurde. Ich grinste. Die lange Holztafel war aufgeräumt und vereinzelt standen Obstkörbe. Ich setzte mich so hin, dass ich aus dem Fenster auf den Springbrunnenengel schauen konnte. An der Wand um das Fenster herum gab es eine große Menge Photos. Manche gerahmt. Viele nicht, sondern lediglich hinter die Rahmen gesteckt. Andere waren mit bunten Reißzwecken einfach auf den weißen Putz geheftet. Das ergab dann einen wilden Strauß an schwarzweißen und bunten Bildern verschiedener Größe. Gestaltet wie ein Zeittunnel, der nach draußen in die Gegenwart führte. Die kleine Zeitreise zeigte Menschen, die mit hoher Wahrscheinlichkeit hier gar nicht mehr arbeiteten oder schon verschieden waren. Präsentierte Autos, die gar nicht mehr existierten, und offenbarte Gebäudeteile, die längst umgebaut waren. Ich machte auf einem Schwarz-Weiß-

Bild Klaus aus, wie er in jungen Jahren mit Pomade im dunklen Haar und Hochwasserhosen vor einem stattlichen Mercedes Cabriolet posierte. Ein richtiger James Dean, der junge Klaus. Dann hätte ich alles darauf verwetten können, dass ich Hermine mit den Roiser-Sprösslingen Karen und Erik erkannte. Das Photo war bunt. Sie standen an einer kleinen, roten Kunststoffrutsche. Karen grinste mit ihrer Zahnlücke fast über die Breite des Bildes hinaus. Sie trug eine gelbe Latzhose, auf deren Brusttasche ein fröhlicher kleiner Bär gestickt war. Die Hände hielt sie in die Hosentaschen gestopft. Erik wirkte eher nachdenklich. Das schwarze Poloshirt machte ihn farb- und freudlos. Von Margit Roiser sah ich nicht ein Bild. Wahrscheinlich traute sich keiner, sie abzulichten. Gerade als ich mir den schönsten Apfel aus dem Korb nehmen wollte, gab es einen Klaps auf die Finger. „Abwaschen", murmelte der gute Hausgeist und griff mit hellseherischer Kraft exakt nach dem Apfel, den ich gewählt hätte. Hinter mir rauschte kurz Wasser. Dann klapperte Geschirr. Nach drei Millisekunden wurde mir von rechts eine bunte Tasse mit dem dazugehörigen Teller gebracht. Von links kam dann eine Serviette mit meinem Wunschapfel drauf. Eine kleine weiße Kanne, aus dessen Hals es dampfte, und ein Binsenkörbchen mit drei Brötchen folgten. „Vorsicht, heiß", summte Hermine. Noch bevor ich „Danke" sagen konnte, kam ein Tellerchen mit Aufschnitt und Käse. Nicht zu vergessen der akkurat mittig gesetzte Klecks Butter. Ich sag's euch, Hermine war bestimmt ein Ninja. Denn als ich rechts nach ihr suchte, saß sie bereits schon links neben mir. Vor sich stehend eine dampfende Tasse Kaffee.

„Iss, Junge."

Ich schmunzelte. Sie lächelte gütig zurück. Eine kleine Stärkung würde ich nun auch brauchen können. Ich musste das Feld von hinten aufrollen. Als Erstes musste ich einer Spur folgen, die äußerst aktuell war. Ich musste die Schläger von dem Tanzschuppen ausfindig machen. Das waren Menschen, die im Umgang mit Hof und Tier Erfahrung hatten und garantiert wussten, wie sie kurzerhand ohne großes Aufheben ein Lebewesen töteten. Sie waren eben noch mächtig angepisst von der Nummer auf dem Parkplatz und wollten das auf ihre Weise regeln. So weit in Ordnung. Dann würde ich jetzt auf meine Weise gegensteuern. Ich würde nun zur Discothek fahren, am Putzpersonal vorbeilaufen, direkt in das Büro vom Chef gehen, ihm entweder die Nase verbiegen oder eine Menge Schotter auf den Tisch legen und ihm klarmachen, dass ich die Aufzeichnungen von der Überwachungskamera vom Parkplatz brauchte. Er würde sich zunächst zieren, also musste ich ihm noch stärker die Nase verbiegen oder den Stapel mit dem Schotter noch höher machen. Je nach Laune. Dann hätte ich das Nummernschild von dem weißen Ford Ranger und ich würde jeden der Wichser nach und nach intensiv befragen. Aber ohne Schotter, sondern gleich Kugel ins Bein. Ich wollte lediglich wissen, wer von den vieren die Klinge geführt hatte. Ende. Das war der Plan. So würde ich das machen. Ich griff nach einem Brötchen.

„Echt schade mit dem Tier", meinte Hermine gedankenverloren.

„Ja, wirklich", erwiderte ich höflich. Für mich war das gerade eher ein Segen, der mir viel Geld einbrachte. Den

Scheißgaul konnte ich eh nicht leiden. Ich sinnierte, ob ich doch besser ein weiteres Ersatzmagazin mitnehmen sollte. So Bauern hatten bestimmt noch die eine oder andere Schrotflinte neben dem Fernsehsessel stehen.

„Und dann immer auf dem Familienfest“, seufzte sie.

Hatte ich überhaupt genug Patronen dabei? Vielleicht musste ich beim übernächsten Besuch mal nachladen. Weiß man nie vorher. Es mangelt oft echt an Kugeln, sobald man intensive Gespräche führt. Plötzlich hielt ich inne.

„Öhm, was?“

„Was?“

„Was haben Sie gerade gesagt?“

„Ja, immer kommt dieser Unhold und macht das Familienfest kaputt“, beklagte sich Hermine.

Ich musste erst mal meine Gedanken sortieren und neu ansetzen.

„Wie meinen Sie das? Ist das schon mal passiert? Letztes Jahr, oder wie?“

„Herrgott, nein“, sagte sie so, als wäre ich schwer von Begriff. Aber mir fehlte ja nun mal eine kleine Folge in diesem Ablauf. Ich fragte nichts mehr und wartete darauf, dass sie fortfuhr. „Nicht letztes Jahr. Nein. Aber vor …“ Sie überlegte. „Erik war da noch ein Bub. Es war sein Pferd gewesen. Er hat es gefunden. Der arme Junge.“

Jetzt mal ohne Mist. Was habe ich euch gerade noch gesagt? Auftraggeber lügen ständig und erzählen dir nie alles. Die lassen einen immer auf doof in eine Sache reinlaufen. Immer. Keine Stunde war es her, als mich der Hausdrache anheuerte und mal eben so nebenher vergaß zu erzählen, dass diese schräge Scheiße schon mal gelaufen ist. Zwar ein paar Jährchen her. Aber immerhin. Dasselbe Schema. So was war echt zum Mäusemelken. Ich stand kurz davor, im Alleingang eine Discothek auseinanderzureißen und sämtlichen Höfen in der Umgebung einen Besuch abzustatten. Meine Güte. Ich wollte gerade Margit Roiser fragen, welchen Teil von „Verarschen Sie mich nicht“ sie nicht verstanden hatte. Da fuhr Hermine fort: „Es war auf jeden Fall auch in der Nacht von einem der Familienfeste.“ Sie wollte gerade weitererzählen, da stockte sie wieder und meinte dann: „Am besten fragst du mal den Bernhard. Der kann das mit allen Details bestimmt besser erzählen.“

„Wer ist Bernhard? Ist der hier auf dem Hof?“

„Nein“, wehrte sie schon fast brüskiert ab. „Bernie ist der Dorfpolizist.“

„War der Dorfpolizist“, tönte es von hinten. Klaus kam von der Haupthaustreppe in die Küche. „Und außerdem glaube ich nicht, dass er noch lebt.“

„Ah, okay“, sagte ich nur und nickte Klaus zur Begrüßung zu. Ich wollte Hermine auch nicht mehr länger als nötig in diesem Gespräch gefangen halten. Offensichtlich strengte es sie an, Erinnerungen hervorzuholen. Bisher hatte sie mir schon mehr geholfen als jeder andere hier im Haus und ich war ihr wirklich sehr dankbar. Ich schickte mich an aufzustehen und wollte mein Geschirr abräumen. Da legte Hermine sanft ihre Hand auf meinen Unterarm.

„Lass nur. Mach ich schon.“

Ich ging eine kurze schmucklose Treppe hoch und befand mich dann im leeren, wuchtigen Foyer. Gar niemand war hier. Weder eines der Hausmädels noch die hohen Herrschaften. Aber egal. Wer mir jetzt als Erstes begegnen würde, den würde ich mit Fragen löchern. Karen Roiser, Margit Roiser, Erik Roiser. Egal wer. Konnten ruhig mal alle hier antreten. Ich war immer noch grantig darüber, dass ich beinahe den Afterwork-Schuppen zerlegt hätte. So etwas Dummes. Reine Zeit- und Ressourcenverschwendung. Ich wollte es mir gerade auf einem der vielen Barockbänkchen, die am Rand unter jedem Bild standen, bequem machen, da kam Erik Roiser die Treppe runter.

„Herr Stammer", kam es ohne Erstaunen. „Schön, dass Sie noch da sind."

Ich wollte gerade zum Sprechen ansetzen. „Sie haben Fragen. Ich habe einen Termin. Sie werden mich hinfahren. Unterwegs erzähle ich Ihnen alles."

Na super. Endlich kam mal Schwung in die Sache.

Karen Roiser wälzte sich wie gerädert aus dem Bett und trottete lustlos zum Fenster. Dabei trug sie noch das rote Cocktailkleid von gestern Nacht und ihre Frisur sah aus, als hätte ein Waschbär darin genistet. Der Vorhof wirkte auf sie gruselig. So verlassen. Nur Toni und Werner waren da. Sie räumten alles zusammen. Gut. Je schneller der ganze Mist hier verschwunden war, desto schneller konnten sich alle wieder der Normalität zuwenden. Glaubte sie zumindest. Karen zog einen Schmollmund. Jetzt konnte sich ihr Therapeut wieder über eine ganze Batterie an Stunden freuen, um ihr zu erklären, dass es nicht ihre Schuld war. Aber vielleicht war es ja doch ihre Schuld? Vielleicht hätten sie nach dem ganzen Steuerbohei einfach mal drei Jahre mit dem Fest aussetzen sollen. Die Menschen in der Umgebung haben das Ganze wohl als Provokation genommen, dass man mit viel Geld und guten Anwälten alles regeln konnte, und wollten der Familie mal die Federn stutzen. Einfach so, um mal zu zeigen, wie es so laufen konnte im Leben. Schuld. Nicht schuld. Karen wusste einfach nicht mehr weiter. Gern würde sie mal mit einem der Hausmädchen tauschen. Was hatten die schon zu tun? Wurden gut bezahlt und mussten hin und wieder mal eine Hose waschen. Hatten um fünf Feierabend und konnten sich einfach umdrehen und gehen. Konnten tun, was immer sie wollten. Wenn sie es nicht sofort tun konnten, mussten sie eben ein bisschen warten, bis sie das Geld dafür zusammenhatten. Na und? Dann war das eben so. Ihr Handy vibrierte. Sie entdeckte acht ungelesene Nachrichten. Von Verwandten und Bekannten, die sich im Nachhinein entschuldigten, dass sie nicht gekommen waren, und Leuten, die sich für die Einladung bedankten. Alles Leute, die erst gar nicht da oder noch vor dem Desaster gegangen waren. Eine Nachricht war von Chrissy. Ein Guten-Morgen-Gruß mit der Frage, was sie heute Abend denn so machen würde. So gut gelaunt, wie er war, hatte er wohl noch nichts von dem Scheiß gehört, der hier gelaufen war. Karen blies sich eine Strähne aus dem Gesicht. Sie konnte ihm mit Vergnügen schreiben, was sie heute gern tun würde. Sich von ihm auf dem Maisfeld schwängern lassen. Dann konnte er bei ihr bleiben oder verschwinden. Das würde sie dann wiederum als Grund nehmen, um sich dem Hof zu entziehen. Denn eines stand fest: Karen musste fort von hier, um jeden Preis, sonst würde sie dieses Gemäuer noch in den Wahnsinn treiben.

Ich wartete mit laufendem Motor. Diesmal war ein Humvee an der Reihe. Sogenannter H3. Die acht Zylinder blubberten schon fast bedrohlich. Was den Benzinverbrauch anging, war das ein Wagen, für den Greta Thunberg dir eine Kopfnuss geben würde. Ein ehemaliges amerikanisches Militärfahrzeug. Auf Zivil getrimmt. Viele aus der High Society gönnten sich seinerzeit diesen ungewöhnlich teuren Spaß. Nicht weil er schön war oder so. Ganz im Gegenteil. Das Ding sah aus wie ein Schuhkarton. Die Schnösel dieser Welt wollten lediglich zeigen, dass sie einen besaßen. Das war es. Mehr nicht. Der Wagen war schwarz foliert. Eine Sünde. Dazu auch noch schlecht gemacht. Die Kanten am Ende der Motorhaube waren miserabel verklebt. Na ja, aber ich glaube, die Roisers hatten gerade andere Sorgen.

Erik kam die Treppe vom Haupthaus runter, war halb auf dem Weg zu mir, als er sich vor die Stirn schlug und wieder kehrtmachte. Hätte ich jedes Mal einen Euro dafür bekommen, wenn eine Schutzperson so etwas machte, bräuchte ich hier nicht auf dem rutschigen Kunstleder zu sitzen. Echt jetzt. Nun kam Karen aus dem Haupthaus. Die schien wirklich durch den Wind zu sein. Sie trug immer noch ihr Cocktailkleid. Dazu schmückte sie eine Mütze vom FC Bayern. Mut zum Style hatte sie ja. Alle Achtung. Karen ging schnurstracks auf den Fettsack zu. Noch bevor sie vor ihm stand, hob dieser beschwichtigend die Hände. Ich setzte mich aufrecht hin. Das war nun höchst interessant. Sie sprach laut, aber der blubbernde Amimotor verschluckte jedes ihrer Worte. Fast panisch griff er in seine Jackentasche und hielt ihr ein kleines dunkles Päckchen entgegen. Sie riss es ihm förmlich aus der Hand und machte auf der Stelle kehrt. Er schaute sich hektisch um, aber weder Wicka noch der Grufti nahmen Notiz von dieser seltsamen Übergabe. Die Hüpfburg stellte sie nämlich vor große Herausforderungen. Der Fettsack holte tief Luft und beobachtete, wie seine Chefin wieder im Haupthaus verschwand. Dann, als er sich kopfschüttelnd hinter den Mädchenstall verzog, ging mir ein Licht auf. Ich beschloss, Nägel mit Köpfen zu machen. Erst hatte ich es nicht gecheckt, aber jetzt machte es Klick. Ist ja meist so. Ein Wort. Eine Bewegung. Ein bestimmter Ablauf, und schon lief der Geist warm. Ich ging dem Klops nach, und kaum kam ich um die Ecke, sah ich, wie er gerade den Schaum einer frisch geöffneten Bierdose schlürfen wollte. Kurzerhand schlug ich ihm sein Frühstück aus der Hand. Zischend drehte sich die Dose auf dem Rasen und versprühte feinen Biernebel. Ich fasste den Fettsack hart an der Kehle und knallte ihn zweimal heftig vor die Scheunenwand. Holla, war der schwer. Er röchelte.

„Hör zu, Fatty. Wenn du der Chefin noch einmal Drogen vertickst, verfüttere ich dich an die Fische im Lech. Verstanden?"

„Drogen?", würgte er. Für diese Antwort schlug ich ihn gleich noch einmal gegen die Wand. Diesmal noch härter. Der Griff am Hals schloss sich fester. Die Luft blieb ihm weg. Er sackte in sich zusammen. Ein bisschen hart, denkt ihr? Kann sein. Aber ich erklär euch später mal, warum ich das gemacht habe. Ich ließ ihn los. Hilflos schnappte er nach Luft und legte sich schützend beide Hände auf den Hals. Seine Augen waren panisch geweitet.

Ja, Drogen. Die ganze Zeit habe ich darüber gerätselt, warum Karen und er so rumtuschelten. Erst dachte ich an eine Affäre. Warum nicht? Kann ja manchmal langweilig sein hier auf dem Hof, und der Fettsack besaß vielleicht eine goldene Zunge, um seine Chefin zu beglücken. Alles gut. Doch als Karen immer angespannter wurde und mir Celine zeigte, was sie versehentlich beim Reinigen eingesaugt hatte, dämmerte es mir gerade. Das Hausmädchen entsorgte nämlich versehentlich die Happypills der Hausherrin. Celine war im Glauben, es hätte sich um Medikamente gehandelt, aber ich erkannte an den Formen und Farben, dass das hier Muntermacher aus der Szene waren. Ich sagte an dem Abend nichts, um die junge Dame nicht noch mehr zu verunsichern. Was nun aber nicht bedeutete, dass ich es guthieß, der Hausherrin irgendwelchen Technodreck zu verabreichen. Da konnte alles drin sein, um jemanden auf einen Trip zu schicken, von dem er nie wiederkommen würde. Mein Auftrag war zwar gerade ein anderer, aber mein Service war umfangreich, was die Sicherheit von Schutzfamilien anging. So etwas nahm ich persönlich. Sehr persönlich. Vielleicht zu persönlich. Ich zog meine Waffe und richtete sie auf seinen Kopf. „Verarschst du mich, knall ich dich sofort ab."

„Mann, sind Sie wahnsinnig?"

„Was hast du ihr gerade gegeben?"

„Tropfen."

„Was für Tropfen?"

„Keine Ahnung. So Tropfen eben."

Anstatt ihn zu erschießen, trat ich ihm erstmal mit meinem rechten Spann vor den Oberschenkel. So was klingelt immer ganz gut.

„Bist du komplett verblödet? Was für Tropfen?"

„Frau Roiser hat oft Kopfschmerzen und der Masseur von unserer Fußballmannschaft mixt immer verschiedene Öle zusammen. Irgendwas Ätherisches. Ich habe doch auch keine Ahnung von dem Kram. Auf jeden Fall hilft das bei Kopfschmerzen, wenn man sich das auf die Schläfen reibt."

Ich wollte ihm gerade noch einen Tritt verpassen. Als wäre Karen nicht in der Lage, einen Spezialisten für diese eine Sache aufzusuchen. Nee, da fragte sie natürlich den Fettsack des Hofes um Rat. Klar. Ich stand kurz davor, ihm eine richtige Abreibung zu geben.

„Herr Stammer, ich wäre dann so weit", hörte ich Erik Roiser rufen.

Ich ließ die Waffe wieder verschwinden.

„Sehe ich dich noch einmal bei der Chefin stehen, leg ich dich um", zischte ich.

Er nickte verängstigt.

Erik stand mit den Händen in den Taschen vor dem Humvee. Er schien amüsiert.

„Ihr Ernst?", fragte er.

„Klar, nach und nach mal alle Wagen bewegen."

„Schon recht. Gibt sonst Standschäden. Nicht wahr?"

Meine Güte, wie drollig. Erik Roiser wollte mit mir über Autos fachsimpeln.

„Vollkommen richtig", stimmte ich ihm zu. Er nickte zufrieden, als wäre das nun seine Idee gewesen. Wir stiegen ein.

„Wo geht es hin?“, wollte ich wissen.

Er wies mir den Weg und ich ahnte schon, wohin es ging.

„Sie arbeiten nun für meine Frau Mutter“, stellte er fest.

„Ich arbeite weiter für die Familie. Ihre Mutter bezahlt mich lediglich.“

„Ich wollte Sie auch gefragt haben, aber ich war gelinde gesagt noch etwas mit mir selbst beschäftigt. Mutter ist da etwas geordneter.“

„Wollen wir kurz darüber reden, was damals passiert ist?“

„Natürlich.“

Und dann erzählte er mir von Johnny Blue. Seinem Freund. Seinem einzigen. Ein wundervoller Hannoveraner, den ihm einst sein Vater geschenkt hatte und der sein Anker war, als der Vater plötzlich verstarb. Er berichtete von der Nacht, als das Familienfest im vollen Gange war und er Johnny Blue fand, erzählte, wie das Blut aus der Box in die Stallgasse lief und er mittendrin stand. Wie er nicht in der Lage war, den Blick abzuwenden, weil er das Ganze nicht glauben konnte. Wie er am anderen Morgen zum Stall lief, weil er dachte, er hätte nur schlecht geträumt. Aber die Stallburschen, die ihn aufhielten, erklärten ihm, dass es leider kein Traum gewesen war.

„Auch da war es Mutter, die alles regelte.“

„Die Polizei hat ermittelt?“

„Wir sind hier auf dem Land. Damals zählte ein Tierleben nicht so viel. Ein Pferd schon etwas mehr als ein Huhn oder eine Kuh. Trotzdem Nutzvieh. Heute ist das etwas anders. Das Bewusstsein der Menschen hat sich geändert. Nicht immer zum Vorteil von allem, aber es hat sich geändert.“

„Da ist wohl was dran."

„Unser Dorfpolizist hat sich schon mehr Mühe gegeben als die übrigen. Aber so eine richtige Spur fand er auch nicht."

„Bernhard", stellte ich fest.

„Ja, richtig. Bernhard. Da war wohl schon jemand fleißig heute Morgen." Roiser gab sich beeindruckt.

„Wer war damals als Erstes bei Ihnen?"

„Henry. Der Vater von Toni."

„Dem Grufti?", hakte ich verwundert nach.

Erik Roiser lachte auf. „Ja, genau der. Henry nahm mich bei der Hand und wir setzten uns an den Brunnen. Er erklärte mir, dass Johnny Blue nun im Pferdehimmel war und es ihm gut ging. Ich habe gefragt, warum er sich nicht verabschiedet hat. Aber darauf hatte Henry keine Antwort mehr."

„Wie lange hat Henry dann noch bei Ihnen gearbeitet?"

„Wortwörtlich bis zum Ende."

„Das heißt was genau?"

„Tumor in der Lunge. Der Hof hat ihm natürlich das Beste an Versorgung zukommen lassen. Aber sobald es ihm besser ging, hat er das zum Anlass genommen, hier zu erscheinen." Er sah mich nun direkt an. „Warum macht ein Mensch so etwas?"

„Loyalität", erwiderte ich.

Roiser nickte. „Henry war wirklich der loyalste Mensch, den ich mir vorstellen kann. Eines Tages ist er früher vom Hof gegangen und nicht mehr wiedergekommen. Er ist nach Hause gegangen und noch am selben Nachmittag gestorben. Er hat es wohl gespürt und wollte niemandem auf dem Hof Umstände bereiten. Er hat sich noch nicht mal verabschiedet. Bei keinem."

„Er hat sich geschämt", erklärte ich. „Geschämt dafür, Ihnen nicht mehr dienen zu können, und ist zum Sterben nach Hause gegangen." Ich kannte unzählige Geschichten von guten Männern, die nach einem Feuergefecht verschwiegen, wie ihr Zustand war, um die anderen nicht aufzuhalten, und dann still verblutet sind.

„Ich hoffe, Sie haben ihm ein Scheißdenkmal gesetzt?", fragte ich schon fast grimmig. So Geschichten nahmen mich immer mit.

„Etwas Ähnliches. Einen schönen Grabstein. Pension für die Frau, und ich habe später Toni eingestellt."

„Das war anständig von Ihnen", lobte ich. Hätte ich dem Arsch gar nicht zugetraut. „Wer vom Personal von damals ist heute noch bei Ihnen beschäftigt?", hakte ich nach.

„Klaus und Hermine", erwiderte er nach kurzer Überlegung.

„Die anderen sind alle freundschaftlich ausgeschieden?"

„Mehr oder weniger. Aber keinem von denen würde ich so etwas zutrauen."

„Hat Ihre Schwester damals irgendwas davon mitbekommen?"

„Nein, die war viel zu jung. Zum Glück."

Der Humvee dröhnte über die Landstraße und mein Fragespiel war so weit beendet. Erik wies mir stumm den Weg zu einer Wohnsiedlung. „Hier können Sie stehenbleiben", unterbrach er das Schweigen. „Es dauert nicht allzu lange."

Ich sah, wie er in einem Reihenhaus verschwand, und ließ den Weg noch mal kurz Revue passieren. Bei Tag sieht grundsätzlich alles immer anders aus als bei Nacht. Aber da wir nun in Augsburg waren, hätte ich schwören können, dass ich ihn gerade bei seiner Hure abgesetzt hatte. Genau mein Humor. Ich sollte dringend in einer Sache ermitteln und mein Chef ließ sich erst mal einen lutschen. Aber okay, so konnte ich die Zeit nutzen, alle Gedanken zu sortieren. Ich musste mich zunächst in dieses Familienkonstrukt reindenken, um einzukreisen, wer so eine kranke Scheiße hier abziehen konnte. Klaus und Hermine wollte ich mal rausnehmen aus der Gleichung. Den Grufti ebenso. Der Fettsack war einfach nur ein nutzloser Idiot. Warum sollte er auch das Tier seiner Drogenkundin abschlachten? Wicka durchlebte bestimmt gerade die Krise seines Lebens, weil wieder mal was gehörig schiefgelaufen war. Für einen Securitychef der persönliche Untergang. Dann war da noch Saskia, der Rotschopf. Aber die besaß ein wasserdichtes Alibi. Zu den Übrigen hatte ich absolut keine Idee. Ich würde wohl die Eisprinzessin mal bitten, mir eine Übersicht über das restliche Personal zu geben. Obwohl Sigrun Kluth ja eigentlich auch unter Verdacht stehen sollte. Aber wofür? Sie konnte offensichtlich auf dem Hof schalten und walten, wie sie wollte, und das machte sie wohl gut, weil sie die Einzige war, die von keinem der Familienmitglieder irgendwie angepisst wurde. Mein Handy brummte. Tristan. Ich nahm das Gespräch an.

„Wie läuft's?", fragte er nach.

„Na ja, ist gerade etwas unübersichtlich hier." Ich erzählte ihm von der letzten Nacht.

„Oh, das ist schon fast lustig. Ich wollte dir nämlich sagen, dass die Sache wahrscheinlich noch nicht so ganz vorbei ist."

Darauf erzählte er mir, dass ihm ein Bulle gesteckt hat, dass wir fein raus waren, was die Explosion anging, aber bei der Durchsuchung der Wohnung rauskam, dass der Knallfrosch ebenso im Auftrag gehandelt hatte.

„Also war der Stalker kein richtiger Stalker, sondern ein Troublemaker auf Bestellung“, stellte ich fest.

„So sieht es aus. Also wollte ich dir eigentlich sagen, dass in nächster Zeit vielleicht wieder mit Aktivitäten zu rechnen ist. Aber das weißt du ja mittlerweile besser.“

„Kann man so sagen.“

„Hast du genug Besteck mit?“

„Eigentlich nicht. Auf die Nummer war ich nun wirklich nicht vorbereitet.“

„Ich schick dir was. Ist heute Abend da. Sonderwünsche?“

„Das Übliche. Was Handliches. Überrasch mich. Aber übertreib nicht.“

„Kennst mich doch. Ich pack noch ’ne Kleinigkeit dazu.“

Ich grunzte lediglich, da ich ihn jetzt nicht über die Handyleitung daran erinnern wollte, welche Kriegswaffengesetze er bereits schon gebrochen hatte.

„Sonst noch was?“

„Ja, versuch mal, aus der Ferne mitzudenken. Vielleicht ist die Nummer ja doch etwas zu groß für mich.“

Margit Roiser saß zusammen mit Sigrun Kluth bei einem Kaffee in der Küche. Sie besprachen zukünftige Abläufe. Karen und Erik waren vollkommen durch den Wind, also nahm sie wieder das Ruder auf dem Hof an sich. Die Sekretärin saß vor ihrem geöffneten Laptop und Margit war beeindruckt, wie schnell sie auf ihre Fragen antworten konnte oder im Nu Informationen abrief. Das gefiel ihr. So eine rechte Hand hätte sie seinerzeit auch gebrauchen können. Kluth stellte nichts infrage und handelte umgehend. Ein richtiges Miststück. Perfekt.

„Kommt das Hausmädchen wieder zurück?"

„Ich denke nicht."

„Hat sie uns ihre Arbeitskleidung hiergelassen?"

„Muss ich prüfen."

„Sie soll die Sachen gereinigt und gebügelt zurückbringen."

„Werde ich so weitergeben."

„Gibt es nicht so etwas wie Kündigungsfristen?"

„Auf jeden Fall."

„Diese undankbare Göre soll nicht einen einzigen Euro zu viel hier aus dem Haus tragen."

Margit Roiser konnte kein Verständnis dafür aufbringen, wenn niederes Personal seine Stellung wegen Nichtigkeiten aufgab. Das hier war ein gutes Haus. Der Lohn wurde pünktlich entrichtet und die Arbeit war nicht allzu anspruchsvoll. Bügeln konnte ja wohl jede halbwegs gescheite Person. Rezepte standen im Kochbuch und Saubermachen war heute auch keine Kunst mehr bei all den neuzeitlichen Helferchen und Wundermitteln.

„Als Nächstes holen Sie Angebote von Sicherheitsfirmen ein. Was wir hier beschäftigt haben, ist wohl doch nicht das Richtige."

„Wird gemacht."

„Rund um den Stall läuft alles?“

„Wie ein Uhrwerk.“

„Heute Morgen standen ein paar Stallmädchen zusammen und haben geraucht. Das will ich nicht noch mal sehen. Das ist hier kein Sanatorium für Bordsteinschwalben.“

„Das wird nicht mehr vorkommen.“

„Erkundigen Sie sich bei der Versicherungsgesellschaft, was noch an Unterlagen gebraucht wird, um die Versicherungssumme zeitnah auszuschütten. Wenn es nicht schnell genug geht, drohen Sie mit unseren Anwälten, und sollte es sich tatsächlich nicht beschleunigen, schalten Sie einen Anwalt ein. Eine andere Sprache verstehen die nicht.“

„Wird erledigt.“

„Vielleicht haben wir ja Glück und wir kommen mit einem Plus aus dieser Geschichte raus.“

Erik Roiser behielt recht. Es dauerte nicht lange. Seinem Stimmungsbild konnte ich jetzt nicht entnehmen, ob was gelaufen war. Aber das ließ sich bei ihm sowieso schlecht einschätzen. Egal, ob ihm ein Engelchen aufs Herzchen pinkelte oder er drei Milliarden an der Börse verlor. Sein Gesichtsausdruck würde derselbe bleiben. Vielleicht sollte er es mal mit Pokern versuchen? So als zweites Standbein.

„Zurück zum Hof?“

„Nein, einmal nach Landsberg rein. Zum Postfach.“

„Am Sonntag?“

„Der Vorraum ist zugänglich.“

Gesagt, getan. Er genoss es, dass ich ihn nicht mit irgendeinem Scheiß zuschwallte, und ich konnte nach wie vor von der Landschaft nicht genug kriegen. Gemächlich rollten wir dann in eine Parkbucht gegenüber der Post. Der Sonntag zeigte sich von der besten Seite und zog Menschen wie ein Magnet ans Wasser. Es ließ sich ganz klar erkennen, wer einheimisch war und wer nicht. Die Touristen photographierten wie blöde und die anderen saßen entspannt auf der Bank. Eigentlich bin ich nicht so ein Typ, aber beim Lech konnte ich auch nicht widerstehen. Als Roiser in der Post verschwand, zückte ich mein Handy und machte eine Panoramaaufnahme. Meine Fresse, war das schön hier.

Roiser ließ noch auf sich warten. Er sortierte wohl die Post vor Ort aus. Mein Blick schweifte und ich bemerkte einen jungen Mann mit einem Gips auf der Nase. Sein Gesicht konnte ich nicht so recht erkennen, weil er einen Hoodie trug und die mächtige Kapuze sein Gesicht halb verdeckte. Er saß da mit anderen Jungs und Mädels und sie ließen eine Flasche kreisen. Ich konnte mich mächtig irren, aber ich glaubte, in ihm den Lümmel zu erkennen, der mir die Bombe verpasst hatte. Also von der Statur zumindest. Ein mächtiger Zufall, ihn genau hier an der Post wiederzutreffen. Obwohl, wenn das hier seine Hood war, wiederum auch nicht allzu verwunderlich. Hätte ich auch mal eher draufkommen können, aber das Thema war für mich erledigt. Die Sprayer jetzt in Verbindung mit dem Pferdemord zu bringen, war vielleicht auch nicht die dümmste Idee. Aber dafür musste ich erst mal sein Motiv kennen. Ich beschloss, diesen Ermittlungsbaustein sofort anzugehen. Blitzschnell lief ich auf die Gruppe zu, stieß einen jungen

Mann grob zur Seite und fasste Gipsnase hart am Kragen. Der war viel zu überrascht für eine Gegenwehr. Die kleine Gruppe johlte und einer wollte von der Seite zur Hilfe eilen. Mit einem kurzen, harten Tritt in den Unterleib meinerseits war der Plan dann auch vom Tisch. Die Übrigen kümmerten sich um den Gestrauchelten. Jetzt kam Gipsnase in Wallung und wollte nach mir schlagen. Wie eine Dampframme ging ich mit ihm voran und schlug seinen Körper vor einen Baum. Das vertrug er nicht ganz so gut. Er rang nach Luft. Nun wollte er meinen Griff lösen. Netter Versuch. Mit der freien Hand riss ich ihm die Kapuze runter. Eigentlich hätte ich ihm ordentlich eine donnern müssen, doch als ich sah, wie jung er war, nahm ich davon Abstand. So sah kein Pferdemörder aus. Trotzdem hätte ich mal gern gewusst, was die Scheiße mit dem Sprayen sollte. Und meinem zerrissenen Anzug. Und meinem Cut am Jochbein und so.

„Na, du kleiner Pisser? So sieht man sich wieder."

„Na, Opa, schon wieder erholt von meinem Schlag?"

Für den Text hätte ich ihm wirklich eine drücken sollen. Aber kleine Jungs schlagen war nicht mein Ding. „Ich will wissen, was die Scheiße sollte."

„Es reicht. Wir haben genug von euch. Verschwindet."

„Wovon habt ihr genug?"

„Sag mal, bist du schon so verkalkt?"

Ich drückte ihm noch mal kurz die Luft ab, und als er anfing zu röcheln, stellte ich die Frage erneut. „Wovon habt ihr genug?"

„Dass ihr glaubt, Geld regelt alles. Dass ihr meint, ihr könnt euch alles erlauben."

Mittlerweile versuchte ein junges Mädchen, sich an meinen Arm zu hängen. Ich hingegen bemühte mich, blitzschnell zusammenzusetzen, was so ein junger Mensch wie er gegen Steuerhinterziehung haben könnte. In seinem Alter habe ich noch Poster von Sylvester Stallone gesammelt. Ein Lümmel wollte ein Bild oder Video von mir machen. Als er etwas zu nahe kam, schnappte ich ihm sein Handy aus der Hand. Er war total verblüfft und konnte gar nicht glauben, dass so etwas möglich war. Der Klammeraffe fing mittlerweile an zu weinen und bettelte, dass ich bitte ihren Freund loslassen sollte. Bitte, wohlgemerkt. Ich schaute zur Seite und sah, wie dicke Tränen ihre Wimperntusche ruinierten. Der Kameramann wollte sein Handy wiederhaben. Aber ohne Bitte zu sagen. Der kleine Wichser. Also, das waren nun echt nicht die Gegner, die ich gewohnt war. Ich ließ Gipsnase los. Vorsichtig allerdings. Wer weiß, was ihm jetzt noch einfiel. Aber irgendwie hatte er auch die Schnauze voll. Die Aktion hatte gesessen. Der Schreck steckte ihm noch in den Gliedern.

„Hör zu, die Familie hat ihre Strafe bekommen und bezahlt."

„Ja, bezahlt. Schön für die Familie. Das macht Jana aber auch nicht wieder lebendig."

Jetzt war ich irritiert. Wer zum Geier war denn jetzt Jana?

Die kleine Gruppe schickte sich an zu gehen. Ich warf dem kleinen Wichser das Handy zu. Er fing es geschickt mit einer Hand auf.

„Wer ist Jana?"

Die jungen Leute sahen mich verächtlich an und nun hatten sogar die Jungs Tränen in den Augen. Ich sah ein, dass es zwecklos war weiterzubohren. Sie waren gerade allesamt emotional mehr als instabil, da würde kein brauchbarer Satz mehr rauskommen. „Hört auf, die Karren zu beschmieren. Das hilft keinem“, rief ich ihnen noch nach. Das Mädchen drehte sich um und zeigte mir den Mittelfinger. Das sollte dann wohl „Nein“ heißen. Auch gut. Dann blieb der Scheißporsche eben in der Garage.

Hermine war nicht ihr ganzes Leben bei der Familie, aber gefühlt seit Ewigkeiten. Nach der Hauswirtschaftslehre fand sie als junge Frau bei einem Bauern eine Anstellung. Aber die Erfüllung war es nicht. Der Hausherr mochte oder kannte wohl nur ein Gericht. Und der Spruch ‚Was der Bauer nicht kennt, das isst er nicht‘, kommt nicht von ungefähr. Ihre Mutter stellte sie dann bei den Roisers vor. Hermine war in jungen Jahren ein recht hübsches Mädel, da wollte Mutter schon sichergehen, dass ihre Tochter respektvoll, aber vor allem sittlich behandelt wurde. Die Roisers waren verschieden. Margit streng, Fritz geduldig. Und nicht immer einig bei der Erziehung von Erik und Karen. Doch worin sich beide einig waren, war, dass Hermines Kochkünste nicht zu überbieten waren. Das Vertrauen ging nachher so weit, dass sie sich später auch um die Kinder kümmerte. Sie bemerkte dabei erst gar nicht, wie sehr sie eingespannt war und wie wenig Raum für ihre Herzenswünsche blieb. Die Zeit verging, und als sie sich umschaute, war sie immer noch am Hof. Eine schiere Unglaublichkeit. Etwas Bedeutendes wollte sie mal machen. Also in früheren

Tagen. Sich hocharbeiten. Von Küche zu Küche kochen. Vielleicht mal etwas Eigenes haben. Ein Restaurant. „Aber Sie haben doch hier eine eigene Küche“, scherzte Margit Roiser, als Hermine mal so etwas verlauten ließ. Sie wurde kurz vor ihrer Entscheidung zu gehen mit Lob und Geld überhäuft. Lob, das sie nirgends hinführte, und Geld, welches sie niemals ausgeben konnte. Dazu hingen die beiden Kinder auch noch an ihr und bettelten sie ebenso an, nicht zu gehen. Zudem boten die Roisers ihr noch eine überaus schicke Maisonettewohnung im Herrenhaus an. So blieb sie. Der Wunsch nach einem eigenen Kind keimte immer mal wieder auf, aber nach einem unverzeihlichen Vorkommnis wurde dieser auch begraben. Männer konnte sie nicht halten. Keiner machte so eine Arbeitstaktung mit. Die wenigen Freunde bestanden aus dem Personal, das kam und ging. Sie war in ihrem eigenen Netz aus Fleiß und Gewissenhaftigkeit gefangen. Heute Morgen tat sich ihr Herz auf, als die junge Celine einfach so gegangen war. Sie blickte nicht mehr zurück und ließ sich auch nicht von der Anhänglichkeit der niedlichen kleinen Hunde beeindrucken. Gegangen. Einfach so. Ohne sich noch mal nach dem Haupthaus umzudrehen.

„Gut gemacht, Mädchen.“

Nun stand Hermine an der Bushaltestelle unweit vom Anwesen. Sie hatte die gnädige Frau zwar gefragt, ob Klaus kurz fahren könnte, aber Margit Roiser zeigte sich übellaunig und erteilte die Erlaubnis nicht. Der Bus hielt dreimal am Tag. Sie konnte sich gar nicht daran erinnern, wann sie das letzte Mal mittags mit dem Bus gefahren war. Überhaupt hatte sie in letzter Zeit Probleme, sich etwas zu merken. Sie ging dazu über, sich verstärkt Notizen zu machen und hier und da Klebezettelchen zu hinterlassen. Manchmal hielt sie inne und fragte sich, warum ihr so manche Kleinigkeit gerade entfiel. Und dann war sie traurig. Aber es gab natürlich auch gute Tage. Heute war so einer. Den wollte sie nutzen. Sie hielt an der Idee fest, den Polizisten von damals zu besuchen. Bernhard. Sie wollte schon auf der Wache anrufen, um nach dem Nachnamen zu fragen. Da kam ihr plötzlich die Eingebung. Thurwach. So hieß er. Kommissar Bernhard Thurwach. So richtig wusste sie nun auch nicht, was sie da gerade tat. Aber es war mal etwas anderes, als in der Küche darauf zu warten, wer als Nächstes etwas brauchte. Sie war gespannt, wie lange es dauern würde, bis ihr Handy klingelte, weil irgendwer wieder zu dumm war, etwas zu finden. Der Bus hielt und brachte Hermine zwei Orte weiter. Die Suchmaschine des Netzanbieters bot an, ihr den Weg zur abgefragten Adresse zu weisen. Dankbar nahm Hermine den Vorschlag an, und so stand sie schon recht bald vor einem schmucken kleinen Häuschen in einer abgelegenen Straße. Vor der Garage parkte ein silberner, polierter Kleinwagen. Eine schwarze Katze flanierte um die Rosensträucher des Vorgartens. Sie bekam ein flaues Gefühl. Hermine fand ihre eigene Idee doch nicht mehr so gut. Trotzdem klingelte sie tapfer. Es dauerte, bis eine Dame öffnete. Sie war in Hermines Alter und trug einen dunklen Hausanzug. Ihre grau getönten Haare waren kurz und die Brille baumelte an einer goldenen Kette vor ihrer Brust.

„Ja, bitte?“

„Guten Tag, mein Name ist Hermine Dachsner. Ist Herr Thurwach daheim?“

„Senior?“

„Bernhard, ja.“

„Oh, da kommen Sie zwei Jahre zu spät. Obwohl, die zwei Jahre davor hätten Ihnen auch nichts gebracht. Er hat zum Schluss sehr schlecht gelegen.“

„Das tut mir leid.“

„Vergelt’s Gott. Viele Leute fragen immer noch nach Bernhard. Er war sehr beliebt.“

Nun wusste Hermine nicht mehr weiter. Sie trat unmerklich von einem Bein auf das andere und sah die Straße runter. Wann wohl der nächste Bus kam? Darauf hatte sie gar nicht geachtet. „Kann ich Ihnen vielleicht irgendwie behilflich sein?“, unterbrach die freundliche Dame ihre Gedanken. Hermine überlegte gerade, wie sie ihr Anliegen formulieren wollte. „Wissen Sie was? Kommen Sie doch rein. Bei einer Tasse Kaffee lässt es sich besser reden. Ich bin übrigens Verena.“

„Verena, das ist eine richtig gute Idee.“ Hermine war erleichtert.

Die Terrasse gab einen Blick auf einen saftig grünen Rasen preis und die Blumen am Rand blühten kraftvoll.

„Um die Rosen kümmere ich mich. Für den Rest spanne ich meine Enkel ein“, erzählte die Gastgeberin, als sie ein Tablett mit Geschirr und Gebäck auf den Tisch stellte.

„Schön“, sinnierte Hermine und dachte kurz über das Wort Enkel nach.

Nachdem der Kaffee eingeschenkt und die Kekse der Schwiegertochter gelobt worden waren, fand Hermine Worte für ihren Besuch.

„Ich bin die Haushälterin vom Roiser-Anwesen unten in Reichling.“

„Jeder weiß, wo das Anwesen ist“, schmunzelte Verena.

„Ja, das stimmt wohl.“ Hermine holte tief Luft, bevor sie sagte: „Letzte Nacht ist bei uns ein Pferd getötet worden.“

„Nicht schön.“

„Ja, leider ist das Gleiche schon einmal vor langen Jahren unter denselben Umständen passiert. Ihr Mann war damals der Polizist vor Ort. Eigentlich weiß ich gar nicht genau, was ich nun hier mache.“ Hermine überlegte kurz. „Ich hätte ihn gern gefragt, ob er noch etwas von damals weiß, was dem gestrigen Hergang ähnelt. Ich weiß ja nicht, ob die Polizei sich die Mühe macht, alte Akten zu durchforsten, oder ob so etwas in einem System hinterlegt ist. Bei Tieren scheinen Polizisten nicht immer so strebsam zu sein, aber ich habe Ihren Mann noch als sehr engagiert in Erinnerung.“

„Ja, das stimmt. Bernhard war tierlieb und es störte ihn immer sehr, wenn sich Leute an Tieren vergangen haben. Aber an die Sache auf dem Roiser-Hof kann sogar ich mich noch erinnern, denn zu der Zeit gab es noch andere Vorfälle mit Tieren in der Umgebung, aber keines davon ist getötet worden. Deswegen hat Bernhard diesen einen Fall ausgeklammert. Den Tierquäler hatte Bernhard damals überführt. Im Alleingang. Das brachte ihm großen Respekt bei den Bauern ein. Die Vorgesetzten und Kollegen hingegen hatten noch nicht mal ein Lob übrig.“

„Hatte er Sie da mit einbezogen?“

Verena lachte. „Eher unfreiwillig. Wenn ihm etwas wichtig war, brachte er die Unterlagen mit heim und fertigte

Riesenplakate an, die er dann in der Garage aufhängte. Unsere Garage war die Schaltzentrale für Fälle, an die keiner glaubte.“ Sie schüttelte verträumt den Kopf. „Außer Bernhard. Der nahm die Menschen ernst. Hier ging mal ein Autodieb um, den hat er auch dingfest gemacht. Genauso wie die Futterdiebe. Hatten wir auch schon. Die Leute machen Sachen, Hermine, da würden wir zwei im Traum nicht draufkommen.“

„Diese Sachen, die Bernhard zum Ermitteln benutzte, ist davon noch etwas übrig?“

„Als Bernhard in Rente ging, holten seine Kollegen unzählige Kartons ab. Als er verstarb, brachte ich sogar noch mal welche zur Wache. Seine Polaroidkamera haben sie behalten. Als Ausstellungsstück. Damit hat er immer eigene Tatortphotos gemacht.“

„Mmh, schade.“

„Machen Sie das Ganze im Alleingang?“

„Um Gottes willen, natürlich nicht. Die Roisers haben da einen Soldaten engagiert. Ein richtiger Raufbold. Der verhaut auch Leute, habe ich gehört.“

„Hermine, glauben Sie mir, manchmal ist das in bestimmten Sachen genau der richtige Weg. Anders kommt man nicht weiter. Dem Tierquäler hatte Bernhard damals auch noch tüchtig was mitgegeben.“

„Dann ist das wohl so.“ Hermine überlegte, was sie noch fragen konnte, sagte dann aber schließlich: „Ich möchte nicht weiter Ihre Zeit verschwenden. Es war auf jeden Fall einen Versuch wert.“

Verena schaute Hermine eindringlich an. „Bernhard hat immer gesagt, dass Tiermörder gefährlicher sind als andere

Mörder. Weil sie feige sind. Weil sie wissen, dass manche Tiere sich nicht wehren können. Sie nutzen deren Zutraulichkeit aus, um ihrem perversen Trieb zu folgen. Deswegen passen Sie gut auf sich auf, Hermine. Versprechen Sie mir das?“

„Ja, selbstverständlich.“

„Gut.“ Verena wurde nachdenklich. Dann erhob sie sich. „Ich glaube, ich habe da doch etwas für Sie.“

Als ich mit Erik Roiser auf den Hof fuhr, war der Hausdrache gerade dabei, die Securitys einzunorden. Der Junior stieß leicht Luft aus. Er hielt davon wohl nicht viel. Ich war auch kein Freund großer Ansprachen von Menschen, die gar keine Ahnung von der Materie hatten, aber in diesen Fall musste ich Margit recht geben. Solange mögliche Spuren noch heiß waren, musste die geneigte Führungskraft jeden und alles in Bewegung halten, um Ergebnisse zu erzielen, bevor die Sache wieder abflaute und die Energie verflogen war.

Ich selbst verzichtete darauf, mir die letzten Züge der Tirade zu geben und verschwand in meinem Unterschlupf. Auf dem Tisch lagen Schriftstücke, die vorher noch nicht da gewesen waren. Informationen für mich? Wollte ich mir später in Ruhe durchlesen. Karen hatte für heute Abend meine Dienste angefordert, da wollte ich mich für eine Stunde auf dem Bett lang machen und auf jeden Fall noch eine gemütliche Runde über das Grundstück drehen. Vielleicht … Plötzlich ging die Badezimmertür auf. Die Waffe, die ich gerade ablegen wollte, hob ich stattdessen. Ein erschrockenes Quieken war zu hören. Ein ähnliches Geräusch hatte ich letzte Nacht schon gehört.

„Bist du verrückt? Nimm das Ding runter", schimpfte die Eisprinzessin.

„Bleib ruhig. Nichts passiert. Oder?", grunzte ich entnervt. Ich konnte jetzt kein Drama gebrauchen.

„Was machst du noch hier?"

„Roisers haben mich nachgebucht. Die Frage wäre dann also, was du hier machst."

„Meine Güte, ich musste pullern."

Ich legte die Waffe auf den Tisch und griff mir die Unterlagen. „Das ist nicht für dich", meinte sie hastig. Liegt bei mir und ist nicht für mich? So etwas fand ich dann doppelt interessant. Ich blätterte durch den Stapel. Das war der Arbeitsvertrag von Celine. Einige Teile waren kopiert und mit Marker bedacht worden.

„Die Kleine bekommt jetzt keinen Ärger oder so?"

„Es gibt Kündigungsfristen. Die gelten für jeden."

„Sie wird aber trotzdem keinen Ärger bekommen." Das war nun keine Frage, sondern mehr eine Feststellung. Ich sah ihr tief in die Augen, damit sie das auch genauso verstehen würde.

Siggi legte den Kopf schief und lächelte provokant. Vor gar nicht mal fünf Jahren hätte ich ihr dafür die Waffe zwischen die Zähne geschoben. Aber man wird ja ruhiger.

„Kommt darauf an."

„Worauf?" Das waren jetzt so Ratespielchen, auf die ich mal ebenso wenig klarkam.

Sie fing an, ihre Bluse zu öffnen.

„Wie gut du jetzt bist."

„Echt jetzt?"

Wie gut ich nun tatsächlich war, kann ich jetzt im Nachhinein gar nicht mehr sagen. Auf jeden Fall gab es wohl eine Klausel, die sich überlesen ließ, wenn man nicht unbedingt darauf achtete. So einigten wir uns, bevor wir darum stritten, wer zuerst ins Badezimmer konnte.

„Wenn du dich hier schon einzeckst, sorg wenigstens dafür, dass der Kühlschrank voll ist", sprach ich zu ihr durch die geschlossene Tür.

„Was fehlt?"

„Du blöde Kuh hast das Eis gegessen."

Erst hörte ich ein herzhaftes Lachen, dann die Klospülung.

Nach zwei Dekaden durfte ich auch mal ins Badezimmer. Dankeschön. Als ich wieder rauskam, war sie verschwunden. Traumfrau. Ich legte mich auf das Bett. Die zerknüllten Kopfkissen im Nacken und ein Fuß wippend über den Matratzenrand. Nach zehn Minuten hatte ich davon auch genug und beschloss, meinen geplanten Rundgang anzutreten.

Draußen lief mir Toni über den Weg. Den mochte ich. Der hatte zwar irgendwie eine Schraube locker, aber mit dem kam ich bestimmt am besten zurecht.

„Wo sind die anderen beiden?"

„Wicka soll später wiederkommen und Werner läuft hinter dem Mädchenstall Streife."

„War das eure Idee?"

„Na ja, nicht so ganz. Frau Roiser senior dachte, es wäre eine gute Idee."

„Und du? Was denkst du?"

„Ich wollte mich dafür aussprechen, an einem bestimmten, gut einsehbaren Punkt Position zu beziehen. Aber dann hielt ich es für besser, den Mund zu halten."

Ich grinste. „Du hast mit beidem recht."

Der Grufti sah mich erst erstaunt an und lächelte dann etwas unsicher.

„Lass uns mal draußen eine kleine Runde machen."

Ich überließ ihm die Führung. Wir gingen zur Straße und folgten linker Hand dem Verlauf. Auf Höhe des Jungenstalls überquerten wir die Straße und liefen in den Wald. Mich ließ der Gedanke nicht los, dass der Mörder von hier aus das Gelände observiert hatte. Also, ich würde so vorgehen. Vorsichtig tigerten wir über den laubbedeckten Boden und ließen die Blicke intensiv schweifen. Gerade als ich mich bestätigt fühlte und einen breiten, platt getretenen Rasenstreifen hinter einem dichten Gebüsch ausmachte, dämpfte der Grufti den Wert meiner Entdeckung. „Das ist die Ablagestelle von einem Reh."

„Was macht dich da so sicher?"

„Die Fläche ist zu groß für einen Menschen und die Gräser sind zu jeder Seite gerundet. Nicht geknickt. Wir sehen hier ein Oval. Hätte ein Mensch hier gesessen, wäre der Platz viereckig und wir würden Abdrücke von Knien oder den Gesäßknochen sehen."

Alter Schwede, das war mal ’ne Analyse. Er zog sein Messer und hielt mit der Klinge die Grashalme auseinander, um vielleicht doch noch etwas Brauchbares zu finden. Aber Fehlanzeige.

„Okay, schließen wir also aus, dass derjenige vom Wald her auf das Gelände kam."

„Was ist mit der Variante, dass der Mörder schon längst da war?"

„Einer von den Gästen?"

„Möglich."

„Welche Variante hättest du noch?"

„Ein Mitarbeiter vielleicht?"

„Du weißt schon, dass du dich indirekt gleich mit verdächtigst?"

„Ich habe bis zuletzt auf diese bescheuerte Hüpfburg geachtet. Ich habe gefühlte siebenhundert Zeugen."

„Kennst du eine Jana?", fragte ich mal ins Blaue hinein.

„Nie gehört. Wer soll das sein?"

„Ich erzähl es dir, wenn ich es weiß."

Klaus würde auf die Frage, wie lange er schon hier auf dem Hof arbeitete, garantiert antworten: seit Ewigkeiten. Angefangen hatte er als Lastwagenfahrer im Sägewerk der Roisers. Er war zuverlässig. Pflegte zudem seine Fahrzeuge und wartete sie sogar. Das fand der Senior gut und gab Klaus die Stelle als Chauffeur des Hauses. Zu dieser Zeit ein unfassbarer Aufstieg. Alle waren stolz auf den hageren Klaus. Seine Eltern. Seine beiden Schwestern. Die Nachbarn klopften ihm auf die Schulter, wenn er nach Feierabend mit dem schmucken Dienstwagen in die Siedlung kam. Nun waren die Nachbarn fort und seine Schwestern verstorben. Die eine vor zwei Jahren im Sommer und die andere, die ältere, letzten Winter. An Krebs. War ja eigentlich immer Krebs. Heute lobte ihn keiner mehr. Heute kniete er weit über sein Rentenalter hinaus vor der Motorhaube des Porsche Panamera und versuchte, die neongelbe Schmiererei zu entfernen. Gelang ihm jedoch nicht. Also versuchte er mal etwas ganz Neues. Folieren. Natürlich nicht das ganze Auto. Aber zumindest den unteren Teil der Motorhaube. Hat er im Internet gesehen. So stylen die jungen Leute ihre Autos. Klaus erwärmte gerade das Material mit dem Föhn, als ein weißer Transporter ohne jegliche Aufschrift mit Düsseldorfer Kennzeichen in Schrittgeschwindigkeit auf das Anwesen rollte. Er legte den Föhn beiseite und trat auf den Hof. Als der Fahrer ihn sah, schwenkte er sachte in seine Richtung.

„Paket für Stammer“, kam es aus dem offenen Fenster.

„Nehm ich“, bot der Chauffeur sich an.

„Wie ist dein Name?“, fragte der untersetzte Fahrer mit den Tattoos im Gesicht.

„Klaus Arendt.“

Der Bote reichte Klaus ein längliches gelbes Paket aus dem Fenster.

„Vorsicht. Ist etwas unhandlich.“

Klaus staunte über das Gewicht. „Muss ich etwas unterschreiben?“

„Dein Name reicht mir, Klaus“, meinte der Fahrer nur. Sein Tonfall war bedrohlich. Wie konnte es auch anders sein, wenn Post für einen Söldner kam.

Klaus nickte knapp. Der Fahrer erwiderte den Gruß und legte den Rückwärtsgang ein. Klaus war versucht, das Paket zu schütteln. Ließ es dann aber doch besser. Er lehnte es an einen der Holzpfeiler, wo es sicher stand und er es gut im Auge behalten konnte, und machte sich weiter an die Arbeit. Und das machte er gut. Die anthrazitfarbene Folie reichte fast an den Farbton vom Porsche heran. Den geringen Farbunterschied konnte er durchaus mit der Behauptung rechtfertigen, es wäre eine Schutzfolie gegen Steinschlag. Zufrieden betrachtete Klaus sein Werk, während er das Kabel wieder um den Föhn wickelte. Fleißig polierte er noch mit einem besonders weichen Tuch die Felgen, ohne zu wissen, dass der Wagen die Nacht nicht überstehen würde.

Drei Cocktailkleider waren auf dem Bett ausgebreitet. Karen Roiser betrachtete sie. Eine Vernissage lag heute an. In Augsburg. Sie ließ den Rand des Champagnerglases sachte gegen ihre Vorderzähne klimpern, während sie überlegte. Schwarz war wohl die beste Wahl. Obgleich das grün gemusterte neu war und auch mal getragen werden sollte. Warum das blaue daneben lag, wusste sie im Nachhinein auch nicht.

Christoph hatte sie eigentlich ganz gentlemanlike abholen wollen. Doch Erik war dagegen. Der Söldner sollte Karen fahren und bei ihr bleiben. Auch gut. Heute wollte sie sich eigentlich flachlegen lassen, aber wenn der Söldner ihr dabei über die Schulter schaute, war das ja auch wieder doof. Na ja, Hauptsache Ablenkung. Vögeln konnten sie später immer noch.

Sie wählte schwarz, zwängte sich in den Stretch von Gucci und tippelte wie ein Pinguin ins Badezimmer, um ihre Frisur zu optimieren. Der Haarschnitt vom Fest hielt noch an. Wenigstens eine gute Sache. Gut gelaunt nahm sie ihr Handy und schrieb Stammer eine Nachricht. Dann war sie so weit. Wie weit wirklich, sollte sie heute Nacht rausfinden.

Klaus hat das Paket, stand auf meinem Touchscreen. Ich seufzte amüsiert auf. Hoffentlich bekam unser Chauffeur keinen Kulturschock. Tristan konnte mit Boten jeglicher Couleur aufwarten. Vom Knasti bis hin zum Professor war alles drin. So ziemlich jeder war ihm auf irgendeine Weise etwas schuldig. Wieder brummte mein Handy. Karen wartete auf mich.

Ich schloss die Tür und ging gemächlich über den Kies zur Autoscheune. Klaus wienerte gerade noch mal das Autodach vom Porsche. Ich überlegte, welcher Wagen nun an der Reihe wäre, da überraschte mich Klaus. „Der Porsche ist wieder einsatzbereit."

„Echt jetzt?"

„Ja."

Klaus deutete stolz auf die Motorhaube. Die Schmiererei war verschwunden. Dafür war nun der Lack etwas dunkler. Schlecht sah es nicht aus. Ich hoffte nur, dass die Lackiererei dafür nicht noch Geld haben wollte. „Das ging aber schnell", bemerkte ich.

„Folie", meinte Klaus lediglich und deute dabei auf die kleine fahrbare Werkbank, auf der die Materialreste lagen.

„Wow", lobte ich. Das war natürlich etwas anderes. „Klasse Idee."

Klaus war sichtlich stolz. Zu Recht, wie ich fand.

„Ich habe das Ziel bereits ins Navi eingegeben und auf lautlos geschaltet."

„Wohin geht es?"

„Zu einer Ausstellung. Nach Augsburg."

Meine Güte, schon wieder Augsburg. Vielleicht sollten wir den ganzen Hof nach Augsburg karren. Dann würden wir etliches an Zeit sparen. Klaus erriet wohl meine Gedanken und grinste. Er wusste wohl etwas von der Nutte aus Augsburg. Klar, natürlich wusste er das. Er war ja der Chauffeur.

„Ein Paket ist gekommen?"

„Natürlich", erwiderte er gedankenverloren und deutete auf den Pfeiler zu meiner linken Hand.

Ich nahm es und wunderte mich über die Schwere. Im Fond war es gut aufgehoben.

Als ich in Richtung Haupthaus rollte, wartete Karen bereits auf den oberen Stufen. Ich will nicht übertreiben, aber sie sah echt gut aus. Nicht so verkrampft wie auf dem Familienfest.

Ich fuhr den Bogen hoch bis vor die Tür. Auszusteigen brauchte ich nicht. Sie selbst öffnete die Beifahrertür. Erst warf sie ihr Täschchen auf den Sitz, das ich kurz an mich nahm. Dann ließ sie sich in den Sitz plumpsen, da ihre Beine durch den engen Stoff nicht ganz so beweglich waren. Ich reichte ihr die kleine schwarze Chanel-Tasche mit dem Goldbeschlag zurück.

„Dankeschön", hauchte Karen. „Sie wissen, wo es hingeht?", kam die Frage, während sie sich angurtete.

„Nach Augsburg", erwiderte ich und hoffte, dass mein Tonfall nicht irgendwie genervt rüberkam.

„Richtig", trällerte sie.

Uiuiui, da hat wohl jemand noch eine Pille im Nachttischchen gefunden. Das Navi arbeitete zuverlässig. Wir sprachen kein Wort. Klar hätte ich Fragen zum Familienfest stellen können, aber ich blieb bei der Meinung, dass Karen noch nicht so weit war. Schon gar nicht vor so einer schönen Ablenkung. Da ließ man gern ausgeblutete Hengste hinter sich. Sie hantierte mit dem Handy rum und fragte dann: „Können wir mal kurz an einer Tankstelle halten?"

„Selbstverständlich."

Ich steuerte die freie Tankstelle ohne pompöse Leuchtreklame an und beschloss, mit ihr zusammen auszusteigen. Sicher ist sicher. Ich hätte nämlich darauf wetten können, dass eine Dame nach Verlassen ihres Nestes nach kürzester Zeit pullern musste. Aber dann hätte ich verloren. Karen brauchte lediglich Kaugummis. Auch gut. Sie durchforstete die Regale, und mein Blick legte sich durch die große Scheibe nach draußen auf den Bereich mit den Zapfsäulen. Ein grüner Van, ein Ford Galaxy, rollte an und hielt weit im Bereich vor den Säulen. Nichts Ungewöhnliches. Viele Fahrer überlegen kurz. Wo ist meine Benzinsorte? Auf welcher Seite befindet sich noch mal der Tankdeckel? Karen ließ sich von dem pickligen Studenten hinter der Kasse erklären, welche Kaugummis er bevorzugte, weil sie den Geschmack länger halten konnten. Na dann. Ich beobachtete den Van genauer und befand, dass dieser Fahrer hier aber ganz schön lange überlegte.

Karen bezahlte.

„Können wir?"

„Klar."

Ich ging als Erster. Nicht besonders vornehm. Aber ich wusste es, wenn etwas nicht stimmte. Und hier stimmte etwas nicht. Karen checkte das nicht weiter. Sie hielt mich wahrscheinlich sowieso für einen Neandertaler. Auf einmal fuhr der Van an und die Seitentür schob sich auf. Okay so weit. Aber für das, was nun folgte, muss ich jetzt weiter ausholen, damit ihr versteht, warum ich so handelte, wie ich handelte, und Karen Roiser die Schockstarre ihres Lebens bekam.

Ich saß damals mit den Jungs in einem kleinen Café in Falludscha. Wir wollten uns kurz noch mal was Kaltes gönnen, bevor es zurück zur Greenzone ging. Und als wir so dasaßen und den kleinen freien Moment genossen, zog Nummer 6, ein Albaner, wie aus dem Nichts seine Glock aus dem Tiefziehhalfter und flämmte über unsere Köpfe hinweg sein ganzes Magazin durch einen schmalen Eingang in die Küche hinein. Ich fiel vom rot gepolsterten Stuhl und die zwei übrigen, Nummer 11 und 14, rutschten von der Sitzbank auf den Boden. Die Detonationen in dem engen Raum ließen uns fast taub werden. Servietten stoben in die Luft und Töpfe polterten durch die Gegend. Dazu noch das nervige sirenenartige Gejaule der Bedienung. Was war passiert? Nummer 6 hatte für einen Bruchteil einer Sekunde das Aufblitzen von Waffenchrom gesehen. Mehr nicht. Keine Person oder sonst etwas. Lediglich den Waffenchrom. Das glaubten wir so weit. Keiner brauchte uns mit Pfannenstahl oder dergleichen zu kommen. Wenn wir Waffenstahl, ob Chrom oder brüniert, sahen, dann war das so. Da gab es keine Diskussion. Fertig. Allerdings fragte ich ihn schon, ob seine Reaktion nicht etwas übermotiviert war. Er erwiderte: „Nein. Du nimmst eine Waffe nur in die Hand, wenn du sie auch brauchst. Es gibt keinen anderen Grund. Außerdem habe ich es ja gerade vorgemacht.“ Da war was dran. In der Küche war übrigens niemand. Jedoch stand die Tür zum Hinterhof offen. Wir wissen also bis heute nicht, ob da jemand war. Aber die Weisheit blieb.

So weit, so gut. Auf jeden Fall war das der Grund, warum ich an dem Abend meine Waffe zog und in die sich immer weiter öffnende Tür vom Van ballerte. Ich hatte eine Waffe gesehen. Einen Gewehrlauf, genauer gesagt. Der Lärm war immens. Die Schüsse hallten unter dem Vordach der Tankstelle nach wie ein nie enden wollendes Gewitter. Die Luft roch nach Schwefel und Karen Roiser war wie versteinert. Reifen quietschten. Der Van raste mit offener Schiebetür weiter auf die Landstraße.

„Wir sollten gehen.“

„Zur Vernissage?“, fragte sie. Ich war fast versucht zu lachen. Sie stand unter Schock. Denn das konnte sie unmöglich ernst meinen. Ich schob sie in den Wagen und schloss die Tür hinter ihr. Als ich mich in den Sitz sinken ließ, bot sie mir tatsächlich ein Kaugummi an. Ich nahm es. Sie gönnte sich ebenfalls eines und kaute darauf herum wie eine tollwütige Kuh. Gut. Dann war sie soweit beschäftigt. Ich schlug das Lenkrad hart ein, trat auf das Gas und drehte mich auf der Stelle in Richtung Gehöft. Ich sauste die leere, dunkle Landstraße entlang, als sich hinter mir Scheinwerfer zeigten. Ich behielt die Sache im Auge. Konnte ja sonst wer sein und würde gleich abbiegen. Aber dieses Auto fuhr uns mit unverminderter Geschwindigkeit nach und schickte sich an aufzuholen. Respekt. Die hatten echt Nerven. Die wollten tatsächlich noch mal Nachschlag haben. Oder eben ihre Sache zu Ende bringen. Mir war daran gelegen, die Bande auf Abstand zu halten. Ich lenkte mit den Knien und wechselte das Magazin. Noch mal 15 Schuss. Jetzt sah ich Mündungsfeuer. Hörte aber auf diese Entfernung nichts. Auch nahm ich keine Einschläge wahr. Gegen Fahrtwind eine Waffe abzufeuern, ist schwer. Gut für uns. Trotzdem musste ich jetzt handeln. Schlangenlinien fahren reichte da nicht aus.

„Halten Sie bitte mal das Lenkrad?", fragte ich Karen Roiser in aller Ruhe.

„Natürlich gern", erwiderte sie aus einem Reflex heraus. Ich nickte ihr kurz galant zu, bevor ich mich abgurtete und mit einer kleinen Drehung mehr schlecht als recht aus dem engen Fenster lehnte. Den Fuß nahm ich vom Gas. Wir rollten also. Fahrtwind zerrte leicht an meinem Rücken. Karen hielt das Fahrzeug perfekt in der Spur. Spitze. Ich legte an und gab das halbe Magazin nach hinten ab. Der Verfolger fiel zurück. Das reichte mir. Ich drehte mich zurück in den Sitz und hoffte, dass das Thema bis hierhin erledigt war. Zuerst schien es so. Ich hatte schließlich noch gute 40 Kilometer vor mir. Dann flammten hinter uns mehrere Scheinwerfer auf. Vibrierendes Licht. Ziemlich flinke Lichter. Hektisch gingen sie auf und nieder. Motorräder. So ein Mist. Wie zornige Hornissen klebten sie schon recht bald am Heck vom Porsche. Vier an der Zahl. Höllisch schnell. Einer zog an und setzte sich direkt neben mich. Ich schaute in das verspiegelte Visier eines roten Helms. Er machte einen Schlenker und schlug mit dem Ellbogen den Außenspiegel ab. Karen kreischte erschrocken auf. Ein anderer sauste an der Beifahrerseite vorbei und setzte sich vor die Motorhaube. Bremslicht brannte auf. Ein Umstand, der verlangte, dass man aus einem antrainierten Reflex heraus ebenfalls bremst. So wäre es im Muskelgedächtnis abgespeichert. Normalerweise. Ich gab da aber einen Scheiß drauf. Ich war darauf trainiert, niemals stehen zu bleiben. Niemals! Egal, welcher Eindruck sich mir bot. Damit hatten beide Kontrahenten nicht gerechnet. Ich machte einen Schlenker, um den einen in den Graben zu drängen. Der bremste allerdings blitzschnell ab. Dumm war er schon mal nicht. So musste ich selbst darauf achten, nicht gleich im Graben zu landen. Aber da gab es ja noch den Spezialisten vor mir. Ich drückte aufs Gas und der Wagen schoss nach vorn. Über 600 PS sind schon gewaltig. Der Fahrer wollte noch durchstarten, aber ich erwischte ihn. Ich hätte ihn zermalmen können, aber das war nicht mein Ziel. Ich wollte ihn lediglich vom Bock holen, damit die anderen sich um ihn kümmerten und uns in Ruhe ließen. Ich touchierte ihn und er schoss ungebremst ins Feld zur rechten Seite. Kurz darauf zerbarst unsere Heckscheibe und das Navi zersplitterte. Die anderen schossen auf uns. Diese Hurensöhne. Ich fuhr kurz eine Schlangenlinie und trat danach noch härter auf das Gas. Karen machte keinerlei Geschrei. Sie kaute nicht mal mehr Kaugummi.

„Alles gut?“

„Alles gut“, erwiderte sie knapp. Natürlich wusste ich, dass nichts gut war. Aber fragen konnte ich ja trotzdem mal. Den Rückspiegel behielt ich im Auge. Ich hatte uns lediglich etwas Zeit verschafft. Aber da blieben noch

25 Kilometer. Ich war ortsunkundig und konnte hier keine ausgebufften Finten in Form von Schleichwegen oder dergleichen bieten, sondern lediglich stur geradeausfahren und darauf hoffen, dass die Motorräder uns nicht erneut einholten. Zudem hatte ich vielleicht nur noch vier Schuss im Magazin.

Dann fiel mir der Karton ein.

„Karen?“ Sie reagierte nicht. „Karen?“, fragte ich erneut und diesmal etwas lauter.

Wie aus einem Traum erwacht, antwortete sie hektisch: „Ja, was …“

„Hinten auf dem Rücksitz liegt ein Paket. Ich möchte, dass Sie in den Fond gehen und im Paket nachsehen, ob da vielleicht eine Waffe drin ist.“

„Sie haben doch eine Waffe“, meinte sie und deutete auf die Heckler&Koch in meinem Schoß.

„Ja, eine vielleicht etwas andere Waffe.“ Ich hatte Tristan gebeten, mich zu überraschen. Mal sehen, ob er sich daran gehalten hat.

„Aha“, kam es nur. Dann griff sie mit beiden Händen nach unten an ihren Saum und riss ihn zu meinem Erstaunen mit einem kräftigen Ruck bis zu ihrem Oberschenkel auf. „Sonst kann ich mich nicht bewegen.“ Einleuchtend. Sie streifte zudem noch ihre Pumps ab und kroch danach umständlich nach hinten in den Fond. Ich hörte sie mit einem leichten Ächzen am Paket zerren. Plötzlich sah ich im Rückspiegel nicht nur ihr angestrengtes Gesicht, sondern auch noch, wie sich zwei Lichter näherten. Schon mal zwei weniger, aber immer noch zwei zu viel. Wenn sie dieselbe Taktik erneut anwendeten und uns eine Salve durch die Heckscheibe spendierten, waren wir geliefert.

„Karen, wie weit sind Sie?"

„Moment. Ist nicht so einfach", kommentierte sie ihre Mühe.

Die Lichter holten auf.

„Karen?", fragte ich streng nach.

„Ja doch."

Die Lichter kamen näher. So nah, dass ich schon die Motoren hörte.

„Karen?" Ich bemühte mich, nicht panisch zu klingen.

„Jahaa", kam es genervt.

Ich hielt den Blick nach vorn. Versuchte, auf gerader Strecke mittels hoher Geschwindigkeit Meter wettzumachen. Das gelang mir ganz gut. Gerade als ich wieder nachfragen wollte, was sie dahinten so trieb, reichte Karen mir ein längliches Teil nach vorn über meine Schulter.

„Das hier? Ist das eine Waffe?"

Ich nahm es. Ohne zu schauen. Entgegen der Erwartung fühlte es sich nicht kühl an. Dann sah ich, was es war. Heilige Scheiße.

„Ja, öh, das ist eine Waffe."

Celine schreckte vom Bett hoch. Wie am Mittag auch schon. Da hatte sie schlecht geschlafen. Gerade jedoch, weil ihr siedend heiß etwas in den Sinn gekommen war. Eine Kleinigkeit. Vielleicht sogar zwei. Nichts Bestimmtes.

Nichts so wirklich Greifbares. Aber dann wiederum nicht klein genug, um es gänzlich wegzuwischen. Und je mehr sie darüber nachdachte, wurde es dann doch größer. Es ließ ihr einfach keine Ruhe. Aber bevor sie es nicht genau wusste, wollte sie es nicht erzählen. Sie musste zurück zum Hof und prüfen, ob sie richtiglag. Würde sie irgendwer fragen, warum sie sich auf dem Hof aufhielt, konnte sie immer noch sagen, sie würde ihre Dienstkleidung zurückbringen. Außer dem Söldner. Dem würde sie den wahren Grund nennen. Flink warf sie ihre Bettdecke zur Seite. Ihr rosa Trainingsanzug war nun nicht gerade die Krone der Unauffälligkeit, aber das war ihr egal. Im Auto ärgerte sie sich. Es hätte ihr schon Stunden nach dem Verlassen des Hofes auffallen müssen. Doch tat es nicht. In der Ruhe und Distanz zur Sache kam sie dann darauf. Zum Glück. Oder auch nicht. Sie brachte ihren alten grauen Suzuki Swift an seine Grenzen und fuhr jeden Gang zur Gänze aus. Der kalte Motor heulte klagend auf. Sie konnte es kaum erwarten, den Hof zu erreichen. Celine lachte auf. Sie hätte auch nicht gedacht, dass es mal so kommen würde. Die Landstraße war leer. So fuhr sie dann auch schon mal 20 km/h mehr. Celine fand sich selbst ganz schön mutig. Dann schwenkte sie in die Toreinfahrt, und der helle Kies knirschte unter ihren schmalen Reifen. Kaum kam ihr Wagen zum Stehen, vergaß sie alles, was sie jemals hier wollte. Der Hof brannte.

Hermine saß im letzten Bus nach Hause. Zum Hof. Sie genoss die Fahrt. Verena hatte ihr angeboten, sie könnte jederzeit zu Besuch kommen. Das fand Hermine herzerwärmend. Neue Gesellschaft war stets heilsam. Sie öffnete ihre Handtasche und holte das alte Notizbuch vom Kommissar hervor. Verena hatte es ihr im Vertrauen überreicht. Ein braunes Büchlein, zusammengehalten von einem rissigen roten Einmachgummi. Im Bus gab es kein optimales Licht, so verzichtete sie darauf, irgendetwas zu lesen. Aber die Photos, die dabeilagen, wollte sie schon sehen. Die Polaroidbilder verloren so langsam an Farbe. Auf der Rückseite waren auf einem Gefrieretikett mit Kugelschreiber in akkurater Schrift Ort und Datum notiert. Schön waren die Motive nicht. Immer wieder tote Tiere oder eingeschlagene Fenster und zerstörte Türen. Dann erreichte sie den Zeitabschnitt, wo sich am Roiser-Hof das Drama abgespielt hatte. Sie erkannte den hübschen Hannoveraner sofort, auch wenn er tot dalag. Oft hatte Erik Hermine gebeten mitzukommen, wenn er Johnny Blue auf der Weide besuchte. Stolz hatte er präsentiert, wie freudig das treue Tier im weiten Galopp und mit schief gelegtem Kopf angekommen war. Es gab noch ein Photo vom Haupthaus. Irgendwie sah es friedlich aus, obwohl sich seitdem nicht viel verändert hatte. Dann erblickte Hermine ein Bild, das sie stutzen ließ. Sie drehte es und las die Notiz dazu. Nachdenklich schaute sie aus dem Fenster. Sie musste das Notizbuch diesem Soldaten zeigen. Dringend. Der Bus hielt auf Höhe des Hofes hinter einer Kapelle. Als sie ausstieg, blieb ihr fast die Luft weg. Der Hof stand in Flammen.

Hinter einer kleinen Übergangsbrücke brachte ich den Wagen zum Stillstand.

„Was tun Sie?“ Karen wurde hektisch.

„Ich beende die Scheiße jetzt.“

Ich stieg aus. Sie folgte. Von Weitem hörte ich schon die Motorräder. Ich betrachtete Tristans milde Gabe. Hübsches Teil. Dann schulterte ich die Panzerfaust. Es war eine von diesen neuartigen Einwegdingern aus Kunststoff. Ausgelegt für einen Kampf auf geringe Distanz mit dosierter Wirkung. Tolle Sache. Garantiert ein Prototyp. Idiotensicher in der Anwendung. Nun könnt ihr mir Unverhältnismäßigkeit vorhalten. Aber hey, erst war es der Van. Dann die Motorräder. Wer weiß, was noch folgte und wie viele davon. Davon mal abgesehen, hatte ich jetzt auch die Schnauze voll. Das Dröhnen wurde lauter und die Lichter kamen näher. „Würden Sie sich bitte neben mich stellen?“ Ich deutete auf meine rechte Seite. Karen tippelte auf nackten Füßen an meine Seite. Die Ohren brauchte sie sich nicht zuzuhalten. Es würde nicht mehr als ein Zischen geben und nicht lauter werden als zu Silvester. Die Motorräder wurden langsamer. Das spielte mir sehr in die Karten. Die Fahrer fragten sich wohl, warum wir jetzt hier auf offener Straße standen, wo wir doch gerade noch bemüht waren, so schnell wie möglich zu entkommen. Ich wollte sie nicht länger auf die Folter spannen und gab das Geschoss ab. Gemächlich fand das Sprengprojektil seinen Weg. Einer der Fahrer drehte seine Maschine noch mal auf und wollte auf uns zurasen. Er dachte wohl, ich hätte danebengeschossen. Ziemlich dämlich. Denn jetzt explodierte die Brücke und begrubt ihn unter Beton. Der Fahrer verschwand. Die Maschine jaulte noch einmal auf, und unter Staubverwirbelungen leuchtete der Scheinwerfer zusammen mit dem grellen Bremslicht.

„Lassen Sie uns besser verschwinden." Ich hatte nämlich mehr Angst vor dem Bauern, der den Übergang nicht mehr nutzen konnte, als vor der Polizei. Karen fand ihre Ruhe wieder und bot mir sogar ein neues Kaugummi an. Vielleicht funktionierte sie auch gerade nur. Egal. Es war ein Kirschkaugummi. Kirsche war gut. Ich mochte Kirsche.

Saskia horchte auf, als die Pferde allesamt unruhig wurden. Sie war im Jungenstall und prüfte die Medikamente. Sie legte für Heaven die Mineralien in die Futterbox. Die nächsten Nächte wollte sie hier am Stall verbringen. Sicherlich war sie kein vollwertiger Security, aber zwei Ohren und zwei Augen mehr würden bestimmt nicht schaden. Sie konnte sich mittlerweile von der Idee lösen, dass ihr Ex etwas damit zu tun hatte. Trotzdem lag hier einiges im Argen und Tiere waren gefährdet. So etwas mochte Saskia gar nicht. Jetzt wurden auch noch die kleinen Franzosen unruhig. Mike gab sogar etwas wie ein Kläffen von sich. Juli rannte zum Tor. Auf dem Weg nach draußen hörte Saskia panisches Wiehern aus dem anderen Stall. Ein Wagen fuhr vor und Celine stieg aus. Zeit zu wundern blieb aber nicht. Der Mädchenstall brannte. Das Dach stand bereits lichterloh in Flammen. Die Schockstarre hielt nicht lange.

„Los, wir müssen die Pferde rausholen", rief Saskia dem Hausmädchen zu und lief los. Celine schlug die Autotür zu und rannte ihr zusammen mit den Hunden in den brennenden Stall nach. Werner und Toni kamen nun auch auf den Hof und wollten die beiden aufhalten. Es war schlichtweg Wahnsinn, in ein brennendes Gebäude zu laufen. Doch die Frauen waren zu flink. Kaum waren sie in den Flammen verschwunden, hörten die beiden Securitys, wie die Frauen sich gegenseitig Kommandos zuriefen. Dann donnerten drei Schüsse. Jetzt wieherten die Pferde noch lauter. Aber die Frauen hörten sie gar nicht mehr.

Erik Roiser saß in seinem Ohrensessel und betrachtete den Whisky im schweren Kristallglas. Er dachte darüber nach, Veronika manchmal zu sich auf den Hof zu holen. Natürlich so, dass keiner sie sah. Weder Karen und schon gar nicht Mutter. Er würde gern neben ihr aufwachen. Ihr durchs Haar streicheln und das hübsche Gesicht betrachten. Natürlich konnte er eines der edelsten Hotelzimmer dafür buchen. Aber er wollte es hier erleben. In seinen vier Wänden. In seinem Bett. Noch nie ist eine Frau hier neben ihm aufgewacht und hatte die Frage gehört, was ihr Wunsch sei. Erschrocken ließen ihn drei Schüsse hochfahren. Ein Blick aus dem Fenster und er sah es. Feuer. Ein Pferdestall brannte. Er ließ das Glas fallen und eilte hinaus über den Platz. Werner kam ihm entgegen.

„Warum löscht keiner?“

„Toni kümmert sich gerade um die Sprinkleranlage. Die ist manipuliert. Ich war gerade dabei, den Gartenschlauch zu nehmen.“

„Dann fangen Sie an, Herrgott noch mal!"
„Ich wollte Sie davon abhalten, in den Stall zu laufen."
„Was ist da drin los? Waren das gerade Schüsse?"
Erik war nun tatsächlich versucht, zu den Pferden zu rennen. Werner stellte sich ihm in den Weg.
„Bitte bleiben Sie hier, Herr Roiser. Wir können da nichts mehr tun. Sie ist tot."

Vor uns flammte Blaulicht auf. Was für ein Mist. Ich legte nochmals an Geschwindigkeit zu. Sobald wir uns auf dem Hof in Sicherheit befanden, war die Ausgangslage für ein Verhör schon mal eine andere. Wenn es überhaupt ein Verhör geben würde. Wir sollten uns besser schnell unsichtbar machen und die Anwälte reden lassen. In Summe war das, was hier heute Abend gelaufen ist, natürlich ein ziemliches Brett. Aber wir durften uns ja wohl noch verteidigen. Ich war irritiert, als uns Löschfahrzeuge folgten. Mir platzte fast der Kopf vom unendlich lauten Martinshorn. Mit einem waghalsigen Schlenker drängelte ich mich zuerst in die Hofeinfahrt. Flammen züngelten dem Nachthimmel entgegen. Karen schrie auf. Es brannte. Der Löschwagen schob uns bis zum Brunnen. Der Vorhof war verqualmt. Es hatte den Mädchenstall erwischt. Ich sah den Fettklops mit einem Gartenschlauch rumhantieren. Immerhin etwas. Von drinnen hörte ich ein regelmäßiges Zischgeräusch. Die Sprinkleranlage arbeitete. Das Dach war wirklich gut am Lodern. Hermine stand da mit zwei Pferden. Meiner Jerry und ihrer Freundin Sally, einem Fuchs. Klaus war auch noch hier. Nutzte aber keinem, weil er wie vom Blitz getroffen ins Feuer starrte. Wicka stand abseits und kotzte, was das Zeug hielt. Der Grufti zeigte den Feuerwehrleuten, wo der Anschluss für die Löschschläuche war. Die Eisprinzessin nickte mir erschöpft zu.

„Nein, verdammt, ich weiß nicht, wie alt sie ist", hörte ich Erik Roiser in sein Handy wettern. „Schicken Sie bitte einfach einen Krankenwagen. Vielleicht ist ja noch Hilfe möglich."

„Was ist los?", fragte ich barsch.

Er nickte lediglich zum brennenden Stall. „Meine Herren, was weiß ich? Eine Schusswaffe eben", versuchte er weiter, die nervigen Fragen vom Notruf zu beantworten. Sie sollten einfach einen Rettungswagen schicken. Sogar ich hatte das in ungefähr vier Sekunden erfasst.

Ich ging auf die brennende Scheune zu. Die Stallgasse war frei und die Sprinkleranlage hielt das Innere nass. Ein Feuerwehrmann wollte sich mir in den Weg stellen.

„Bitte bleiben Sie …"

„Verpiss dich."

Er wich erschrocken zurück. Nicht zum ersten Mal betrat ich ein Gebäude unter Lebensgefahr kurz vor dem Einsturz. Es roch nach verbranntem Holz. Löschwasser wie Nieselregen bedeckte mich. Ich wischte mir die nassen Haare aus dem Gesicht und lief die Gasse entlang. Über mir knisterte das Dach und glühende Ascheflocken fielen nieder, um zischend auf dem nassen Granit zu enden. Sämtliche Stalltüren waren offen. Alle Pferdedamen waren in Sicherheit. Gut. Ich sah immer noch nichts, was einen Rettungswagen rechtfertigte. Dann zum Ende der Gasse hin. Am Tor. Zur

Weide. Da sah ich sie. Sie lehnte mit dem Rücken an der Wand und saß tief in ihrem eigenen Blut. Sie hielt sich den Bauch. In der Mitte ihrer Brust zeichnete sich eine weitere Verletzung ab. Als ich vor ihr stand, erkannte ich das verkohlte Knäuel neben ihr. Mike, die kleine Röchelnase, war tot. Vielleicht hatte er noch versucht, sie zu beschützen? Bestimmt sogar. Tapferer Franzose. Ich bin schon tiefer durch Blut gewatet von Leuten, die mir wichtiger waren, aber das hier fand ich schon scheiße. Vor ihr ging ich in die Hocke. Sie sah eigentlich aus wie immer. Das Gesicht gezeichnet von Gleichmut. Die offenen Augen glänzten vom Löschwasser. Nur das Lächeln war fort. Und das würde auch nie wiederkommen.

„Verdammte Scheiße! Verdammte, verdammte Fick-Kack-Scheiße. Was für eine verfickte Drecksscheiße. Verdammt! Verdammt! Verdammt!“ Und bei jeden Verdammt hämmerte sie auf ihrem Lenkrad herum. Das machte nichts weiter. Die Hupe funktionierte sowieso nicht – so wie alles in ihrem Leben. Jetzt holte sie zu einem unmenschlichen Schrei aus, der bald die Scheiben zerspringen ließ. „Was für ein Kack! Verdammt!“

Ihre kleine Beifahrerin sah sie zitternd mit großen Augen an.

„Schon gut“, sagte Celine und legte die Hand auf Julis Köpfchen. „Dich meine ich nicht.“

Was für eine Riesenscheiße. Nie wieder würde sie auch nur einen verfickten Finger für diesen verkommenen Dreckshof krumm machen. Und keiner sollte es jemals wieder wagen, ihr auch nur eine kleine Kackfrage über diesen Scheißhof zu stellen. Sie würde etwas für die Polizei aufschreiben. Das sollten sie dann lesen oder konnten sich damit den Arsch abwischen. Ihr egal. Sie war mit diesem Rotz für alle Zeiten fertig. Was für eine Fickscheiße. Das gab es doch wohl nicht. Da wollte sie sich noch einmal um Wahrheitsfindung bemühen und dabei wurde eine Kollegin erschossen. Niemals würde Celine vergessen, wie der kleine Mike fast explodierte und Saskia an die Wand geworfen wurde. Der Hund winselte. Saskia keuchte hilflos. Celine ist beinahe das Trommelfell geplatzt. So laut waren diese Schüsse. Sie wollte Saskia zu Hilfe kommen. Aber sie sah Celine an und deutete mit letzter Kraft nach draußen. Celine wusste nun nicht, ob sie verschwinden oder die Pferde aus den Boxen holen sollte. Letztendlich tat sie dann beides. Beim Hinauslaufen lief sie im Zickzack zu jeder Box und löste die Riegel. Die Hitze wurde mittlerweile unerträglich. Das Feuer loderte wie Hölle. Manche Pferde liefen ihr nach. Andere gingen entgegengesetzt zur Weide. Hauptsache raus. Celine schaute sich aber nicht noch mal nach Saskia um. Sie wollte sie lebend in Erinnerung behalten. Nicht wie Rosantiquo. Ausgeblutet mit stumpfen Augen. Juli blieb an ihrer Seite. Während alle kopflos über den Hof rannten oder hier und da mal ein Pferd einfingen, lief Celine schnurstracks zum Wagen. Die Sekretärin, diese vollkommen verblödete Kuh, wollte was sagen. Kam aber nicht dazu, weil Celine ihr mit einer kurzen, knackigen Bewegung die Schürze ins Gesicht warf. „Halt bloß deine Gosch.“ Celine war auf 180. Da bemerkte sie, dass die kleine Röchelmaus immer noch bei ihr war. Sie hob Juli auf ihren Schoß und fuhr vom Hof. Was für eine riesige, bekackte Riesen-Riesen-Scheiße.

Margit Roiser sah alles von ihrem Zimmer aus. Sah das Feuer sich entfachen. Sah, wie alle kopflos über den Hof rannten. Sah die mutigen Frauen und hörte die drei Schüsse. Sah die Pferde wild aus dem Stall stürmen. Sah, wie Erik mit ruhiger Hand wirkte. Sah, wie Hermine die Pferde beisammenhielt. Sah den unfähigen Fettwanst mit dem Gartenschlauch hantieren. Sah diesen nutzlosen düsteren Security-Bengel im Hausmeisterhäuschen werkeln. Sah den Chauffeur, der wie hypnotisiert ins Feuer starrte. Sah ihre Tochter barfuß im zerrissenen Kleid verloren auf dem Platz stehen. Sah, wie der Söldner ungerührt in die brennende Scheune ging. Sah den Erfolg der Feuerwehr. Sah die Polizei zusammen mit dem Notarzt anrücken. Sah den Bestatter. Aber der war Margit egal. Solange ihre Kinder auf den Füßen standen, konnte von ihr aus eine ganze Schwadron an Leichenwagen anrücken. Margit lächelte. Die Privatsekretärin zählte die Pferde durch. Sie wunderte sich über den Securitychef Wicka, der abwechselnd weinte und sich erbrach. Margit wollte das aber mal in aller Ruhe im tatsächlichen Tageslicht sehen. Da sah immer alles anders aus. Sie wollte jetzt schlafen, lag aber noch lange wach. Sie dachte an Karens zerrupftes Kleid. Ein Gucci-Kleid aus der aktuellen Kollektion. Eine Schande, so etwas.

Als ich die Polizei sich nähern sah, sollte meine letzte Handlung für diesen Tag sein, Karen vom Platz zu schaffen und mit ihr den zerschossenen Porsche. Sie ließ sich von mir anstandslos in den Wagen bugsieren und vor die Haustür fahren. Die Polizei hatte keinen Grund, zum Haupthaus zu gehen. So ließ ich den Wagen dort stehen. Die hatten an der Scheune erst mal genug zu tun. Nun konnte ich wahrnehmen, dass die Polizei hier andere Saiten aufzog. Der Mord an einem Menschen war dann wohl doch etwas anderes. Wieder fiel ich durch das Raster der Zeugen und konnte mich unerkannt in mein Appartement zurückziehen. Ich wollte mich aber trotzdem überraschen lassen, ob noch Fragen zur gesprengten Brücke kommen würden. Später klopfte es doch noch an meiner Tür. Die Eisprinzessin wünschte Einlass. Den gewährte ich ihr. Diesmal wollte sie aber nicht flachgelegt werden. Selbst für sie war das heute etwas zu viel.

„Darf ich heute Nacht in deinem Arm schlafen?“, fragte sie zaghaft. Durfte sie. Ihr Atem ging ruhig und ihr Körper war angenehm warm. Meine Gedanken kreisten noch endlos lange um die Geschehnisse. Das alles zu sortieren, sollte mir fast nicht möglich sein. Ich hätte mich echt verkrümeln sollen, als noch Zeit dazu war. Wer hatte auf uns geschossen? Wer hatte die Scheune abgefackelt? Dann war da noch mein eigentlicher Auftrag rauszufinden, wer Rosantiquo umgelegt hatte. Aber das war garantiert derselbe Täter, der die Scheune brennen sehen wollte. Schöne Schlussfolgerung. Trotzdem hatte ich nicht den Hauch einer Spur. Dann war da noch diese Jana. Wer war Jana? Und überhaupt. Saskia, unser Stallmädel, war tot. Irgendwann zog mich der Strudel der Wirrungen in den Schlaf.

Erik Roiser fand gar keinen Schlaf. Er blieb bis zuletzt am Stall bei der Polizei, um die auch nur allerkleinste Frage umgehend beantworten zu können oder sonstige eventuelle Hilfestellung zu geben. Er ließ frischen Kaffee aufbrühen und wies die Security an, weitere stärkere Lichtquellen herbeizubringen. Ebenso schnappte er dann aber auch jede noch so kleine Vermutung auf. Gegen Ende der Nacht und zu Beginn des frühen Morgens war klar, wer Saskia erschossen hatte. So einfach wie erschreckend und dumm zugleich. Wicka, der Securitychef, hatte sich in einer der Pferdeboxen positioniert, um einen eventuellen Täter dingfest zu machen. So saß er dann da. Mit seiner Waffe in der Hand. Komplett übermüdet. Schließlich wurde er, genährt vom Stress, in den Kurzschlaf rübergetragen und wachte orientierungslos auf, als er die Riegel zu den Boxen klappern hörte. Als seine Stalltür sich öffnete und er zudem noch die Hitze des Brandes spürte, feuerte er panisch seine Waffe ab. Dreimal. Eine Kugel für den Hund und zwei für Saskia. Mike zerfetzte es förmlich. Für Saskia ging es nicht ganz so schnell. Ein Projektil traf sie in den Bauch, und das letzte in die Brust warf Saskia dann an die Wand. Eine Schussabfolge von unten nach oben. Ohne jegliche Kontrolle. Erst kam niemand auf Wicka. Er wurde noch nicht mal befragt. Bis einer der Beamten die Waffe in seiner Hand bemerkte. Nun wussten zwar alle, wer geschossen hatte, aber nicht, wer verantwortlich für die Flammen war. Die Feuerwehrleute machten einen Zünder aus, der von einem Handy aus aktiviert werden konnte. Umgeben von Heu und einem Kanister Benzin. So positioniert, dass sich die Flammen von den Balken zum Dach hochfressen mussten. Alles sehr kniffelig. Geknickt ging Erik zurück zum Haupthaus und erblickte vor der Tür den zerschossenen Porsche mit dem zersplitterten Heckfenster. Ah ja, richtig. Mit dem Söldner hatte er noch gar nicht geredet. Seine Schwester konnte sicherlich auch noch etwas Spannendes zur Optik des Wagens erzählen. Aber die schlief bestimmt schon. Wer so etwas wohl reparierte? Mit Folie kam Klaus da bestimmt nicht weiter. Die Sonne war noch nicht gänzlich aufgegangen, als Erik die schwere Eingangstür hinter sich schloss.

Diesmal war es umgekehrt. Ich wachte zuerst auf. Wieder hat die kleine Mistkröte mir die Decke geklaut. Aber es sei ihr gegönnt. Die vergangene Nacht war hart genug gewesen. Ich machte mich kurz frisch und wählte den Anzug von Hugo aus. Warum nicht? Mal was anderes. Dunkelgrau stand mir gut. Aber auf meine Stiefel verzichtete ich nicht. Dafür auf die Krawatte. Der Look war einzigartig. So hielt ich es seit über zwei Jahrzehnten. Im Wohnraum suchte ich nach meiner Waffe. Gestern hatte sie noch im Halfter auf dem Tisch gelegen. Ich ließ den Blick kreisen und ging dann doch zum Tisch. Sie lag unter einer zusammengefalteten Hausmädchenschürze.

„Celine war gestern hier“, kommentierte die Eisprinzessin verschlafen und setzte sich auf.

„Gestern?“

„Auf einmal war sie da, als das Chaos anfing.“ Langsam tapste sie Richtung Bad.

Ich schüttelte kurz den Kopf. Seltsam.

„Ich geh in die Hauptküche. Soll ich etwas mitbringen?“

„Kaffee“, grunzte sie nur und schlug die Badezimmertür zu.

Draußen empfing mich der Geruch von altem Lagerfeuer. Die Scheune war soweit okay. Lediglich das Dach war im Sack. Wie es innen gerade aussah, wusste ich nicht. Niemand war auf dem Hof, aber die Tür zur Küche stand offen. Ich roch Kakao. Kaffee sowieso. Brot wurde aufgebacken. Hier konnte ich es aushalten. Hermine stand am Ofen. Meine Güte, schlief die Frau denn nie? Klaus saß schon am Tisch. Wir begrüßten uns knapp. Das Gesicht der Haushälterin erhellte sich deutlich, als sie mich sah. Das erlebte ich selten. Also ging ich mal davon aus, dass sie mir etwas erzählen wollte. Konnte sie aber nicht. Denn Erik Roiser kam jetzt auch noch in die Küche. Er grüßte uns alle ebenso knapp und ließ sich von Hermine von vorn bis hinten in Lichtgeschwindigkeit bedienen. Sie wusste, was er wollte, und das seit Jahrzehnten. Erik würde für Hermine immer der kleine Scheißer bleiben.

„Der Porsche sieht etwas mitgenommen aus“, kommentierte der Hausherr.

„Ja, Ihre Schwester und ich hatten gestern, öhm, Feindkontakt. Es wurde kurz überaus brenzlig.“

„Dabei hat meine Schwester ihre Schuhe verloren?“

„Kann man so sagen."

„Ja, erzählen Sie meinem Bruder, wie Sie die Brücke gesprengt haben." Karen war nun auch da.

„Die Brücke?", fragte Roiser nach.

„Ja, von Bauer Philip."

Roiser vergrub sein Gesicht nun in beiden Händen und massierte es heftig. Er wollte gerade etwas erwidern, als Hermine ihm beruhigend die Hand auf die Schulter legte.

„Das behalten wir mal besser für uns. Bauer Philip hat dir schon früher für weniger den Hintern versohlt."

Kurzzeitig gab es von allen ein herzliches Lachen. Das war befreiend und nahm ein wenig Druck. Schön. Ich wollte zwar kein Spielverderber sein, aber es musste weitergehen.

„Seit gestern haben sich zu viele Sachen angehäuft", setzte ich an. „Ich würde also augenblicklich empfehlen, dass wir uns mit einem Anwalt wohlformuliert an die Polizei wenden. Der Mord an Saskia sollte meine Empfehlung unterstützen."

„Vernünftiger Vorschlag, Herr Stammer, aber der Mord an Saskia ist aufgeklärt." Erik erläuterte uns in Kurzversion, was sich gestern zugetragen hatte. Das haute alle natürlich so ziemlich aus dem Sattel. Ebenso erwähnte er den ominösen Handyzünder. Das war echt alles zum Mäusemelken. Hermine weinte und Karen war nahe dran.

„Okay, bleiben dann immer noch der Mord am Hengst, die Brandstiftung und der gestrige Anschlag."

„Ich lasse morgen Mittag einen Anwalt kommen", versprach Roiser. „Könnten Sie mich wohl gleich in die Stadt fahren?"

„Puh, das lassen wir mal besser. Was immer Sie möchten, erledigen Klaus und ich für Sie. Nach der Nummer von gestern sollten Sie am Hof bleiben."

Er äußerte Klaus seine Wünsche, die aber wirklich nur Kinkerlitzchen waren. Ich war schon in Gedanken dabei, Margit Roiser ihr Geld wiederzugeben, als Hermine mir verschwörerisch ein altes Notizbuch zusteckte und mir damit zeigte, dass all meine Pläne offensichtlich echt etwas für den Arsch waren.

Klaus wartete im BMW auf den Soldaten. Seine Stimmung war gedrückt. Die Sache mit Saskia lag ihm unheimlich schwer auf der Seele. Das alles hier war deutlich aus dem Ruder gelaufen. Aber es war eben nicht mehr zu ändern. Die Tagesordnung hier am Hof ging unerbittlich weiter. Es lag nichts Besonderes an, lediglich der Gang zum Postfach und eine Bargeldabhebung bei der Bank. Dann noch ein paar Kleinigkeiten für Hermine. Das tat er besonders gern, weil er stets wusste, dass da immer etwas Gutes hervorkam. Hermine. Seine Hermine. Das alles war nicht mehr ertragbar für die beiden. Zu viel Aufregung. Vorbei war die schöne Zeit hier am Hof. Obwohl, schön war es nie wirklich, aber sie haben es sich immer schön gemacht. Nun wurde der Raum für schöne Sachen immer enger. Das wurde ihm so richtig klar, als er heute Morgen den durchsiebten Porsche sah.

Der Söldner stieg dazu. Er sah heute überaus manierlich aus. Keine Frage.

„Post und Bank?"

„Ja, genau", erwiderte Klaus.

„Fahren Sie bitte mal die andere Schleife. Ich möchte sehen, was an der Brücke los ist."

„Muss ich damit rechnen, dass mein Wagen gleich so aussieht wie der Porsche?", scherzte der Chauffeur etwas besorgt.

„Nein, das liegt hinter uns."

Klaus hob die Augenbrauen. Er glaubte kein Wort. Das bemerkte Stammer und setzte nach. „Also vorerst. Ich denke nicht, dass tagsüber erneut etwas dergleichen passiert."

Der Verkehrsfluss war angenehm. Nichts stockte. So wäre es nicht, wenn es Probleme auf der Strecke gäbe. Nach etwa zehn Kilometern waren sie auf Höhe der Brücke. Besser gesagt, der ehemaligen Brücke. Doch wider Erwarten war hier alles so weit in Ordnung. Klar, der Übergang fehlte. Aber alles war ordentlich abgetragen und die Fahrbahn tadellos sauber. Wenn man sich hier nicht auskannte, würde keiner hier eine Brücke vermissen. Lediglich zwei Lastwagen mit Bauschutt stand am Rand. Mehr nicht.

„Das gibt es doch nicht", staunte der Soldat.

„So flink sind die selten."

Im Rückspiegel bemerkte der Chauffeur, dass ein weißer Transporter von hinten dicht aufschloss. Diese Paketboten sind in den letzten Jahren aber auch wirklich zunehmend aggressiver geworden. Er sah keinen Grund, sich hetzen zu lassen. Klaus hielt sich an seine Geschwindigkeit und wurde überholt. Nun folgte ein weiterer Transporter, der zwar eng aufschloss, aber nicht überholte. Der vordere Transporter ließ sich zudem noch zurückfallen und bremste plötzlich. Klaus ebenso. Der Soldat zog scharf die Luft durch die Zähne. Immer das Gleiche. Wer rast, gewinnt selten an Zeit.

„Klaus ich möchte, dass Sie jetzt ruhig bleiben“, sagte der Soldat.

„Das bin ich gewohnt. Ich rege mich darüber schon lange nicht mehr auf.“

Plötzlich wurden im Transporter vor ihnen die Türen aufgestoßen und zwei maskierte Männer mit Maschinengewehren kamen zum Vorschein. Der Schreck saß tief. Nun kamen Männer von hinten an die Seitenscheiben. Sie trugen ebenfalls Waffen. Einer klopfte mit dem Lauf der Pistole an das Beifahrerfenster. Der Soldat ließ wie selbstverständlich die Scheibe runter.

„Können wir helfen?“, fragte er.

„Steig aus.“

„Klaus, Sie rufen unter gar keinen Umständen die Polizei“, kam es zischend. „Sie werden jetzt alle Sachen erledigen und zum Hof zurückfahren.“ Der Lauf legte sich nun an die Schläfe vom Soldaten.

„Raus.“ Das Kommando kam überaus aggressiv.

Der Soldat stieg aus und ließ sich in den Transporter drängen. Die Türen schlugen zu. Der Wagen fuhr an. Der hintere Transporter fuhr ebenso zügig davon. Klaus stand jetzt allein auf der Landstraße. Er atmete tief durch.

„Nun gut. Dann zuerst die Post.“

Exakt in dem Augenblick als der Transporter so übertrieben hart vor uns abbremste, wusste ich, dass Ärger in der Luft lag. Nun saß ich ungefesselt, entwaffnet und ohne Handy auf einer schmutzigen Kunststoffpritsche zwischen zwei Bären in dunklen Overalls. Licht fiel durch zwei runde, verkratzte Plexiglasfenster. Uns gegenüber stand ein junger Typ mit Gewehr. Ein Colt M4. Sah schon bedrohlich aus, war aber letztendlich unwirksam. Der Raum war zu eng für derlei Waffen. Als hätte einer der Bären Gedanken gelesen, drückte er mir kurz seine Pistole in die Rippen. Geschenkt. War ja nur so eine Idee. Keiner sprach. Die Fahrt war relativ kurz. Die Türen wurden von außen geöffnet. Ein einzelner Mann stand davor.

„Los, raus", kommandierte einer. Ich erhob mich relativ schnell, und da kam mir der Gedanke, dass ich es den Gestalten hier bisher wirklich zu leicht gemacht hatte. Ich konnte ja schon quasi als Mustergeisel durchgehen. Das wollte ich so nicht auf mir sitzen lassen. Der Flegel mit dem Maschinengewehr bekam daher von mir einen kurzen heftigen Kopfstoß. Er ächzte kurz auf und stieß mich mit der Waffe wieder auf meinen Sitzplatz. Zurück zu den Bären.

„Hör besser auf mit diesem Quatsch", meinte der eine Bär. Nun hörte ich einen Akzent. Wusste aber nicht so recht, welcher.

„Also, hoch jetzt. Diesmal ohne Mätzchen", kam es von draußen. Die Geduld schien zu schwinden. Der Maschinengewehrlümmel hielt gebührenden Abstand. Und da stand ich dann auf einem lichtdurchfluteten Hinterhof. Von wem auch immer. Hier war es sauber und die Mülltonnen standen geordnet. Aus den dünnen Aluminiumrohren auf dem Dach quoll Wasserdampf. Es gab eine lange Anlieferungsrampe mit drei Rolltoren. In jeder Ecke gab es Überwachungskameras. Ganz in der Nähe bellten Hunde.

Eine Tür wurde geöffnet und heraus kam ein Typ wie aus einem Modekatalog. Kein Scheiß. Echt jetzt. Gescheiteltes rabenschwarzes Haar. Arschglatt rasiert. Ein markant feines Gesicht. Grüne Augen. Und sein athletischer Körper steckte in einem hellblauen Anzug mit roten Fäden. Nix von wegen Ralph Lauren oder solche Scherze. Das Ding war maßgeschneidert. Schuhe von Valentino. Aber eben auch keine Krawatte. War ja auch nervig, so ein Teil. Lassen wir den Adonis mal so um die 30 Jahre jung gewesen sein.

„Ich freue mich, Sie begrüßen zu dürfen", eröffnete er mit aufrichtiger Freundlichkeit. Wieder der Akzent. Aber ich kam nicht drauf, welcher. Na ja, was soll's? Ich kam hier auf so vieles nicht – von der relativ freundlichen Entführung bis hin zum herzlichen Empfang. Doch genau in dem Augenblick, als das Badehosenmodel mich musterte und sein Blick deutlich irritiert an meinen Stiefeln haften blieb, kamen wir beide wohl gleichzeitig auf dieselbe Erkenntnis. Ich war eine Verwechslung. Ich sollte gar nicht entführt werden. Das würde dann auch die Samthandschuhe erklären. Denn normalerweise würden sie ein Kaliber wie meinesgleichen anders behandeln. Von wegen mit Kabelbindern an den Händen und eingeschlagenem Gesicht Stunden im engen Kofferraum darauf warten, wer was von einem wollte, bevor man dann gerichtet wurde. Keine Millisekunde später wetterte Adonis in seiner Muttersprache los und gab einem der Bären einen Klaps an den Hinterkopf. Das zeigte mir, wer hier unwiderruflich der Boss war. Denn wenn es hart auf hart käme, würde der Bär das Model zum Frühstück verspeisen. Das war schon interessant. Also für mich. Die anderen kassierten gerade einen offensichtlich blumigen Anschiss. Trotzdem hätte ich mal gern gewusst, welche Sprache sie da von sich gaben. Dann hörte ich ein Wort heraus. „Malaka." Ich grinste. Nr. 17 im Irak sagte ständig „Malaka". Malaka dies. Malaka das. Malaka jenes. Alles war Malaka. Nr. 17 war ein Grieche. Das hier waren Griechen.

Schlimmstenfalls sogar die griechische Mafia. Was wiederum nun weniger lustig war, denn zu den Griechen fehlte mir jede Idee. Mafiaorganisationen hatten ja so ihre Eigenarten. Von wegen meine Zunge durch die aufgeschnittene Kehle ziehen oder siebenmal ins Herz schießen, bevor der Kopfschuss kam. So Eigenarten eben. Vielleicht würde ich gleich mit abgeschnittenem Kopf an der Bushaltestelle sitzen, weil ich der Falsche war. Wer weiß? Plötzlich flog eine Tür zum Hof auf. Eine ältere dürre Frau in Kochschürze erschien. Sie wetterte so stark los, dass alle zusammenzuckten. Dann ruhte ihr Blick auf mir. Ich nickte ihr freundlich zu. Sie nickte ebenso freundlich zurück und sprach dann etwas ruhiger, bevor sie die Tür hinter sich schloss.

„Wie geht es jetzt weiter?"

„Der Mittagstisch ist fertig."

„Oh, kann ich dann gehen?"

„Sie sind ebenfalls eingeladen." Er bemerkte meine Skepsis. „Und wenn Sie den Tag überleben wollen, nehmen Sie die Einladung besser an. Meine Großmutter nimmt so etwas sehr persönlich."

Adonis führte mich durch eine leere, fensterlose Halle mit rotem Linoleumboden in einen abgetrennten Raum, der nicht nur gemütlich eingerichtet war, sondern auch einen langen Tisch bot, der bereits eingedeckt war. Er setzte sich an die Spitze und bot mir den Platz zur Rechten an. Die anderen Männer verteilten sich, wie es ihnen beliebte. Als er saß, sagte er: „Mein Name ist Zito."

„Freut mich, Zito", gab ich zurück, ohne meinen Namen zu nennen.

„Ich wollte eigentlich mit Ihrem Chef reden. Aber da gab es wohl eine Verwechslung." Mittlerweile konnte er nun selbst über diesen Fauxpas schmunzeln.

„Ich gebe ihm Ihre Botschaft gern weiter."

Eine hübsche Frau mittleren Alters kam herein und stellte uns einen Suppentopf in die Mitte. Unsere Blicke trafen sich, und sie schaute sofort schüchtern zu Boden. Ich gab mich anständig und guckte in die Weltgeschichte.

„Schauen Sie nicht zu lange. Meine Schwester Alice ist noch nicht verheiratet", witzelte Zito, und am Tisch gab es kurzweiliges Kichern.

„Zito!" Alice war offensichtlich empört und verließ fluchtartig den Raum.

„Sie sind der Kettenhund der Familie Roiser, stimmt's?"

„Sieht so aus", hielt ich meine Antwort vage.

„Ihrem Anzug nach zu urteilen, müssen Sie wirklich gut sein. Leistungsgemäß bekommen meine Männer mit viel Glück einen Overall." Er deutete auf mich und rief in die Runde. „So kleiden sich Profis, wenn sie für ein hohes Haus arbeiten. Ihr Affen. Ihr könnt wahrscheinlich froh sein, dass ihr noch lebt.

„Meine Chefin hatte ihren großzügigen Tag", schwächte ich meine Person ab.

„Bescheiden. Das gefällt mir." Wieder rief er in die Runde. „Bescheiden, seht ihr? Keine protzige Uhr. Lediglich gut angezogen." Er deutete nach unten. „Lediglich Ihre Schuhe haben Sie verraten. Etwas grob für meinen Geschmack."

„Das beste Schuhwerk, das es gibt. Eingelaufen mit meinem Blut."

Er nickte anerkennend. „Der Umstand der Verwechslung zieht sich wohl wie ein roter Faden durch unser Kennenlernen." Ich sah ihn verständnislos an. „Ich wollte Ihrem Chef heute meine Entschuldigung aussprechen und ihn bitten, Sie zurückzupfeifen."

„Mich?"

„Ja, Sie. Ich kann nicht zulassen, dass Sie sich wie eine Feuerwalze durch Landsberg am Lech bewegen und hier wahllos Brücken sprengen."

Der Typ, dem ich die Kopfnuss spendiert hatte, füllte meinen Suppenteller.

„Dann sollten Ihre Leute uns nicht bedrängen." Meinem Ton mischte ich etwas Schärfe bei.

Zito lächelte und hob beide Hände. „Das waren nicht meine Männer."

Ich schaute reflexartig in die Runde, als wollte ich nun jemanden erkennen. Alle schüttelten wie auf Kommando den Kopf.

„Lassen Sie mich bitte die Sache aufklären."

„Gern." Während Zito erzählte, löffelte ich Tomaten-Feta-Suppe. Erste Sahne.

„Vor knapp zwei Jahren wurden zwei Porsche Panamera in Anthrazit mit Vollausstattung ausgeliefert. Einer für Ihre Auftraggeber und einer für meine Familie. Ich war an dem Tag beim Händler und wunderte mich über den anderen. Bis dato hatte ich noch nie etwas von den Roisers gehört. Wie wohlhabend und wie wenig nötig sie den Wagen hatten, konnten wir daran erkennen, dass das Fahrzeug erst drei Monate später abgeholt wurde." Er lächelte kurz. „In der Zeit hatten wir schon den ersten Service hinter uns. Der Händler musste Familie Roiser mehrfach daran erinnern, dass da noch ein Auto im Wert von 400.000 Euro auf seinem Firmengelände stand."

„Es gibt zwei? In exakt dieser Ausstattung?"

„Nur das Beste für die Familie. Ihre Auftraggeber denken wohl ähnlich."

Mein Sitznachbar zeigte mir ein Handyphoto, auf dem der Panamera als Hochzeitsvehikel diente. Ich erkannte an den neongelben Bremssätteln und dem verlängerten Heck, dass es wirklich exakt wie unser Modell war.

„Okay, kann passieren."

„Stimmt. Allerdings eher in Großstädten. In unserer kleinen, beschaulichen Stadt ist das schon ein ziemliches Ereignis." Ich nickte und löffelte weiter. „Doch leider hat der gute Geschmack den Roisers nicht unbedingt Glück gebracht."

„Inwiefern?"

„Sie können sich denken, dass wir einer bestimmten wirtschaftlichen Sparte angehören." Er breitete leicht die Arme aus und deutete dabei auf seine Männer, die wirklich aussahen wie 800 Jahre Zuchthaus. „Und wie in jedem Unternehmen gibt es einen Sprössling, der dem Gebaren der Familie nicht zugetan ist. Egal, ob im Königshaus oder in einer Klempnerfirma. Es gibt immer diesen einen Rebellen."

„Aha", sagte ich nur.

„Ja, Sie haben ihn sogar schon kennengelernt." Ich runzelte meine Stirn. Zito tippte sich auf sein Jochbein und meinte damit wohl meines.

„Der kleine Scheißer, der die Autos beschmiert?"

„Ja, der Junge hat uns gestanden, dass Sie bereits seinen Spannmann zur Rede gestellt haben. Sie hätten sonst was mit ihm anstellen können. Aber das haben Sie nicht getan. Das hat mir gefallen und mir gezeigt, dass ein Mann mit Format für die Roisers arbeitet."

„Es ist Ihre Aufgabe, ihm Benehmen beizubringen", knurrte ich.

„Wir haben leider zu spät erfahren, was er da trieb. Bis zu dem Augenblick, als er auch unser Auto mit Sprühlack segnete." Mein Nebenmann zeigte mir jetzt ein anderes Bild.

Genug, auf die Motorhaube geschrieben in Neongrün. Hätte echt unser Porsche sein können.

„Vielleicht wäre es mal clever gewesen, auf das Nummernschild zu achten."

„Jäger achten nur auf Wesentliches. Porsche aus Landsberg am Lech. Mit einem Doppel L auf dem Nummernschild. LL. Mehr speichert das Gehirn da nicht."

„Er hat auch noch unseren Mercedes versaut", gab ich zu bedenken.

„Da haben die Bengel wohl etwas zu kurz gedacht und jedes Luxusauto mit uns in Verbindung gebracht."

„Warum macht er das?“

„Einer unserer Mitbewerber hat Dreck an den Schulen verkauft und ein Mädchen ist gestorben.“

„Jana.“

„Genau, Jana.“

„Mein Neffe dachte, wir hätten damit zu tun. Aber wir verkaufen nicht an Schulen und schon gar nicht solch eine Qualität.“

Jetzt war der Junge mir schon fast sympathisch. Trotzdem. „Egal, welche Qualität. Drogen sind scheiße.“

„Viele Produkte der freien Wirtschaft sind komprimiert ungesund.“

Ich wollte jetzt niemanden bekehren, sondern lediglich heil hier rauskommen. Daher verzichtete ich mal auf die Darlegung meiner Sichtweise.

„Ihr Neffe hat nicht zufällig einen Motorradführerschein?“ Ich spielte auf die Geschehnisse von gestern Nacht an.

„Nein, das wiederum waren die Mitbewerber, die wir nach der Geschichte mit Jana deutlich unseres Gebietes verwiesen haben. Doch leider waren Sie gestern mit dem Porsche jenseits dieser Grenze unterwegs und man glaubte an eine Provokation unserseits. Die Gegenpartei wollte Ihnen bestimmt nur einen gehörigen Schreck einjagen. Mehr nicht. Niemand von unseren Parteien hat Interesse an großem Aufheben. Unser Geschäft lebt von Diskretion. Ihre Reaktion hingegen war schon beachtlich.“ Er lachte kurz auf. „Meine Güte, wo bekommt man denn eine Panzerfaust her?“ Der Rest der Gang kicherte wie kleine Schuljungs.

„Ich habe einen guten Freund.“

„Mit einem Mann, der solche Freunde hat, sollte sich besser keiner anlegen. Das ist einer der Gründe, warum Sie noch leben." Ich schaute ihm fest in die Augen, um seine eigene These zu untermauern. Was er nicht wusste, war, dass ich karmatechnisch als totale Katastrophe galt. Ich war allein auf dieser Welt. Ich konnte jetzt hier tot von Stuhl rutschen und keine Sau würde danach fragen. Herrgott, ich hatte noch nicht mal eine Pflanze zu Hause.

„Haben Ihre Jungs die Straße aufgeräumt?"

„Wir haben Kontakte zur Polizei." Ich nickte. „Zusammen mit meinen Partnern habe ich dann einen kreativen Weg gewählt. Mein Cousin sitzt in der Stadtverwaltung. Die Brücke war baufällig und wir sorgen umgehend in Form einer Spende für Ersatz. Die Jungs haben lediglich Ihre Patronenhülsen eingesammelt und die Panzerfaust entsorgt."

„Die Leiche?"

„Es gab keine. Entweder hat Ihr Widersacher es aus den Trümmern geschafft oder die Gegenseite hat den Leichnam bereits in der Nacht entsorgt. Wie dem auch sei. Keine Leiche. Keine Fragen."

Ich hob mein Wasserglas und prostete der Bagage zu. „Danke." Die Männer prosteten zurück und grunzten irgendwas. „Ich spreche mit meinem Chef. Er soll sich beteiligen."

„Alles gut. Geht aufs Haus. Ich muss gestehen, dass mir Ihre Vorgehensweise vergangene Nacht sehr zugesagt hat. Etwas, was ich meinen Männern niemals befehlen würde, aber von außen betrachtet durchaus begrüße."

Der Hauptgang wurde serviert, und das nicht zu knapp. Zitos Schwester und die Frau Großmutter fuhren mit einem Servierwagen vor und beluden den Tisch mit unendlich guten Dingen. Ich hatte gestern kaum etwas gegessen, heute noch gar nicht. Egal, was mir serviert wurde, ich aß alles auf. Sehr zum Stolz der Großmutter, die darauf umherlief und mit dem Geschirrhandtuch leichte Nackenschläge verteilte, weil die anderen nicht so viel futterten wie ich.

„Können Sie mir sagen, wer von unserem Hof Drogen bei Ihnen kauft?"

Er sagte es mir, und eigentlich wunderte mich die Antwort nicht.

„Sie wissen nicht zufällig auch noch, wer eines der Pferde getötet und den Stall abgefackelt hat?"

„Nein, mein Freund. Leider nicht. Aber wenn Sie gerade aufgepasst haben, was meine Erzählung angeht, trifft das sicherlich auch auf Ihre Leute zu."

„Was genau meinen Sie?"

„Jede Familie hat ihren Rebellen."

Karen und Erik Roiser standen vor dem teils abgebrannten Stall. Vereinzelt gab es da noch Flatterband der Polizei, doch bestimmte Bereiche waren freigegeben. Andere sollten noch mal näher untersucht werden. Egal. Die Stuten grasten auf ihrer Weide und würden später auf den Jungenstall verteilt werden.

„So schlimm sieht es gar nicht aus", kommentierte Erik.

„Am Montag bin ich hier weg", eröffnete Karen unvermittelt.

„Was?“

„Ich bin weg. Ich habe endgültig die Nase voll.“

„Wie kommst du darauf?“

„Erik, seit jeher gibt es Ärger auf dem Hof. Entweder durch Einwirkung von außen oder familiengemacht. Ich halte das nicht mehr aus. Wirklich. Es ist genug.“

„Aber …“

„Aber was? Kommt jetzt die Litanei von wegen das Erbe aufrechterhalten? Pff, da geb ich nichts mehr drauf. Schon lange nicht mehr. Denn nur das tun wir. Wir erhalten aufrecht, was uns gegeben wurde. Den Stress und das Geld. Keiner von uns beiden hat jemals neue Pfade betreten. Sei es aus Angst vor Mutter oder aus unserer Unfähigkeit heraus, mal die Dinge aus einer anderen Perspektive zu betrachten. Es reicht, Erik. Es reicht. Mir jedenfalls. Ich bin hier fertig.“

„Deine Entscheidung“, meinte Erik tonlos und blickte dabei traurig auf das verkohlte Gemäuer.

„Hey, großer Bruder. Ich verlasse lediglich den Hof. Gestorben bin ich noch nicht.“

„Als Erstes bekommst du Hausverbot“, scherzte Erik.

„Spinner“, sagte sie nur und stupste ihn mit der Schulter zur Seite. „Ach ja, heute bekomme ich Besuch. Nur zur Info. Es wäre also wirklich schön, wenn Mutter keine abwertenden Texte bringt und der Söldner nicht sein Auto in die Luft jagt. Vielleicht kriege ich dann auch mal einen Freund ab.“

Zito war fair. Er überließ mir eines seiner Fahrzeuge, einen roten Alfa Romeo Giulia Quadrifoglio. Eine absolute Rakete. Also, von mir aus konnte es wieder losgehen, vollgefuttert, wie ich war. Die Mutlosigkeit war aufgelöst und die Sache wurde wieder übersichtlich. Der Anschlag war ein Versehen, Jana war nie unser Problem und die Wagen wurden nicht mehr umlackiert. Alles prächtig. Also fast. Blieben noch Rosantiquo und die Scheune. Mir kam Hermines Notizbuch in den Sinn. Ich befreite kurz mein Handy vom Flugmodus. Bei jedem Menschen auf diesem Planeten, der entführt wurde, würde es nun garantiert Nachrichten en masse hageln. Ich erhielt exakt eine. Einzig und allein verfasst von Erik Roiser. Er stellte gezielt die Frage, ob es mir gut ging. Ich schrieb zurück: Alles okay. Dann klingelte es: Die Eisprinzessin rief an. Überrascht nahm ich das Gespräch an.

„Wo bist du?“

„Unterwegs. Warum?“

„Erzähl keine Scheiße. Ich war dabei, als Klaus dem Roiser alles erzählt hat.“

„Nein, echt jetzt. Alles gut. Das war lediglich so eine Art Infogespräch. Sehr interessant.“

„Dafür zieht man dich mit vorgehaltener Waffe aus dem Wagen?“

„Ja, passiert gelegentlich.“

„Du machst mir Spaß“, gab sie sich fassungslos.

„Hör mal, eine Sache gibt es da noch.“

„Was?“

„Die Sache mit Celine gestern Abend. Erzähl mir die mal genauer.“

„Das war vielleicht seltsam.“ Siggi brauchte einen Moment, bevor sie weiterredete. „Die kam wie aus dem Nichts aus der brennenden Scheune. Ich hatte gar nicht mitbekommen, dass sie überhaupt auf dem Hof war. Dann ging sie schnurstracks auf ihren Wagen zu und als sie mich sah, zauberte sie die Schürze hervor und warf sie mir ins Gesicht.“

Ich grinste. „Was meinst du mit hervorzaubern?“

„Sie trug so einen lächerlichen rosa Trainingsanzug. Kapuzenpullover mit Kängurubeutel. Du weißt schon.“ Ja, ich wusste, was sie meinte. Hatte ich auch. Nutzte ich draußen beim Training, um meine Hände warm zu halten. Nur nicht in Rosa.

„Das war's?“

„Nein“, erwiderte sie empört. „Bevor sie losgefahren ist, hat sie noch den Hund von der Roiser mitgenommen. Einfach so.“

„Hast du der Polizei was davon erzählt?“

„Nein, die Sache mit Saskia war wichtiger. Außerdem hat Karen wohl gerade andere Sorgen. Am Montag verlässt sie das Anwesen. Sie hat genug von dem ganzen Mist hier.“

„Aha, ist ja richtig was los bei euch.“

„Soll ich das noch nachholen mit der Polizei?“

„Lass gut sein.“

„Du hast einen ganz schönen Narren an der Kleinen gefressen“, stellte die Eisprinzessin schnippisch fest.

„Gib mir bitte mal Celines Adresse“, überging ich ihren Gehirnfurz.

„Schick ich dir aufs Handy. Pass auf dich, ja?“

„Mach den Kühlschrank voll“, sagte ich nur.

„Arsch." Dann drückte sie mich weg.

Drei Sekunden später gab es die Route zu Celines Heim. Knapp 20 Minuten brauchte ich. Mehr nicht. Hübsch hatte sie es hier. Wenn ihr euch ein Knusperhäuschen vorstellen könnt, dann war das die Beschreibung. Der Garten war bunt. Es gab einen verwitterten Zaun mit abgeblätterter roter Farbe. Auf dem Rasen bot ein blaues, schiefes Miniaturhäuschen Unterschlupf für Meerschweinchen und Kaninchen an. Ich musste mal kurz überlegen, was ich eigentlich hier wollte. Auf den ersten Blick könnten die Roisers Celine der Brandstiftung verdächtigen – aus Rache wegen der ganzen Demütigungen. Doch dafür war Celine zu tierlieb. Niemals würde sie ein Pferd in Gefahr bringen. Zudem kannte ich eine Reihe wirklich ausgebuffter Gangster. Von denen trug niemals, zu keiner Zeit jemand einen rosa Jogger und hinterließ als Zugabe noch einen Beweis seiner Anwesenheit in Form einer Schürze. Ihr Besuch musste also einen anderen Sinn gehabt haben. Die Abgabe der Arbeitskleidung war lediglich ein Vorwand. Das wusste ich.

Ich brauchte nicht zu klingeln. Die Tür ging auf.

„Was?", kam es übel gelaunt. Celine trug immer noch ihren Jogginganzug, der nach Qualm roch, und hatte die Kapuze aufgezogen. Da waren tatsächlich Hasenohren angenäht, die schlapp an der Seite runterhingen. Das Photo für die Akten wäre bei der Polizei bestimmt in die Geschichte eingegangen.

„Du hast gestern was mitgenommen?", erinnerte ich. Wie auf Kommando drängte sich Juli durch den Türschlitz und begrüßte mich wie eine Wahnsinnige. Immerhin. Wir waren ja alte Kollegen. Als ich mich erhob, war Celine verschwunden und die Tür stand offen.

„Ich habe Hagebuttentee. Willst du auch einen?“

„Klar, gern.“

„Marmorkuchen?“

„Immer her damit.“ Am Ende des Tages würde ich bestimmt platzen.

Der Wohnraum war klein und überladen mit alten Möbeln. Auf einem wohlgepolsterten Stuhl nahm ich an dem kleinen, runden Tisch Platz. Ich bekam heißen Tee in einer Käpt'n-Blaubär-Tasse und ein riesiges Stück Kuchen auf einem rot bemalten Teller serviert. Celine setzte sich mir gegenüber.

„Ist frisch“, kommentierte sie.

„Sehr gut.“ Ich nahm einen kleinen Schluck. „War ganz schön was los gestern am Hof.“

„Wo warst du?“ In ihrer Frage lag ein eindeutiger Vorwurf.

„Ich hatte anderweitig zu tun.“ Ich verzichtete mal auf meinen Erlebnisbericht.

„War auf jeden Fall Scheiße. Mal wieder.“

„Kann man so sagen.“

„Hört das noch mal auf?“

„Wollen wir's hoffen.“

„Meine Güte, Saskia ist tot. Sie wollte doch nur die Pferde retten.“ Sie war gefasst, weinte nicht. Deshalb erzählte ich ihr auch nichts von Wickas Überreaktion. Das hätte sie wieder nur noch weiter aufgewühlt. „Wo bleibt eigentlich die Polizei? Die war noch gar nicht hier.“

„Die kommt nicht. Hab ich so gedreht.“

Sie nickte dankbar. „Ich kann dich echt gut leiden, aber du könntest mal öfter lächeln.“ Sie brach sich ein Stück von meinem Kuchen ab. „Hab extra dick Schokolade drauf gemacht und dann noch mal große Stücke reingebröckelt", erklärte sie mümmelnd. Ich brach mir ebenfalls ein Stück ab und genoss die Schokodröhnung. War wirklich gut.

„Was wolltest du gestern am Hof?", fragte ich schließlich.

„Ich wollte die …" Sie stockte wie jemand, der merkte, dass er einen einstudierten Satz zum Besten geben wollte, der eigentlich eine Lüge war.

„Komm mir jetzt nicht mit deiner Schürze."

„Habe ich der Kluth voll ins Gesicht geworfen. Hätte ich gewusst, dass ich die Gelegenheit dazu bekomme, hätte ich die Schürze vorher noch in Katzenkacke gewälzt."

„Gute Idee", lobte ich schmunzelnd. Ich wartete ab, denn ich wollte sie nicht drängen.

„Ich wollte was gucken." Celine ging in sich. „Was prüfen. Kann ich schlecht erklären."

„Etwas wegen der Nacht mit Rosantiquo?"

„Ja, aber irgendwie auch nicht wichtig. Totaler Quatsch eigentlich", wehrte sie ab.

„Sag das nicht. Die kleinsten Kleinigkeiten sind von Bedeutung. Und oft meint man selbst, dass die eigene Wahrnehmung nicht so wichtig ist, und tut genau das als Unsinn ab. Viele Dinge werden eben durch Zufall entdeckt oder weil man noch mal nachhakt. Du bist das schon richtig angegangen."

„Mmh", grunzte sie wenig überzeugt.

„Ich war mal in Lugano. Da hatte ich einen Job für einen herrlich verrückten Millionär. Das war vielleicht 'ne Marke. Er selbst lebte in Caslano, einem Kaff nahe der italienischen Grenze. In einem fetten Haus direkt am See."

„So wie meines?“, scherzte sie.

„Nicht ganz so groß“, gab ich mit einem Augenzwinkern zurück. „Na ja, auf jeden Fall stand ich morgens auf der Veranda und hörte einen Löwen brüllen.“ Celine sah mich nun so an, als hätte ich nicht mehr alle Latten am Zaun. „So wie du jetzt guckst, habe ich mich auch gefühlt. Ich sprach mit niemanden auch nur ein Wort darüber. Aus Angst, die könnten mich alle für plemplem halten. Tage später hörte mein Kollege einen Esel. Auch nur kurz und kaum wahrnehmbar. Aber der Unterschied zu meinem Kollegen war: Er sprach darüber. So erzählte uns dann der Hausmeister, dass einen Ort weiter auf einem Hügel einen kleinen Zoo gab. Und wenn der Wind günstig stand, konnten die Leute bei uns im Ort manchmal die Tiere hören.“

„Das ist ja abgefahren“, staunte Celine.

„Genau. Aber wir hätten es nie erfahren, wenn mein Kollege nicht drüber geredet hätte. Also glaube ich, dass das, was du erzählen möchtest, gar nicht mal so blöd ist. Und selbst wenn. Schön. Dann haben wir mal drüber geredet und du hast die Bestätigung, dass du falschlagst. Oder eben auch nicht.“

„Da sind sogar zwei Sachen.“ Sie sah mich wieder zweifelnd an. „Aber nicht lachen.“

„Nein, wo denkst du hin?“

„Gut.“ Sie atmete tief durch. „An dem Tag, als du gesagt hast, ich soll noch mal in die Scheune gehen, habe ich das Scheunentor nicht aufbekommen.“ Sie hielt inne. „Wicka kam von der Seite und hat es für mich aufgeschoben.“

„Richtig.“ Ich erinnerte mich.

„In jener Nacht aber habe ich es allein aufgeschoben. Ist doch komisch, oder?“

„Schon, ja.“

„Bedeutet, entweder hatte ich in jener Nacht so viel Kraft, dass mir das nichts ausmachte. Ich war ja irgendwie im Training. Die ganzen leeren Fässer wiegen trotzdem ganz schön was. Oder …“ Sie sah mich fordernd an. Ich sollte ihre Vermutung beenden.

„Oder jemand stand auf der anderen Seite und hat dir das Tor geöffnet.“

„Richtig. Wenn wir es genau nehmen, bin ich dem Mörder in die Arme gelaufen.“

„Alter Schwede.“

„Das wollte ich gestern nachschauen. Ich wollte noch mal das Tor aufmachen. Allein.“

„Aber dann brannte die Scheune“, sinnierte ich.

„Ja, und um nicht als komplett deppert dazustehen, habe ich mir die Sache mit der Schürze ausgedacht.“

„Clever.“

Celine aß weiter Kuchen. „Jo, das war der Plan.“

Ich hielt inne. „Du sagtest, da wären zwei Sachen.“

Sie zog ihre Kapuze noch weiter über ihren Kopf. „Nee, das ist jetzt richtig doof.“ Sie genierte sich.

„Komm schon.“

Sie schob die Kapuze ein kleines Stück zurück und hielt sich an den Hasenohren fest.

„Also. Ich meine, als ich dann in den Stall gegangen bin, hat es ganz leicht nach Zitrone gerochen.“ Sie sah mich mit großen Augen an.

„Okay?“

„Letztendlich wollte ich dann noch mal in den Stall, um zu prüfen, ob der Geruch grundsätzlich da in der Luft liegt."

„Warum sollte er nicht mehr da sein?"

„Gerüche lassen sich verwechseln. Ein altes T-Shirt kann nach einem nassen Hund riechen. Meine Mutter hat mal Hopfenbrot gemacht und mein Vater dachte, irgendwo würde schales Bier stehen."

„Gute Kombination", stimmte ich zu.

„Die Zitrone hätte eine Pferdesalbe sein können. Die haben ja unendlich viele Medikamente und Zeugs da. Oder Reinigungsmittel vielleicht."

„Möglich."

„Ja, aber kam ich ja nicht zu." Sie nippte am Tee.

„Stimmt."

„Na ja, was soll's?"

„Moment. Du sagtest gerade, Gerüche lassen sich verwechseln. Wo hättest du den Zitronengeruch denn nun noch eingeordnet?"

„Jetzt wird es richtig abgefahren", kündigte der Aushilfshase an. „Ich war mal mit meiner Freundin zusammen in einem Club. Harter Techno. Dark Techno. Mit Martina. Sie war mit mir zusammen damals in der Hauswirtschaftsschule. Als sie vom Getränkeholen wiederkam, hat sie gemeint, dass sie fast kotzen musste."

„Warum?"

„In vielen Hotels gibt es ja immer diese Gratisseife oder Lotion und was auch immer. Viele Gäste nehmen sich die auch einfach mit nach Hause."

„Stimmt."

„Nun stand sie da an der Theke und hatte doch tatsächlich das Zitronenduschgel aus ihrer Location in der Nase. Da wusste sie gleich, da ist ein alter Sack, der zu geizig ist, sich selbst Pflegemittel zu kaufen. Wie peinlich, hat sie noch gesagt."

„Und dann?"

„Na ja, nix und dann. Das war es eigentlich. Ich sag ja, ziemlich doof."

Ich zuckte mit den Schultern. „Du wolltest halt einer möglichen Spur folgen."

„Ja, ich hätte besser zu Hause bleiben sollen."

„Nicht mehr zu ändern."

„Ist wohl so."

„In welchem Hotel hat deine Freundin damals gearbeitet?"

„Kein Hotel. Sie war im Golfclub. Unten in Wörishofen."

Während ich mich zum Gehen wandte, griffen tausend Zahnrädchen in meinem Gehirn ineinander und arbeiteten auf Hochtouren. Juli hing wieder an meinem Bein.

„Was ist mit …"

„Der Hund bleibt hier. Ist sowieso meiner. Hat sich nie einer drum gekümmert. Nur ich."

Dagegen konnte ich noch nicht einmal etwas einwenden.

Der nächste Rastplatz war meiner. Der Hagebuttentee trieb.

Das war jetzt mal ein Ding, was die Kleine da klargemacht hat. Ich glaubte ihr. Du kannst jeden und alles verarschen, aber nicht den Geruchssinn eines Hausmädchens durcheinanderbringen. Ja, Golfclub. Passte. Die Roisers waren geizig wie sonst was. Dass Karen das Duschgel für sich klärte, lag also auf der Hand. Um das jetzt noch runterzubrechen, war Karen offensichtlich mit dem Geschenk der Mutter überfordert und wollte sowieso weg vom Hof. Also suchte sie sich einen Vorwand. Oder besser gleich zwei. Legte den Gaul um und fackelte per Handy die Scheune ab. Gratulation. Fall abgeschlossen. 250.000 Steine verdient. Ende der Geschichte. Super. Was sagte Zito noch? Jede Familie hatte ihren eigenen Rebellen. Stimmt. Karen, die alte Rockerin. Wer hätte das gedacht?

Wieder klingelte das Telefon. Tristan war dran.

„Ich habe mir Gedanken gemacht", eröffnete er.

„Das ist immer gut."

„Mit dem toten Stalker bin ich nicht so recht weitergekommen. Deswegen habe ich mal etwas anderes versucht. Und bin da auf eine Sache gestoßen, die dich vom Hocker haut."

„Schieß los." Ich war eigentlich schon durch mit der Sache, aber ich wollte mir mal anhören, was er so dazu meinte. Multitaskingfähig, wie ich war, nahm ich mir das zerfledderte Notizbuch vor. Es war gespickt mit Notizen und Photos sämtlicher Fälle vergangener Jahrzehnte aus der Umgebung. War ein Fall gelöst worden, gab es einen Haken. Mit Datum. Bei dem Roiser-Fall gab es weder Datum noch Haken zum Abschluss. Aber ein Photo, das betrachtete ich näher. Das Bild, das alles und nichts erklärte. Hermine hatte es mit einem gelben Klebezettel versehen und zwei Fragenzeichen draufgemalt. Im Hintergrund rieselten Tristans Worte, die mir darlegten, wen er alles kannte, um an das zu kommen, was er wollte. Ich gab immer mal wieder ein „Mmh“ oder „Aha“ von mir, um zu signalisieren, dass ich noch auf dem Planeten war.

„Denn eines ist klar: Jemand ist so angepisst von den Roisers, dass er sich nicht mit einem platten Reifen begnügt.“

„Da ist was dran.“

„Deswegen habe ich mir die Akten von der Steuerhinterziehungsgeschichte mal näher angeguckt.“

„Ja, aber der Fall ist durch.“

„Zum Glück. Während eines laufenden Verfahrens an Akten zu kommen, ist schier unmöglich.“

„Nicht für dich.“

„Auch ich habe Grenzen“, versicherte er mir. „Aber trotzdem habe ich die Möglichkeit gefunden, eine wichtige Randinformation zu ergattern. Hat mich einen Tausender gekostet.“

„Gut, und weiter?“

„Wenn eine Steuerbehörde in Bewegung kommt, dann meist nicht, weil die so clever sind oder der Delinquent blöd ist. Nein. In 99,9 Prozent der Fälle wurden sie verraten. Sei es aus Rache, Eifersucht oder was auch immer.“

„Unschön.“

„Grundsätzlich, ja. In diesem Falle nein.“

„Warum?“

„Du kommst nicht drauf, wer die Geschwister angeschwärzt hat.“

Für einen kleinen Augenblick kam mir die Eisprinzessin in den Sinn. Ich wusste auch nicht, warum, sagte dann aber doch besser: „Keine Ahnung.“

„Die Mutter.“ Tristan lachte auf. „Die eigene Mutter hat ihre Kinder ans Messer geliefert.“

„Willst du mich verarschen?"

„Nein, die zerfleischen sich gegenseitig. Herrlich. Das hatte ich auch noch nicht."

„Unglaublich."

„Nun gehe ich noch einen Schritt weiter und behaupte, dass die Frau Mutter dann auch den Stalker engagiert hat. Wenn schon, denn schon."

„Einleuchtend."

„Paket schon ausgepackt?"

„Kann man so sagen."

„Beigabe begutachtet?"

„Umgehend verwendet."

„Junge, das war zur Ansicht. Einer von zehn Prototypen. Ich wollte deine Meinung hören."

„Sagen wir mal so, hat funktioniert."

Tja, Freunde. Das nennen die Sportler „einen Lauf haben". Jetzt kam Geschwindigkeit auf. Nun kam eines zum anderen. Das passiert, wenn ihr dranbleibt. Erinnert ihr euch noch an das 7:1? Deutschland gegen Basilien? Im Jahr 2014. Warum hat Deutschland gewonnen? Weil sie besser waren? Sicherlich nicht. Nein, weil sie drangeblieben sind. Und ich blieb auch mal dran für heute. Deshalb nahm ich erneut dieses eine Photo in die Hand. Auf der Rückseite gab es Datum, Ort und ebenfalls ein riesiges rotes Fragezeichen. Ein Fragezeichen, das nicht für mich bestimmt war. Ein Fragezeichen, das sich speziell erst nach Jahren aus einer bestimmten Distanz löschen ließ.

Meine Fresse, ich wusste gar nicht, wen ich zuerst zusammenscheißen sollte. Ich wollte nun keinen auf Agatha

Christie machen und alle versammelt im Kaminzimmer zur Rede stellen. Der Plan war also wie folgt: Ich wollte über den Hof gehen und jeden fragen, den ich so traf, ob er noch ganz dicht war. Ganz einfach. Das war so eine dermaßen abgefahrene Scheiße. Wirklich. Diese reichen Arschgeigen und ihre perversen Spielchen. Da engagierten sie mich, um sich höchstselbst zu überführen. Wahrscheinlich würde mir gleich zu Ohren kommen, dass das ja alles gar nicht so war und sie eigentlich die Opfer waren. Können die auch ganz gut, die Opferrolle übernehmen.

Ich ließ den Alfa bis zum Brunnen rollen. Vor dem Haus registrierte ich den Urus von dem Lambo-Heini. Karen hatte ihren Treffpunkt wohl verlagert. Klug. Die Eisprinzessin kam.

„Neues Auto?"

„Geliehen", gab ich mich wortkarg. Ich blickte ihr tief in die Augen. Vor mir stand eigentlich schon die erste Kandidatin. Aber halt. Da fällt mir ein, dass ich euch noch eine kleine Erklärung schuldig bin, warum ich kürzlich so hart mit dem Fettsack umgesprungen bin. Also, in meiner Zeit als Rekrut in Hamburg haben wir eigentlich nur Mist gebaut. Die Sache eben nicht so recht ernst genommen und uns ständig irgendwie verpisst. Es gab erzieherische Maßnahmen und Disziplinarverfahren von allen Seiten. Die Ausbilder mussten sich regelrecht der Reihe nach anstellen, weil sie befürchteten, sie würden zu kurz kommen mit ihren Ideen, uns in die Knie zu zwingen. Das Ganze war für uns eine riesige Party. Wir gaben einen Scheiß auf alles, weil wir wussten, dass die Wehrdienstzeit eines Tages ein Ende haben würde. Keiner von uns war freiwillig hier, und da kam selten Gutes bei raus.

Richtige Rabauken waren wir. Stets gut gelaunt und übermütig. Lediglich Durchschlagemärsche und Schießübungen gefielen uns. Selbstverständlich auch die Reeperbahn bei Nacht mit ihren bunten Lichtern und schummrigen Bars. Spät zu Bett gehen war die Regel. Während meine Kameraden dem Rausch verfallen in ihren Betten schnarchten, packte ich meinen sogenannten Wachrucksack. Wachdienst machte jeder von uns gern, denn dafür gab es einen Tag Sonderurlaub. Als ich mich dann mal endlich in die Koje legen wollte, hörte ich einen immensen Radau. Ich öffnete die Tür und blickte den dunklen Flur entlang. Der Lärm kam aus einem der Waschräume. Grell warfen die summenden Neonröhren aus einem Türspalt heraus ihr unsympathisches Licht auf die blassroten, abgenutzten Fliesen im Gang. Jemand trat immer wieder gegen den metallenen Abfalleimer und schrie lauthals, was das doch alles hier für ein Mist war. Recht hatte er ja, aber das sollte man besser tagsüber verkünden, denn die Wachen waren bei Ruhestörung wenig zimperlich. Ich war immer für Randale zu haben, aber das hier schien etwas anderes zu sein. Auf knüppelharten blauen Plastikbadeschlappen schlurfte ich zum Waschraum. Als ich sachte die Tür aufschwingen ließ, war ich regelrecht geschockt. Einer meiner Kameraden, Andreas Ritter, stand am Waschbecken und weinte. Er trug lediglich eine blutige weiße Unterhose. Andy war sowieso schon spindeldürr und sah in dem Moment mehr als erbärmlich aus. In seiner Hand hielt er eine Spritze. „Ich finde sie nicht“, wimmerte er. „Ich finde sie einfach nicht.“ Als Andy mich im Spiegel entdeckte, drehte er sich hektisch zu mir um. „Hilfst du mir?“, fragte er leise und wankte dabei leicht. Ich konnte gar nicht fragen wobei, denn die feinen blutigen Linien an den grauen Wänden machten mich sprachlos. Es sah aus wie in einem Schlachthaus. „Das ist doch alles Mist hier“, kreischte er hysterisch. Dann stach er sich mit der Spritze grob in den linken Arm, schob mit dem Daumen die Kolben hoch und sog erneut Blut in die Spritze. Wieder sprühte er sein Blut mit einer weit ausholenden Geste an die Wand. Jetzt bekamen die Spiegel mitsamt den Waschbecken auch was ab. Das war vielleicht gruselig. Ich sag's euch. „Alles Mist.“ Ein paar Neonröhren fingen an zu flackern. Sein Arm war komplett im Eimer. Vollkommen zerstochen. Blaulila verfärbt. Das Körperteil eines Toten.

„Ich wollte mir was spritzen, aber ich find die Vene nicht. Hilfst du mir?“

„Wobei?“

„Die Vene zu suchen, dann kann ich mir was drücken.“

Ich betrachtete sein verzweifeltes Gesicht und mir kam lediglich die Frage in den Sinn, wie er so durch die ärztliche Untersuchung gekommen war.

„Ist doch alles Mist hier“, tönte er wieder und trat den leeren Abfalleimer erneut durch die Gegend.

„Warum machst du das?“, fragte ich vollkommen verdutzt.

„Damit ich wieder Luft bekomme. Ich brauch das, um zu atmen. Sonst ersticke ich hier. Ich muss atmen. Wenn ich was nehme, kriege ich wieder Luft. Hilfst du mir?“

Ich hielt mich damals für den ziemlich coolsten Typen, aber mit dieser Situation hier war ich endlos überfordert. Ich hatte überhaupt keinen Schimmer davon, wie man sich Drogen spritzt. Es war schlimm für mich, meinen Kameraden Ritter so zu erleben. Er war immer einer derjenigen, die ständig alle begeistert mitrissen. Aber einmal muss er wohl zu lange auf der Reeperbahn geblieben sein und hat sich stattdessen selbst mal mitreißen lassen. Er fing wieder an zu weinen. „Hilfst du mir? Ich find die Vene nicht. Ich muss atmen."

Die Wache kam, schob mich grob zur Seite und blaffte mich an, ich sollte wieder auf die Stube gehen. Wie in Trance schlurfte ich den Gang zurück dahin, wo ich hergekommen war.

Den übrigen Jungs erzählte ich davon nichts, und Andy sah ich nie wieder.

Drei Jahre später bei meinem ersten Job als Türsteher ließen wir einen Drogendealer hochgehen. Während wir seine Taschen durchsuchten, kauerte ein junges Mädchen in der Ecke und rang nach Luft. „Bitte, Jungs. Ich brauch was. Macht mal 'ne Ausnahme", flehte sie.

Der Dealer grinste mich an. „Ihr habt es gehört. Sie braucht was. Macht mal 'ne Ausnahme."

Das war das erste Mal, dass ich einem Typen den Kehlkopf zerquetschte. Mit nur einer Hand. Der rechten. Ich hatte den Griff einer Zugmaschine. Er sollte mal spüren, wie es war, keine Luft mehr zu bekommen. Es brauchte drei andere Türsteher, um mich von dem Stück Scheiße wegzukriegen. In den Jahren danach folgten eine Menge Drogendealer, denen ich die Luft abdrückte. Und jetzt, nach dieser kleinen Erzählung, stand ich nun vor Sigrun Kluth, der Dealerin von Karen Roiser. Ihr könnt euch also denken, was gerade in mir vorging. Irritiert sah sie mich an.

„Ist alles in Ordnung bei dir?"

Meine Hand schoss nach vorn an ihren Hals. Ich legte eine wilde Haarsträhne zurück auf die Schulter und zupfte den Kragen ihrer Bluse zurecht.

„Ich sage dir das jetzt nur einmal. Ein einziges Mal", erwiderte ich eisig. Sie schluckte. „Nie wieder verteilst du Drogen. Nie wieder in deinem Leben. Haben wir uns verstanden?"

Sie nickte langsam. Das gefiel mir. Keine Ausflüchte. Kein dummes Gelaber. Einfach nur ein Nicken. Sie ahnte wohl, welches Glück sie gerade hatte. Ich wunderte mich über mich selbst. Auf meine alten Tage wurde ich noch weich. Ich war doch wohl nicht verknallt? Bloß nicht. Dann kam mir etwas anderes in den Sinn. „Komm mal mit." Siggi folgte mir zum Jungenstall. Das Tor war geschlossen. „Mach mal das Tor auf." Sie blickte mich verwundert an. Ich nickte zum Tor. „Aufmachen." Dann zog sie am Metallbügel. Nichts tat sich. Schließlich hing sie da wie ein Eichhörnchen und zerrte am Tor. Dann, mit der Unterstützung sämtlicher Flüche, öffnete es sich ein Stück. Interessant. Die Eisprinzessin war gut trainiert, und selbst sie konnte das Tor gerade mal eine Handbreit öffnen. Sie war außer Atem. „Versuch es noch mal." Ich legte meine Hand in den Spalt und half mit. Ich verausgabte mich nun nicht, aber die Anstrengung war schon ordentlich. Erst jetzt schob es sich knirschend über den Kies zur Seite. Celine behielt recht. Allein hatte sie das Tor nicht öffnen können. Von innen hatte ihr jemand geholfen. Nun, da der Stall offenstand, hielt ich meine Nase hinein. Nichts. Keine Zitrone.

„Riechst du etwas?", fragte ich.

„Pferdescheiße."

Etwas grob eingekreist. Allerdings treffend.

„Wo sind die Roisers?"

„Im Haupthaus."

Als ich mich auf den Weg machte, stand Klaus am Alfa Romeo. Perfekt. Denn ihr würdet es nicht glauben, den Chauffeur hatte ich auch auf dem Zettel.

„Wir sollten mal reden", eröffnete ich streng. Ich hatte gerade echt keinen Bock auf Diplomatie oder wertschätzende Satzbausteine, um einfühlsam an den Kern zu kommen. Er wurde schlagartig bleich und setzte sich auf den Brunnenrand. Ich wollte ihm gerade das Photo unter die Nase halten, als er sagte: „Das tut mir aufrichtig leid mit Saskia. Dass es so weit kommt, wollte ich nicht. Wirklich nicht." Mein Konzept vom taffen Verhörspezialisten löste sich gerade in Luft auf. Ich setzte mich verwundert neben ihn. Was redete er da?

„Das Feuer griff so schnell um sich und kam in Windeseile zum Dach hoch. Ich war selbst erschrocken. Dass Wicka in einer der Boxen saß, wusste ich nicht. Schon gar nicht, dass er bewaffnet war. Er hätte ebenso mich erwischen können. Wäre wahrscheinlich besser gewesen."

„Sie haben den Stall abgefackelt?" Ich war komplett durch den Wind.

„Ja", kam es irritiert. „Deswegen wollten Sie mich doch sprechen, oder?"

„Sie haben den Zünder gebaut?", hakte ich nach.

„Ja."

„Wie das?"

„Die Anleitung gibt es im Internet."

„Klaus, das ist hier kein Spaß mehr."
„Das ist mir bewusst."
„Warum?" Ich kriegte mich gar nicht mehr ein.
„Ich war sauer."
„Sauer? Herrgott noch mal, worauf?" Ich war völlig entgeistert.
„Hermine hatte an dem Tag bei der alten Roiser angefragt, ob ich sie mal kurz zum nächsten Ort bringen könnte. Daraufhin hatte die Roiser nicht freundlich reagiert, Hermine an ihren Stand erinnert und dass der Chauffeur des Hauses generell nicht für das Personal zur Verfügung steht."
„Und?"
„Minchen ist nicht mehr so gut zu Fuß und oft auch ein bisschen durcheinander. Wäre schon besser gewesen, wenn da einer mit ist. Hermine hat schon so viel für den Hof getan."
„Glaub ich gern."
„Dann habe ich sie allein über den Hof laufen sehen. Immer mal wieder hat sie Pause gemacht. Und dann war ich wütend auf die alte Roiser." Er sah mich traurig an. „Aber wahrscheinlich war ich mehr wütend auf mich. Ich habe ja zugelassen, dass sie so mit Hermine redet."
„Und dann haben Sie mal eben den Stall abgebrannt?"
„So in der Art. Den Zünder hatte ich irgendwann mal gebastelt. War eigentlich für was anderes gedacht."
Ich sah ihn fragend an. „Wofür in Gottes Namen baut man einen solchen Zünder?"
„Für eines meiner Modellboote. Ich wollte damit Kesselfeuer auf einem Dampfer simulieren."
„Klaus, ey. O Mann."

„Ja, ich war dann so in Rage. Ich habe mich da reingesteigert. Diese eine Respektlosigkeit konnte ich nicht hinnehmen und wollte auch keine weiteren mehr erleben. Also beschloss ich, den Hof niederzubrennen."

„Klaus, im Trubel Ihrer Kurzschlusshandlung ist ein Mensch gestorben. Mal abgesehen von den Tieren, die Sie in Gefahr gebracht haben."

„Dass den Tieren nichts passiert, wusste ich. Es ist immer einer da", verteidigte er sich. „Aber das mit Wicka, das wird mich ewig verfolgen."

Ich stieß die Luft aus meiner Lunge. Mir waren unendlich viele Geschichten bekannt, wo Menschen nach langer Tortur wegen einer Kleinigkeit mal gehörig die Hutschnur platzte. Das war nun wieder eine davon. Wenn das Maß voll ist, ist es voll. Da nehmen die Dinge ihren Lauf. Da machste nix.

„Sie sind verknallt in Hermine", stellte ich fest. Klaus druckste rum. „Oder ein geheimes Paar?"

„Ganz so einfach ist es nicht."

„Klären Sie mich mal auf. Immerhin haben Sie dafür den Scheißstall in Brand gesetzt."

Klaus nickte bedächtig, bevor er mit seiner Erzählung anfing. „Wissen Sie, der verstorbene Herr Roiser benahm sich nicht immer korrekt und er war auch nicht der Heilige, von dem immer alle redeten. Er hatte nicht nur ein schwaches Herz, sondern auch eine Schwäche für schöne Frauen. Fritz landete bei allen mit seiner Mitleidsmasche. Von wegen reich und unverstanden. So verführte er Hermine eines Tages auch mal im richtigen Moment. Ich habe es nicht mitbekommen. Aber das übrige Personal hat es mir gesteckt. In der Küche haben sie es getrieben. Was keiner von denen wusste, war, dass sie zuvor mit mir zugange gewesen war." Ich schaute verwundert. „Ja, Minchen war damals ein richtiger Feger. Sie blühte förmlich auf, als ihr alle Avancen machten. Egal ob Tierarzt oder Stallbursche. Alle verehrten sie. Doch mein Anliegen war aufrichtig. Ich war wie vor den Kopf gestoßen und ließ sie dann natürlich links liegen. Eines Tages wurde ich gerufen, um Hermine und den Roiser nach München zu fahren. Minchen weinte. Roiser senior war kalt wie Granit. Ich wusste, dass da was nicht stimmte. Es war ein dunkles Backsteinhaus und der Termin ging knapp zwei Stunden. Als sie rauskamen, weinte Hermine noch mehr. Unaufhörlich bittere Tränen." Er stockte. „Später erfuhr ich, dass sie abgetrieben hatte." Klaus blickte mich nun direkt an. „Und bis heute weiß ich nicht, ob es nicht doch vielleicht mein Kind gewesen ist. Nie haben wir darüber geredet und keiner von uns hatte je den Mumm gehabt, das Gehöft zu verlassen. So machen das wohl Versager."

„Haben Sie deshalb damals den Hengst von Erik getötet? Aus Rache?"

„Wie kommen Sie dabei auf mich?" Klaus war deutlich verwirrt.

Ich holte das alte Polaroidphoto hervor. Es zeigte vereinzelte Zigarettenstummel an einem Baum der Jungenweide. Ich gab es ihm.

„Sie waren genau dort in der Nacht. Ich weiß, dass Sie früher geraucht haben. In der Küche ist ein altes Photo, wo sie 'ne Fluppe im Mundwinkel haben."

„Und wenn schon? Das hier kann ja jeder gewesen sein."

„Eigentlich ja. Der Polizist hatte es damals laut Notizen für filterlose Zigaretten gehalten. Aber wenn das geschulte Auge genau hinsieht, lässt sich erkennen, dass die Filter abgebrochen worden sind.“

„Genau“, erwiderte Klaus, ohne auch nur einen weiteren Blick auf das Photo zu werfen.

„So machen das Späher, um ihre Spuren zu verwischen. Oder?“ Klaus nickte. Er fühlte sich an seine Zeit bei der Bundeswehr erinnert. „Die Gewohnheit wird man dann jedoch nicht gänzlich los. Stimmt's?“, bohrte ich nach. „Ehemalige Späher vergraben die Zigarette dann zwar nicht mehr, brechen aber immer noch den Filter ab. Ich weiß das aus meiner Zeit als Grenadier. Hab es oft genug beobachtet.“

„Gut aufgepasst.“

„Liegt im Blut.“

„Aber ich war es trotzdem nicht.“

Ich glaubte ihm. „Wer dann? Sie müssen es doch gesehen haben.“

„Stimmt.“

Die Tür zum Haupthaus war angelehnt. Ich wanderte hinein. Keiner da. Ich schlenderte die riesige Treppe mit dem fluffigen Teppich hinauf. Auch keiner zu sehen. Instinktiv ging ich links und entdeckte tatsächlich einen kleinen Pferdeaufkleber an der Tür. Ich schmunzelte in mich hinein. Na, wer denn hier wohl wohnte? Ich klopfte leicht. Keine Reaktion.

Auf der anderen Seite der Etage öffnete sich eine Tür und Erik Roiser erschien. Wie gewohnt mit gegeltem Haar und adrett gekleidet.

„Ah, Herr Stammer. Schön, Sie zu sehen. Ich hoffe, Sie sind wohlauf.“ Er klang sichtlich erleichtert. Er kam um die Treppenschlucht herum auf mich zu. „Klaus hat mir erzählt, dass Sie einen außergewöhnlichen Termin wahrnehmen mussten?“

„Ja, kann man so sagen.“ Ich lachte auf. Die exakte Formulierung der Dinge würde mir echt fehlen.

„Ich wollte mich noch für gestern Nacht bedanken. Sie haben meiner Schwester enormen Schutz geboten. Karen hat mir alles erzählt. Unglaublich.“

„Die Sache ist vom Tisch. Ebenso wird niemand mehr Ihre Autos beschmieren.“

Roiser zeigte sich sichtlich beeindruckt. „Das ist gut.“ Ich wollte mich noch mal Karens Tür zuwenden. „Ähm, die Sache mit der Brücke. Kommen da Kosten auf uns zu? Oder kommt die Versicherung dafür auf?“ Der Typ machte mich fertig. Echt jetzt. Ich verzichtete auf die Erklärung, dass bei illegal genutzten Waffen der Versicherungsschutz automatisch erlischt. „Nein, auch das ist geregelt.“

Jenseits der Tür hörten wir nun einen erleichterten Seufzer. So, als würde jemand jauchzend nach Luft schnappen. Ui, da ließ es sich wohl jemand gut gehen. Na ja, war ja jetzt auch nicht mehr ganz so wichtig. Ich wollte sie nur kurz zusammenscheißen und fragen, ob sie dumm war. Nichts Wildes.

„Wo ist Ihre Frau Mutter?“

„Im Kaminzimmer, denke ich.“

Mit einem Pfeifen auf den Lippen schlenderte ich die flauschige Treppe wieder runter und schwenkte rechts durch die Schiebetür in den Prunkraum. Würde also doch eine kleine Agatha-Christie-Einlage werden. Margit Roiser sah von ihrer Zeitschrift auf.

„Welche Mutter scheißt ihre eigenen Kinder bei der Finanzbehörde an?“, eröffnete ich das Gespräch.

„Oh, Dennis.“ Sie legte die Zeitschrift beiseite und ergriff das Whiskyglas. Dabei lächelte sie dünn. „Mir war klar, wenn Sie sich um die eine Sache kümmern, stoßen Sie unweigerlich auf einen weiteren, viel unangenehmeren Teil.“

„Ist wohl so.“

„Das war mitunter der Grund, warum gerade ich Sie engagiert habe.“

Clever gemacht. Sonst würde ich ja nun vor Erik Roiser stehen, um Rapport abzugeben. Das war wohl der Grund, warum die knauserige Krähe jeden Preis der Welt zahlte.

„Behalten Sie das für sich. Die Kinder würden es nicht verstehen.“

„Was gibt es denn da nicht zu verstehen?“

„Ich brauchte einen Grund, um wieder in die Nähe meiner Kinder zu kommen. Es hat funktioniert. Auf einmal wurde ich wieder um Rat gefragt. Der Plan ging auf. Ich bin wieder da.“

„Ihre Kinder hätten dafür ins Gefängnis gehen können.“

„Papperlapapp. Die Bewährung war vorauszusehen, und dass der Staat lieber hohe Geldbußen von unseresgleichen fordert als Gefängnisstrafen zu verteilen, dürfte ja wohl ebenso hinlänglich bekannt sein.“

Meine Herren, war die abgebrüht.

„Und was hat es Ihnen damals gebracht, Eriks Hengst den Hals aufzuschneiden?“

Jetzt schaute mich das Schrapnell mit einer Art Ehrfurcht an, die mich fast erschreckte.

„Meine Güte, sind Sie gut“, lobte sie mich.

Ich wusste von Klaus, dass sie das Messer geführt und dabei zugesehen hatte, wie Johnny Blue verendete. Er stand an seinem Pausenbaum und konnte seitwärts in die Gasse schauen. All die Jahrzehnte behielt er es für sich, weil es keinem was gebracht hätte. Ihm nicht. Der Mutter nicht. Erik nicht. Niemandem. Deshalb beschloss ich spontan, dass es keinem etwas bringen würde, wenn die Welt wüsste, wer die Scheune abgefackelt hatte. Damit waren beide Parteien dann wohl quitt. Die Sache mit Saskia ging trotzdem auf den Deckel von Wicka. Vom Schicksal gefickt. Passiert eben. Ließ sich nicht mehr ändern.

„Tja, Johnny Blue“, erinnerte sich die Krähe. „Erik hatte sich schon fast zu weit von mir entfernt. Er hatte nur noch Augen für das Tier. Das musste ich ändern. Und ich darf Ihnen sagen, dass das die schönste Zeit war, die ich dann mit meinem Sohn verbracht habe. Ich konnte ihm all die Fürsorge zukommen lassen, die er brauchte. Er folgte mir überallhin. Insgeheim ist das auch heute noch so.“

„Echt jetzt?“

„Sie haben mich doch wohl nicht besucht, um alte Geschichten aufzuwärmen, Herr Stammer. Sie haben sich um Ihren eigentlichen Auftrag gekümmert. Richtig?“

„Richtig.“

„Ich höre.“

„Ihre Tochter hat Rosantiquo umgelegt.“

„Sie scherzen?“

„Leider nicht. Wir könnten es offiziell machen. Dann wird das hier eine Indiziennummer. Oder wir lassen es so stehen. Bisher war alles, was ich herausgefunden habe, familienintern. Von außen kräht kein Hahn danach."

„Dann sollte das so bleiben."

„Tja, liegt wohl in der Familie. Die eine Seite tötet, um Nähe zu suchen. Die andere, um Abstand zu gewinnen. Vielleicht gönnen Sie sich mal eine Familientherapie."

„Sie reisen heute ab?", fragte sie lediglich kühl.

Ich grinste. So charmant hat mich noch niemand rausgeworfen.

Die Luft schien eine andere zu sein. Frischer. Klarer. Wahrscheinlich aber auch nur, weil der unterschwellige Nebel des Stresses sich gelegt hatte. Es kommt von außen immer alles so leicht rüber, doch in einem arbeitet unermüdlich der Aufmerksamkeitsreaktor, um keinen einzigen Umstand auszulassen, der einen wieder zu einer anderen Spur führen könnte. Das war nun vorbei. Tasche packen. Taxi rufen. Arschlecken. Bloß weg hier, bevor die nächste Scheiße hochkochte.

Im Gehen sah ich, wie sich ein Stallmädel fluchend am Tor zum Jungenstall zu schaffen machte. Die alte Geschichte. Gerade wollte ich Kurs nehmen, um Hilfe zu leisten, als ein anderes Stallmädel dazukam. Ich verlangsamte also meinen Schritt. Zu meinem Erstaunen bewegte sich das Tor wieder nur minimal. Mein Reaktor lief an. Als dann auch noch unser Grufti zu Hilfe kam, über die Köpfe der beiden in den Spalt fasste und das Tor mit aufdrückte, lief alles in mir wieder auf Hochtouren. Zwei Frauen allein können das Tor nicht aufmachen. Somit war die Theorie, dass Karen Roiser auf der anderen Seite gestanden und Celine dabei geholfen hatte, vollkommener Schrott. Geschweige denn, dass Karen das Tor zur Tat auch nicht selbst hätte öffnen können. Es war aber nicht gänzlich sperrig. Selbst so ein Spargeltarzan wie der Grufti konnte es öffnen. Es ging um die Technik, um den Schwerpunkt. Es musste weit oben gefasst und aufgeschoben werden. Der Täter war ein Mann. Mein Blick ging zurück zum Haupthaus und blieb am Lamborghini hängen. Meine Fresse. War ich blöd.

Karen gab sich erfreut, als Christoph pünktlich erschien. Sie war verwundert über seine Tasche, aber umso amüsierter, als er daraus eine gekühlte Flasche Champagner hervorzauberte. Ihr Zimmer war geschickt abgedunkelt. Nicht zu offensichtlich. Aber der eine oder andere zugezogene Vorhang ließ nur dosiert Licht in den Raum. So war nun eine Atmosphäre geschaffen, die eine bestimmte Richtung anzeigte und nach dem zweiten Glas auch gleich ins Bett führte. Seine Küsse waren sanft. Die Berührungen ebenso. Mit geschickten Fingern entkleidete er Karen. Er behielt seinen Anzug an. Das störte sie nicht, solange er weiter genau die Stellen berührte, die eine wohlige Wärme in ihr auslösten. Nach zärtlichen Küssen am Hals legte sich kühles Metall an ihre Handgelenke. Ein Rasterklicken verriet, dass sie nun Handschellen trug. Sie kicherte. Ihr waren derlei Praktiken nicht fremd. Der Hofschmied, der sie damals entjungfert hatte, fixierte sie ständig mit allem Möglichen und brachte sie mit Dingen, die er ihr einführte, stets an den Rand der Ekstase. Gegen Ende der Liaison war es sogar mal seine Faust. Danach blieben solche Erlebnisse aus. Alle fassten sie nur noch mit Samthandschuhen an. Diese Weicheier. Eine weitere Handschelle umfasste ihre Fessel in der Mitte und klickte am Holz des Bettes ein. Sie schloss die Augen und rekelte sich mit gespreizten Beinen auf dem weichen Laken. Was er wohl noch alles in seiner Tasche hatte? Karen erwartete eine Augenbinde und bekam stattdessen eine goldene Nippelklemme an eine ihrer Brustwarzen gesetzt. Die Klammerenden waren spitz und die Klemme selbst überaus stramm. Sie stieß kurz scharf ihrem Atem aus, um den Schmerz zu kompensieren, und wollte gerade etwas sagen, als ein weiterer Kuss sie erreichte. Christoph lächelte. Sie lächelte zurück und bekam dafür die zweite Klemme. Die Kette, die beide Klemmen verband, legte sich kühl zwischen ihre Brüste. Der Schmerz war ähnlich schwer, und so recht gewöhnen wollte sie sich daran nicht.

„Habe ich deine Aufmerksamkeit?“, hauchte er.

„Ja“, stöhnte sie. Schloss die Augen und war dabei, den süßen Schmerz wegzuatmen. Plötzlich bekam sie einen heftigen Schlag ins Gesicht. Erschrocken riss sie ihre Augen auf.

„Habe ich deine Aufmerksamkeit?“ Nun war die Frage eher als Drohung zu verstehen.

Sie wollte empört aufbegehren und erhielt den nächsten Schlag. „Habe ich deine Aufmerksamkeit?“

„Ja.“ Ihre Stimme zitterte.

„Schön zu wissen. Du hast im Übrigen exakt dieselben perversen Neigungen wie dein Vater.“ Ihr Blick zeigte Unverständnis. Dafür bekam sie den nächsten Schlag. „Aber meist kommen die Töchter ja nach ihren Vätern, so, wie die Söhne mehr an ihren Müttern hängen."

„Was soll das hier?" Noch ein Schlag, diesmal heftiger. Ihr Auge schwoll an.

„Also, ich mag meine Mutter sehr. Es war schwer für mich, als sie uns damals verließ."

„Bist du total bescheuert?" Wieder ein Schlag. Jetzt schmeckte sie Blut.

„So wie du jetzt hier liegst, hat mein Vater meine Mutter bei einem Schäferstündchen mit deinem Herrn Papa erwischt. Unten in Ellinghofen. Ist einfach reingeplatzt. Der Gärtner hat es ihm erzählt und der Portier spendierte den Schlüssel zur Suite. Tja, so ist das gelaufen. Dein Vater hat meine Mutter nicht verteidigt, geschweige denn von den Handschellen gelöst. Er ist davon. Wie ein feiger Hund. Der Hausmeister des Hotels musste meine Mutter befreien. Hört sich lustig an. War es aber nicht. Kurze Zeit später wusste es dann auch der ganze Ort sowie unsere gesamte Familie und Geschäftskunden. Die Frau vom Glaubert war eine Hure. Angekettet wie eine Hündin hat sie sich bumsen lassen. Von jedem. Wahrscheinlich für Geld."

„Was kann ich dafür, dass deine Mutter eine Schlampe ist?", keuchte Karen.

Jetzt hagelte es Schläge. Immer wieder ins Gesicht. Immer mit der flachen Hand. Immer wieder auf dieselben Stellen, bis die Haut platzte und Blut hervorquoll.

„Dein Vater hätte für sie einstehen sollen", zischte er.

Plötzlich klopfte es an der Tür. Leise und verhalten. Karen wollte zum Schrei ausholen, aber Christoph drückte ihr die

Kehle zu. Sie hörten gedämpfte Stimmen: der Bruder und ihr Bodyguard. Christoph versuchte so gut es ging, dem Gespräch zu lauschen, und vergaß dabei fast, dass Karen keine Luft mehr bekam. Tot wollte er sie nun nicht haben. Also, jetzt noch nicht. Er lockerte seinen Griff und sie japste jauchzend nach Luft.

Als die Stimmen verschwanden, bekam sie einen weiteren Schlag ins Gesicht.

„Was soll das Ganze hier?"

„Rache. Rache an eurem Haus. Rache dafür, dass dein Vater keinen Charakter bewies. Rache dafür, dass ich meine Mutter verlor." Karen war kurz verwirrt. „Oh, versteh mich nicht falsch. Meine Mutter lebt noch. Und ich durfte sie auch immer besuchen. Natürlich unter Aufsicht vom Jugendamt." Wieder ein Schlag. „So macht man das nun mal bei Prostituierten." Er hielt kurz inne. „Sie wurde nach der Scheidung als Nutte gehandelt, weil die sexuelle Neigung darauf hindeutete." Er zeigte auf Karen. „Heute wäre das normal. Aber ich durfte damals meine Mutter, die Hure, besuchen. Selbst jetzt weicht sie meinen Blicken noch aus, wenn ich sie sehe. Vor Scham." Er stockte kurz. „Das Weiterleben mit meinem Vater erwies sich dann ebenso als Hölle. Weil er in meinem Gesicht immer das ihre sah. Er fühlte sich immer daran erinnert – an diesen einen Tag der Schande, wie er ihn nannte. Für ihn war sie auch nicht meine Mutter. Für ihn war sie die Hure, die ich besuchte. Ich war auch nicht mehr sein Sohn. Ich war der Hurensohn. Später hörte er auf, mich so zu nennen. Aber es liegt ihm noch heute im Sinn. Ich weiß es." Er schnalzte mit der Zunge. „Und so zerrissen bin ich dann aufgewachsen."

„Warum gerade jetzt?“ Karen zeigte sich fassungslos.

„Ich hatte schon mal versucht, mit dir anzubändeln.“ Sie legte die blutige Stirn in Falten. „Du hast mich noch nicht mal bemerkt. Da wusste ich, die Zeit ist noch nicht reif.“ Er kicherte. „Aber jetzt ist alles perfekt. Ihr seid offensichtlich schutzlos. Die Behörden scheißen auf euch. Verhasst bei den Bewohnern sämtlicher Dörfer. Stell dir vor, ich bin hier reinspaziert und habe dein Pferd getötet. Einfach so. Und dann bin ich rausspaziert, als ob nichts gewesen wäre. Ich habe sicherlich etliche Fehler gemacht, aber die Polizei wollte nicht einen davon finden.“ Er schaute gespielt mitleidig und strich ihr dabei mit dem Zeigefinger über den Oberschenkel. „Zudem bist du jetzt älter geworden und nicht mehr so wählerisch. Ein nettes Wort hier, ein Kompliment da, ein Tröstерchen für deinen Scheißgaul dort und schon machst du die Beine breit.“

Wut keimte in Karen auf und sie trat nach allen Seiten, traf aber nicht. Er saß neben ihrem Oberkörper und gab ihr einen weiteren Schlag ins Gesicht. Diesmal mit der Faust. Ihre Nase brach. Benommen sank sie zurück.

„Was willst du jetzt tun?“, fragte sie schwach.

„Das mit dem Pferd hat so gut geklappt. Mal sehen, ob das mit euch auch funktioniert.“ Sein anfängliches Lächeln verwandelte sich zu einem irren Grinsen.

„Was soll das bedeuten?“

„Schau mal, du hast so eine tolle Kindheit gehabt. Mit einer Mutter, einem Vater und deinem Bruder. Da wird dir doch klar sein, dass so etwas nicht ewig geht. Irgendwann ist Schluss mit allem.“ Er lächelte versonnen. „Und dafür bin ich heute zuständig. Keiner von eurer Brut soll sich womöglich noch vermehren. Sonst tragt ihr eure Perversitäten weiter durch die Zeit und zerstört garantiert andere Existenzen."

„Du bist verrückt", stellte Karen fest.

„Ich bin ein Produkt deines Vaters. Siehst du ihn im Jenseits, bedank dich bei ihm."

Ich war mitten im Spurt. Diesmal aber so richtig. Nicht wie die anderen Einlagen zuvor. Wie eine Kanonenkugel schoss ich die Stufen zum Haupthaus hoch. Der Marmorkuchen klopfte schon am Zäpfchen, aber Kotzen war jetzt nicht drin. Ich musste mal eben etwas anderes erledigen. Mit einem Krachen stieß ich die Haustür auf und raste die Treppe rauf. Erik Roiser stand mitten auf den Stufen und sah mich fragend an.

„Mitkommen", bellte ich. Unerwartet flink folgte er mir. Karens Tür war verschlossen. Mir fehlte der Atem für Worte und ich hämmerte einfach dagegen. Erik sprang ein. „Karen, mach auf!"

Keine Reaktion. Egal. Dauerte mir zu lang. Ich zog die Waffe und zerschoss das Schloss. Nicht einmal. Mehrmals. Holz stob in die Luft und die Tür schwang etwas auf. Mit der Schulter rammte ich sie dann vollends in den Raum. Er lag im Dunkeln. Karen lag unbeweglich auf dem Bett. Es dauerte endlose Sekunden, bis ich mal checkte, dass sie Handschellen trug. Ihr Gesicht war blutig.

„Karen", rief Erik panisch und lief kopflos an mir vorbei in das Zimmer. Das war dumm. Der Raum war noch nicht gesichert. Es gab einen ohrenbetäubenden Knall und wie von der Abrissbirne getroffen flog Erik über einen Stuhl und blieb regungslos auf dem Boden liegen.

„Sie bleiben da stehen, wo Sie sind, und werfen Ihre Waffe aufs Bett, oder die nächste Ladung trifft die Schlampe." Ich tat erst mal gar nichts. „Wird's bald?", kam es dann extrem bedrohlich. Ich warf meine Plempe auf das Bett. Federnd landete sie unterhalb von Karens Füßen. In weitem Bogen schlich der kleine Wichser dann um die Tür herum und zielte mit einer abgesägten Schrotflinte auf mich. Er griff sich mit der Linken meine Waffe.

„Kannst du kleiner Pisser damit auch umgehen?", fragte ich spöttisch. Konnte er. Er schoss und traf. Ich knickte ein und krallte mich am Türrahmen fest. Der Tatsache, dass er kein Linksschütze war, verdankte ich den Umstand, dass die Kugel lediglich meinen Rettungsring rechts streifte. Das brannte wie Hölle. Dieser Hurensohn „Oh, das hat Spaß gemacht. Das versuchen wir gleich noch mal." Da griff mich plötzlich eine Hand an der Schulter und riss mich mit der Kraft eines Flaschenzuges zur Seite. Ich landete im Flur. Der nächste Schuss ging ins Leere. Der Fettsack stand über mir. Mir wurde kurz schwarz vor Augen, dann hörte ich ein leises Fluchen. Die Waffe war leer. Ich hatte das Magazin nach der gestrigen Aktion nicht mehr nachgeladen. Jetzt bemerkte ich, wie eine dunkle Gestalt über mich hinwegsprang. Der Grufti. War das zu glauben? Er warf aus dem Handgelenk sein Messer in dem Raum. Es gab ein kurzes Sirren und danach ein gurgelndes Röcheln. Fatty half mir, mich aufzurappeln. Der Grufti stand immer noch ungerührt im Türrahmen und beobachte mit schiefem Kopf das Sterben des Hurensohnes. Der hatte echt Nerven. Polternd fiel die Schrotflinte zu Boden. Das Messer ragte dem Pisser aus der Kehle. Blut pulsierte in weiten, dünnen Strahlen auf den hellen Teppich. Voll die Sauerei. Dann kippte er nach hinten weg. Wahrscheinlich tot. Vielleicht starb er auch erst später. Mir scheißegal.

„Macht Licht", kommandierte ich. Ich blutete, aber war durchaus noch handlungsfähig.

Fatty riss die Vorhänge auf und der Grufti kümmerte sich sofort um Karen. Sie atmete rasselnd durch den Mund. Aber okay, sie lebte. Vorsichtig deckte er sie zu und löste dann ihre Handschellen. Ich schaute nach Erik. Der hatte zwar eine volle Ladung Schrot in den Rücken bekommen, aber auch er lebte. An Schrot ist noch keiner gestorben. Es sei denn, du kriegst das ganze Programm in den Kopf.

„Jungs, ruft einen Krankenwagen."

Ich legte Erik in die Seitenlage. Besser so als komplett auf dem Rücken. Aber egal wie, tat bestimmt trotzdem noch weh wie Sau. Ich setzte mich neben ihn und lehnte mich an Karens Bett.

„Meine Schwester?"

„Lebt."

„Gut."

„Hätte nicht besser laufen können."

Ich schaute hoch und nickte den Securitys dankbar zu. Ohne die beiden wären wir mal richtig am Arsch gewesen.

„Stammer?", ächzte Erik leise.

„Was gibt's?", versuchte ich eine Plauderei.

„Sagen Sie meiner Schwester bitte, dass sie mir noch fünf Mark schuldet?“

Meine Fresse. Echt jetzt. Könnt ihr euch das vorstellen? Der Typ ist kurz vor dem Abkacken, und das Einzige, was ihm in den Sinn kommt, ist, dass seine kleine Schwester ihm noch Kohle schuldet. Aus dem letzten Jahrhundert, wohlgemerkt. Kannst du dir nicht ausdenken, so etwas. Hab ich der Karen natürlich nie gesagt. Was sollte sie denn auch davon halten? Es gab ja wohl bereits genug Stress in der Familie.

Diesmal kam ich nicht unerkannt weg. Die ganze Sache wurde aufgerollt. Alle kamen zu Wort. Alles klärte sich. Nicht nur Karen hatte Duschgel aus dem Golfclub geschnorrt, sondern der rachsüchtige Hurensohn ebenso. Und weil er im Glauben war, auch einen Lauf zu haben, wollte er nach Rosantiquo nun die ganze Familie gleich mit beseitigen. Tja, was soll ich sagen? Die ältesten Sünden werden immer am härtesten abgerechnet. Dass die Nachfahren meist dafür herhalten mussten, war auch nicht gerade unbedingt ganz so neu. Die Motive sind halt immer verschieden. Obwohl, das hier war wirklich schon besonders. Die Sache mit dem Stall wurde dem Hurensohn übrigens gleich mit angehängt. Schön für alle. Vermeintlicher Ermittlungserfolg für die Polizei und Aufatmen für Klaus, der sich im Übrigen zusammen mit Minchen aus dem Staub machte. Voll niedlich. Minchen und Klaus, die beiden Outlaws. Solange sie jetzt nicht anfingen, Banken zu überfallen, konnten sie in Ruhe ihren Lebensabend genießen. Echt schön. Freute mich.

Karen und Erik blieben noch im Krankenhaus. Logisch. Privatpatient und so. Mich haben sie mit Schmerzmitteln vollgeballert und nach einer Verzichtserklärung aus dem Krankenhaus komplimentiert. Die Wunde pochte noch etwas, als ich meinen Rucksack in den Kofferraum eines schwarzen Jaguars legte. Meines Jaguars. Nicht nur die Roisers fahren geile Kutschen. Ich besaß ebenso eine. Tristan hatte mir meine Katze bringen lassen. Netter Zug. Aber ich war gespannt, was er dafür im Gegenzug erwartete. Der Bastard.

Im Krankenhaus hatte ich einen Traum. Wollte ich eigentlich nicht erzählen, aber mach ich jetzt trotzdem. Ich stand nachts auf der Weide, trug meinen Krankenhauskittel und war barfuß. Wahrscheinlich konnte alle Welt meinen Hintern sehen. Aber ich denke, eher nicht. War ja ein Traum und ich war allein. Na ja, fast allein. Rosantiquo stand neben mir. Das Gras lag angenehm kühl unter meinen Füßen. Ich spielte mit den Grashalmen zwischen meinen Zehen, hielt mich an Rosantiquos Mähne fest und wir liefen gemeinsam zum Wasser, um dem Mond näher zu sein. Dann stand Saskia neben mir. Rosantiquo ging, und nun wusste ich im Traum, dass ich träumte. Verrückt, oder? Auf jeden Fall hoffte ich, dass mir jetzt nicht alle Toten aus meiner Vergangenheit hier begegneten. Das wäre dann ziemlich stressig geworden, denke ich.

„Willst du tanzen?“, fragte ich. Ihr Haar flammte plötzlich auf.

„Nein, ich muss gleich nach Hause.“

„Wo ist das?“

„Ich weiß nicht."

Der Mond wurde größer und größer. So groß, dass sich sein Rand auf die Erde legte und ich ihn nun betreten konnte. Saskia kam nicht mit. So ging ich allein. Der Boden war weich und blau. Aber es gab nichts zu sehen außer noch mehr Monden dahinter. Als ich mich nun umdrehte, war die Erde plötzlich klein. Unendlich winzig. Ich lachte, weil ich zu schweben anfing. Der Gedanke reifte, dass dann auch alle Probleme, also die, die ich jemals hatte oder noch kriegen würde, ebenfalls winzig waren. So winzig wie die Welt jetzt. Dann bekam der Bettnachbar einen Hustenanfall und ich war raus aus dem Traum. Schon ein bisschen abgefahren das Ganze.

Ich wollte mich eigentlich von niemandem verabschieden. Aber irgendwer geht einem ja immer auf die Nerven.

„Kommst du mich besuchen?", fragte die Eisprinzessin.

„Nein."

„Soll ich dich besuchen?"

„Auch nicht."

„Dann war es das?"

„Denke schon. Ich glaube nicht, dass du mit meinem Job klarkommst."

„Vielleicht überlässt du mir die Entscheidung?"

„Besser nicht."

„Dachte ich mir."

Sie überreichte mir einen Umschlag. Bitte bloß keinen Scheck. Dann wäre ich hier komplett ausgeklinkt. Doch weit gefehlt. Im Inneren war etwas Besseres. Etwas, was sich mit keinem Geld der Welt aufwiegen ließ. Ein Bild von Jerry und mir. Eine schöne Überraschung. Der Photograph musste es auf dem Familienfest geknipst haben. Wir stehen uns gegenüber, während hinter uns die Sonne feuerrot im silbernen Lech verschwindet. Ihr Fell glänzt und ich lächle.

Echt jetzt.

ENDE

Dank an

Agent Azür, Agent Micha, Agent Erol, Agent Patty, Agent Tanja, Agent Thordy, Agent Katrin, Agent Bacquet, Agent Fist, Agent Andrea, Agent Digger, Agent Babsy-Bear, Agent Markus, Agent Rebecca, Agent Moni und „MC Carlie"

Lust auf Spannung?!
GOLD & HUREN
BAYERN KRIMI
ROLAND HERDEN
Roland Herden
Wer stirbt schon gern für Schokolade ?
Ruhrgebietskrimi
ROLAND HERDEN
NIBELUNGEN RALLYE
Ruhrgebietskrimi
Roland Herden
OPERATION
GRÜNES FEUER
Kriminalroman
HAFENKINDER
Roland Herden
Der Kaffee-Prinz
Roland Herden
Harte Geschichten
auch als Ebook erhältlich
Exklusiv bei amazon.de

Alle in diesem Buch geschilderten Handlungen und Personen sind frei erfunden. Ähnlichkeiten mit lebenden oder verstorbenen Personen wären zufällig und nicht beabsichtigt. Daher haben reale Orte keine Verbindung zu den geschilderten Ereignissen, auch wenn sie bisweilen zur Inspiration dienten.

Wer stirbt schon gern für Schokolade?

Der deutsche Geheimdienst nimmt billigend in Kauf, dass der Topterrorist schlechthin eine Schokoladenfabrik in die Luft sprengen will, um von seinem eigentlichen Vorhaben abzulenken. Doch weder Geheimdienst noch Terroristen rechnen mit dem beharrlichen Widerstand der Fabrikarbeiter, die ihre Firma auf ihre Weise um jeden Preis retten wollen. René Silber und seine KollegInnen geraten unversehens in ein eiskaltes Spiel um Geld und Macht.

„Gibt es etwas härteres als Duisburger Stahl? Die Antwort ist: Ja! Einen Krimi von Roland Herden.“

(Radio Duisburg)

Exklusiv bei Amazon.de

Nibelungen-Rallye

Bei Ausschachtungsarbeiten zu einem U-Bahn-Tunnel in Duisburg taucht plötzlich ein Harnisch aus vergangenen Tagen auf. Das Fundstück trägt ein Symbol, das der Drachentöter Siegfried von Xanten einst seinen Rittern zugewiesen hatte. Und schon wird die Vermutung laut, dass der Nibelungenschatz nicht mehr allzu fern sein könne. Kunstdiebe und der BND sind sofort auf dem Plan und liefern sich eine heiße Schlacht. Der chaotische Agent Silber verliebt sich zudem in eine ehemalige Terroristin, die ebenfalls großes Interesse an dem Fund hat. Wohl oder übel muss Silber die Hilfe eines schrulligen Professors und der vorwitzigen Göre Greta-Lisa in Anspruch nehmen. Das ist Krimispaß pur!

„… eine spannende Geschichte entwickelt sich, die in einem grandiosen Showdown mündet“

(Westdeutsche Allgemeine Zeitung)

Exklusiv bei Amazon.de

Operation Grünes Feuer

Die Bundesdruckerei bringt versehentlich falsche 100-Euro-Noten in Umlauf – aus eigener Herstellung. Wegen allgemeiner Personalnot schickt der BND ausgerechnet den chaotischen Agenten René Silber los, die Scheinchen wieder einzusammeln. Silber stellt schnell fest, dass die Aktion wirklich nicht so geheim ist, wie alle geglaubt haben. Eine raffinierte Bande zieht ihm die Knete sozusagen unter dem Hintern weg. René Silber verzichtet nur ungern auf seinen VW-Kübel, seine seltsamen Methoden und seine noch ausgefalleneren Freunde, um den Dingen auf die Spur zu kommen ...

„... Seitenspiegel einklappen und anschnallen.“

(Amazon.de)

Hüter der Nacht

Frieden in der Nacht. Das wünscht sich jeder Nachtschwärmer. Jeder Ordnungshüter träumt insgeheim davon. Und Frieden in der Nacht ist möglich.

Roland Herden – ein Security mit 15 Jahren Erfahrung im Nachtleben – bietet eine erstaunlich einfache Lösung an. Vor allem aber lässt er uns einen Blick hinter die Kulissen des Discobetriebes werfen. Das ist ausgesprochen amüsant und kurzweilig. Ein Muss für alle Freunde der Nacht.

„... Integrationsbeauftragte würden Schnapp-atmung bekommen.“

(WAZ Duisburg)

Exklusiv bei Amazon.de

Harte Geschichten

Was kommt dabei heraus, wenn ein Mensch aus dem Nachtleben gehörte und erlebte Geschichten mit Fiktion vermischt? Harte Geschichten, ist die Antwort.

Wie reagiert eine Kellnerin, wenn sie von ihrem Chef gemobbt wird? Was macht ein Versicherungsvertreter, sobald er in die Enge getrieben wird? Warum kann es gut sein, dass eine Mutter alte Dinge aufbewahrt?

Was macht eine Profikillerin nachts an der Tankstelle? Wie handelt ein Türsteher, als er den Mann wiedertrifft, der die Liebe seines Lebens in die Nervenklinik gebracht hat?

Muss ein Mensch sich wirklich erst Anwalt der Doofen nennen, um von einem Gangster akzeptiert zu werden? Und worüber denkt ein Mann nach, wenn er erfährt, dass sein bester Freund gerade getötet worden ist …?

Roland Herden: „Man sagt ja oft: ‚Stell dir vor, dieses oder jenes wäre noch passiert.‘ Ich stelle es mir dann tatsächlich vor und schreibe es auf.“

Exklusiv bei Amazon.de

Die „Harten Geschichten“ sind ebenfalls auf Englisch und Französisch erhältlich:

Hard Stories

und

Histoires noires

Exklusiv bei Amazon.de

Hafenkinder

Als im hiesigen Hafen eine Mordserie mit dem Bibelspruch „... und Gott sah, dass es gut war ..." beginnt, kann die Polizei zunächst wenig damit anfangen, außer dem Täter den Beinamen „Schöpfer" zu geben. Erst einem Camper und seiner Jugendfreundin Finja, die seinerzeit gemeinsam im Hafengebiet aufgewachsen sind, fällt ein Muster auf. Die Hafenkinder von damals machen sich auf die Suche und entdecken nicht nur die erschreckende Wahrheit, sondern ziehen damit auch noch den Zorn des Schöpfers auf sich. Die Jagd beginnt, und überleben wird nur derjenige, der dem Labyrinth des Hafens gewachsen ist ...

„Hafenkinder ist ein charmantes Blutvergießen."

(WAZ Duisburg)

Exklusiv bei Amazon.de

Abgefahrene Anekdoten

Was kommt dabei heraus, wenn ein Mensch aus dem Nachtleben gehörte und erlebte Geschichten mit Fiktion vermischt? „Abgefahrene Anekdoten“ ist die Antwort.

Was wird aus einem Mann, der als Kind immer auf dem Küchenboden schlafen musste?

Wie benimmt sich eine souveräne Frau bei einem Überfall, wenn ihr nerviger Arbeitskollege in Gefahr ist?

Wie reagiert ein Türsteher, sobald er von Superman und Wonderwoman bedroht wird?

Was macht ein Security, wenn er auf einem Vermisstenplakat eine Person wiedererkennt, die sich nicht finden lassen will?

Was ist die wirkliche Aufgabe eines hochdekorierten Bodyguards, wenn die Schönen und Reichen speisen?

Lässt sich ein paranoider Dieb besser unter Druck setzen als ein gewöhnlicher Gangster??

Und überhaupt, wie würdet ihr euch verhalten, wenn euch Blondinen mit Weihnachtskugeln bewerfen?

Auf all das gibt Roland Herden in 10 Kurzgeschichten abgefahrene Antworten.

„Richtig tolle Geschichten.“
(Die Schwester des Autors)

Exklusiv bei Amazon.de

Der Kaffee-Prinz

Als der erfolglose Schriftsteller Benjamin in einem kleinen Kuhdorf strandet, um einen Job anzunehmen, der ihm nun wirklich gar nicht liegt, begegnet er zu allem Überfluss auch noch seiner Ex-Freundin, die alles andere als begeistert ist, ihn wiederzusehen. Ermutigt von den Ratschlägen seiner großmütterlichen Chefin macht er sich aber dennoch ein kleines bisschen Hoffnung, seine große Liebe zurückzuerobern. Aber ob ihm dabei eine durchgedrehte Postbotin und ein zehnjähriger Autogrammjäger helfen können, bleibt äußerst fraglich. Na, und dass ihn alle für einen Prinzen halten ...? Das hat er sich nun selbst eingebrockt.

„Im 15. Autorenjahr überrascht er die Krimi-Fans mit einem amüsanten Liebesroman."

(WAZ Duisburg)

Der „Kaffee-Prinz" ist auf Italienisch und Französisch erhältlich:

Il principe del caffè

und

Le prince barista

Exklusiv bei Amazon.de

Einfach mal stehen bleiben

Einfach mal stehen bleiben. Sei es, um sich selbst zu entschleunigen oder um anderen Menschen hilfreich zu sein. Autor Roland Herden hat so etwas überwiegend bei Obdachlosen praktiziert und oft dabei mehr an freundlichen Aufmerksamkeiten und überraschenden Erkenntnissen mitgenommen, als er gegeben hat.

Einfach mal stehen bleiben.

„Sehr rührend!“
(Radio Duisburg)

Printed in Poland
by Amazon Fulfillment
Poland Sp. z o.o., Wrocław

46628279R00170